Wo bitte ist denn hier der Jakobsweg?

Dieses Buch beruht ausschließlich auf wahren Begebenheiten. Zum Schutz der Persönlichkeitsrechte wurden manche Namen geändert. Alle Fotos einschließlich Titelfoto sind privat.

KATHRIN RENNER

Wo bitte ist denn hier der Jakobsweg?

Unterwegs auf alten Pilgerpfaden
von Ostdeutschland nach Frankreich

Bibliographische Information der Deutschen Nationalbibliothek
Die deutsche Nationalbibliothek verzeichnet diese Publikation
In der Deutschen Nationalbiographie; detaillierte bibliographische Daten
sind im Internet über http://dnb.ddb.de abrufbar

TWENTYSIX – der Self-Publishing-Verlag
Eine Kooperation zwischen der Verlagsgruppe Random House und
BoD – Books on Demand
© 2017 Kathrin Renner
Herstellung und Verlag:
BoD – Books on Demand, Norderstedt
ISBN: 978-3-7407-3492-3

Für meine Eltern

Inhalt

Vorwort	9
2008 • Leutenberg – Bamberg 133 km	11
26.06. – 28.06. 2008 • Bamberg – Nürnberg	15
1.Tag Bamberg – Trailsdorf 25 km	
2. Tag Trailsdorf – Neunkirchen am Brand 33 km	17
3. Tag Neunkirchen am Brand – Nürnberg 40 km	21
5.4. – 11.4. 2009 • Nürnberg – Nördlingen	27
1. Tag Nürnberg – Unterreichenbach 25 km	
2. Tag Unterreichenbach – Spalt 25 km	29
3. Tag Spalt – Gunzenhausen 20 km	33
4. Tag Gunzenhausen – Markt Heidenheim 17 km (32)	35
5. Tag Markt Heidenheim – Oettingen 18 km	38
6. Tag Oettingen – Nördlingen 25 km	41
27.03. – 03.04.2010 • Nördlingen – Biberach	46
1. Tag Nördlingen – Neresheim 25 km (34)	47
2. Tag Neresheim – Giengen an der Brenz 23 km	51
3. Tag Giengen – Nerenstetten über Niederstotzingen 31 km	54
4. Tag Nerenstetten – Neu-Ulm 35 km	57
5. Tag Neu-Ulm – Oberdischingen 25 km	59
6. Tag Oberdischingen – Äpfingen 22 km(24)	62
7. Tag Äpfingen – Biberach 12 km	65
11.09. – 25.09.2010 • Biberach – Interlaken	67
1. Tag Biberach – Steinhausen 18 km(12)	68
2. Tag Steinhausen – Bad Waldsee 28 km(24)	70

3. Tag Bad Waldsee – Weingarten 25 km(20)	74
4. Tag Weingarten – Brochenzell 22 km(21)	77
5. Tag Brochenzell – St. Gallen 28 km	80
6. Tag Sankt Gallen – Schwellbrunn 17 km	83
7. Tag Schwellbrunn – Wattwil 18 km	85
8. Tag Wattwil – Rapperswil 27 km	90
9. Tag Rapperswil – Einsiedeln 17 km	92
10. Tag Einsiedeln – Brunnen 25 km	95
11. Tag Brunnen – Stans 18 km	98
12. Tag Stans – Sachseln 20 km	101
13. Tag Sachseln – Brünigpass 19 km	102
14. Tag Brünigpass – Ringgenberg 25 km	104
15. Tag Ringgenberg – Interlaken 4 km / Abreise	107
03.09. – 11.09.2011 • Interlaken – Epalinges	109
1. Tag Ringgenberg – Oberhofen 24 km	110
2. Tag Oberhofen – Wattenwil 27 km	113
3. Tag Wattenwil – Heitenried 25 km	116
4. Tag Heitenried – Freiburg 20 km	121
5. Tag Freiburg – Chavannes sus Orsonnens 22 km	124
6. Tag Chavannes sus Orsonnes – Bressonanz 25 km	128
7. Tag Bressonanz – Lausanne 18 km	131
13.9. – 03.10.2014 • Epalinges – Le Puy en Velay	137
1. Tag Epalinges – Morges 20 km	141
2. Tag Morges – Rolle 17 km	143
3. Tag Rolle – Tannay 28 km	145
4. Tag Tannay – Neydens 29 km	148
5. Tag Neydens – Chaumont 28 km	154
6. Tag Chaumont – Seyssel 19 km	159
7. Tag Seyssel – Chanaz 22 km	163
8. Tag Chanaz – Yenne 16 km	166
9. Tag Yenne – Saint-Génix-sur-Guiers 25 km	172

10. Tag Ruhetag in Saint-Génix-sur-Guiers	177
11. Tag Saint-Génix–sur-Guiers – Le Pin 27 km	179
12. Tag Le Pin – Balbins 29 km	183
13. Tag Balbins – Moissieu-sur-Dolon 28 km	188
14. Tag Moissieu-sur-Dolon – Roussilion 15 km	192
15. Tag Roussilion – Le Buisson 26 km	199
16. Tag Le Buisson – Le Setoux 31 km	204
17. Tag Le Setoux – Montfaucon-en-Velay 24 km	211
18. Tag Montfaucon-en-Velay – Araules 24 km	215
19. Tag Araules – Saint-Julien-Chapteuil 14 km	220
20. Tag Saint-Julien-Chapteuil – Le Puy en Velay 19 km	225
21. Tag – Ruhetag in Le Puy en Velay	230
22. Tag Abreise	231
Nachwort	233
Dank	238

Vorwort

Ich habe ein paar Pfund zu viel auf den Hüften, leide unter mehrfachen Fußproblemen und bin weder schwindelfrei noch trittsicher. Dafür aber zuweilen recht tollpatschig. Mit nur wenig Orientierungssinn ausgestattet, bringe ich es sogar fertig, mich in kleineren Ortschaften sowie Einkaufszentren zu verlaufen. Deshalb sage ich manchmal aus Spaß, wenn ich meine Lieben mal wieder zu nerven scheine: »Wenn Ihr mich los sein wollt, dann setzt mich doch einfach irgendwo aus.«

Vor Jahren hätte ich es nicht für möglich gehalten, auch nur zehn Kilometer am Stück zu laufen.
Und dennoch zog mich das Thema *Jakobsweg* an wie ein Magnet.
Aber nicht nur ich, sondern auch mein Partner Jens war von diesem *Virus* betroffen.
Ich weiß noch, wie ich staunend zum ersten Mal hier in meiner Heimat Thüringen ein Schild erblickte, welches den Fernwanderweg nach Budapest auswies.
»Was, bis dorthin kann man laufen?«, dachte ich bei mir. Es faszinierte mich unwahrscheinlich, zu Fuß Ländergrenzen überwinden zu können.
Einige Zeit später saßen wir mit Freunden beisammen, als die beiden das Thema Pilgern ins Spiel brachten. Sie hatten schon mehrfach vom Jakobsweg gehört und waren total begeistert von dieser Idee, welche sich zum Hauptgesprächsthema des Abends entwickelte.
Irgendwann wurde im TV die Doku-Serie *Promi-Pilgern* übertragen, welche wir regelrecht verschlangen. In der Zwischenzeit lasen wir dann auch das berühmte Buch von Hape Kerkeling, was uns bestärkte, eigene Erfahrungen in dieser Richtung zu wagen.

Schon öfter haben wir im Rahmen von Wanderungen den Abschnitt von Rudolstadt nach Saalfeld mit stolzen zehn Kilometern zu Fuß zurückgelegt.

Nun also sollte ein Probepilgertag Aufschluss darüber geben, ob das Laufen längerer Strecken überhaupt etwas für uns ist. Deshalb beschlossen wir Ende des Jahres 2007, dies in die Tat umzusetzen.

Die Weihnachtszeit inklusive übermäßiger Leckereien und Festessen lag hinter uns und somit wurde es Zeit für etwas Bewegung. Der 29. Dezember war ein sehr kalter, rauer und stürmischer Tag, als wir aufbrachen, um von Saalfeld bis nach Leutenberg zu laufen. Das Wegeprofil hatte es in sich und von peitschendem Schneeregen begleitet, kämpften wir uns ununterbrochen bergauf und bergab. Immerhin legten wir beträchtliche fünfundzwanzig Kilometer zurück und kamen mehr tot als lebendig zu Hause an. Wir belagerten die Couch, um diese so schnell nicht mehr zu verlassen und auch noch Tage später waren wir sehr ruhebedürftig.

Aber wir hatten es geschafft und es hatte irgendwie auch Spaß gemacht! Das hieß für uns, das Geheimnis Jakobsweg selbst zu erkunden.

Mit diesem neuen Steckenpferd stießen wir in unserem persönlichen Umfeld vielfach auf Interesse, Bewunderung, aber auch zahlreiche Fragen. »Wovor lauft ihr denn bloß davon?«, »Warum fahrt ihr nicht mit dem Auto?«, »Warum tut Ihr euch das nur an?« Sogar Mutmaßungen, wir würden nun einer Sekte angehören beziehungsweise mit uns würde etwas nicht stimmen, wurden in den Raum gestellt.

Unsere Wege waren geprägt von ständigem Verlaufen und vielen lustigen Begebenheiten. Es verging kaum ein Tag, an dessen Abend wir nicht lachen mussten über derartige Dinge.

Den ersten Abschnitt, den wir in kleinen Etappen zurücklegten, habe ich lediglich in Kurzversion beschrieben.

2008 • Leutenberg – Bamberg 133 km

Ein spitzer Aufschrei durchbrach die friedliche Stille des Morgens!
»Mist!«, fluchte ich, während mein Versuch, im Gewirr von Ästen und Gestrüpp wieder auf die Beine zu kommen, kläglich scheiterte.
Jens, der die ganze Zeit vor mir lief, kam erschrocken zurück. »Wie hast du das angestellt?«, fragte er entgeistert und reichte mir die Hand, um mich aus dem Schlamassel zu befreien. Mit aller Kraft zog er an mir, was den Stein ins Rollen brachte! Wieder aufrecht stehend, machte ich einen großen Schritt. Während mein Schuh dabei im Astwerk hängen blieb, der Fuß in einem Schlammloch versank und ich in spagatähnlicher Stellung am nächstbesten Baum Halt fand, folgte ein zweiter, wütender Schrei.
«Ich will wieder heim!!«
Den Tränen nahe, befreite ich mich mit Jens' Hilfe von sämtlichen, an mir haftendem Unrat und Schmutz und ließ mich schließlich doch davon überzeugen, diesen ersten richtigen Pilgertag nicht gleich wieder abzubrechen.
Wir befanden uns oberhalb von Leutenberg, mitten im Wald, auf sehr naturbelassenen Wanderwegen. Hier existiert noch kein offizieller Jakobsweg.
Mit zerzaustem Haar und einem Kratzer mitten auf der Stirn nahm ich an der Seite von Jens die weitere Wegstrecke in Angriff. Dies ähnelte mehr einer Schnitzeljagd als einer Pilgertour, da die Beschilderung recht dürftig war. Die ehemalige innerdeutsche Grenze querend, liefen wir auf einem Höhenweg an Ludwigstadt vorüber, welches idyllisch unten im Tal gelegen ist.
Mehrfach rätselten wir, trotz Kartenmaterials, über den Wegverlauf in dieser bergigen, wenig reizvollen und durch dunkle, unaufgeräumte Wälder geprägten Landschaft. Ich schickte einen dankbaren Blick zum Himmel, als wir endlich in Steinbach am Wald ankamen!

Mit neuem Elan waren wir auf dem Weg nach Kronach unterwegs. Die Sonne schien den ganzen Tag, trotzdem verfehlten wir aus unerfindlichen Gründen gleich zu Anfang die Richtung. Wir ließen uns davon aber nicht entmutigen und gelangten auf den Burgenweg, der alles andere als einladend war. Wir kämpften uns über schlecht passierbare, von Traktoren zerfurchte Wege, klebrige Felder und überflutete Wiesen. Versöhnt wurden wir jedoch letztendlich vom Anblick der gewaltigen Festung Rosenberg oberhalb von Kronach, welche sich stolz über die Landschaft erhebt. Niemals ist diese Burg erobert worden und nicht einmal der Dreißigjährige Krieg konnte ihr etwas anhaben.

Die oberfränkische Stadt Kronach liegt an der Bier – und Burgenstraße und ist sehr geschichtsträchtig. Zu bemerken wäre zum Beispiel die unter Denkmalschutz stehende Pfarrkirche *St. Johannes der Täufer*, die nach dem Heiligen benannt ist, dessen Figur an der Nordseite verewigt wurde.

Wer es sich zeitmäßig leisten kann, wird von einem ausführlichen Stadtrundgang nicht enttäuscht sein.

Ab Kronach beginnt dann der offizielle in südliche Richtung verlaufende Jakobsweg.

»Endlich können wir auf ordentlich markierten Wegen gehen!«, freute sich Jens.

»Ja, nun ist Schluss mit Verlaufen!«, jubelte ich beschwingt.

In Oberlangenstadt pausierten wir bei einem leckeren Weißwurstimbiss, wurden kurz darauf von aggressiven, schwarzen Schwänen verfolgt, die ihre Jungtiere vor uns gefährlichen Pilgern schützen mussten und fanden das im Plan beschriebene Schloss nicht. Dafür standen wir kurz darauf total orientierungslos mitten auf einem riesigen Golfplatz.

Nach dessen Überquerung und langem Umherirren fanden wir endlich die Grobrichtung wieder und wurden, zurück auf dem Jakobsweg, mit einem heftigen Gewitter belohnt. Da wir uns auf freiem Feld befanden, waren wir diesem voll ausgeliefert und rannten mit der Angst um die Wette. Immer wieder ließen uns grelle Blitze sowie gewaltige Donnerschläge zusammenschrecken. Erleichtert erreichten wir den Stadtrand, wo wir durchnässt und schreckensbleich in einem Hauseingang Schutz fanden.

Eine halbe Stunde später schlichen wir mit letzten Kräften und bei herrlichstem Sonnenschein in das Zentrum von Lichtenfels, um die Jakobuskirche zu finden. Nachdem wir dort unsere Pilgerausweise abgestempelt hatten, rückten wir in die nächstbeste Pizzeria ein, um den Tag entsprechend ausklingen zu lassen.

Der nächste große Anlaufpunkt war die sehr beeindruckende Wallfahrtskirche *Vierzehnheiligen*, erbaut von Balthasar Neumann in den Jahren von 1743-1772. Noch heute leben hinter den Mauern des angrenzenden Klosters wenige Franziskanermönche. Dieses bedeutende fränkische Baudenkmal ist ein absolutes Muss auf dem Weg!

Wir erklommen den heiligen Berg der Franken, den Staffelberg mit seiner Adelgundiskapelle, für dessen Abstieg auf glitschigen Wegen ich eine gute halbe Stunde brauchte, während Jens sich über meinen Verbleib wunderte.

Als wir über Zapfendorf dann endlich Ebing erreichten, war es bereits stockdunkel. Im Brauereigasthof *Schwanenbräu* war ein Zimmer für uns reserviert, in dem ich zunächst ohne Worte und in voller Montur auf das mir zugedachte Bett fiel, um mich nicht mehr bewegen zu müssen. Dank der Überredungskünste von Jens saßen wir etwas später in der gemütlichen Gaststube bei einer Brotzeit und hauseigenem schmackhaftem Bier.

Ein schöner Pilgerweg führte uns am nächsten Tag von Ebing über Baunach und Hallstadt nach Bamberg. Auch als fränkisches Rom wird diese Stadt, welche auf sieben Hügeln liegen soll, bezeichnet. Bamberg gehört zu Deutschlands schönsten Städten und wurde 1993 in das Weltkulturerbe aufgenommen. Sehr sehenswert sind, nur um einige Beispiele zu nennen, der Dom, das ehemalige Benediktinerkloster am Michaelsberg, das alte Rathaus und *Klein-Venedig*. Ebenso bekannt und beliebt ist das *Schlenkerla*, eine kultige Kneipe, in der man sich an der oberfränkischen Bierspezialität, dem Rauchbier, laben kann. Dort herrscht stets großer Andrang, jedoch findet man irgendwo immer noch ein Eckchen zum Verweilen.

Gefährliche Tiere

Bedrohliche Wolken über dem »Heiligen Berg« der Franken

26.06. – 28.06. 2008 • Bamberg – Nürnberg

1.Tag Bamberg – Trailsdorf 25 km

Wir nutzten für unsere erste ausgiebige Pilgertour ein verlängertes Wochenende und reisten sehr früh mit dem Auto in Bamberg an. Bereits auf der Hinfahrt versprach das Wetter nicht sehr viel Gutes, der Himmel hing wie eine graue Decke über uns und es regnete leicht. Doch je weiter wir uns von zu Hause entfernten, um so mehr klärte es sich auf und kurz vor unserem Ziel blinzelte schon die Sonne hinter den Wolken hervor, als wolle sie uns einen guten Weg wünschen.

Da sich die Parkplatzsuche nicht so einfach gestaltete und wir wegen des Pilgerstempels noch ins Pfarramt mussten, kamen wir erst gegen halb elf an der Jakobskirche los.

Natürlich wollten wir nichts falsch machen und schauten genauestens auf die Markierung des Weges. Und es passierte trotzdem!!

Nach gefühlten fünfzig Metern wussten wir nicht mehr, wie es weitergehen sollte. Wir holten unseren Pilgerführer hervor, von dem wir dachten, dass wir ihn nicht so schnell bräuchten und orientierten uns – mitten in Bamberg!

Die Stadt verlassend, blickten wir noch einmal zurück. Von Weitem grüßte die alles überragende Altenburg, welche im Jahre 1109 erstmals geschichtlich erwähnt wurde.

Zum größten Teil war es ein sehr schöner Weg, mittlerweile knallte die Sonne kräftig herab und viele Obstbäume luden zum Naschen ein. Das mehrstimmige Summen von Insekten begleitete uns die ganze Zeit.

Eine größere Pause machten wir in Herrnsdorf. Die dortige Pfarrkirche *Sankt Jakobus der Ältere* war bisher eine der pilgerfreundlichsten Kirchen auf dem gesamten Weg. Es gab Obst sowie Getränke, was wir sehr praktisch fanden, da unsere Vorräte fast aufgebraucht waren. Ein Buch zum Einschreiben lag bereit und wegen des Pilgerstempels mussten wir bei einer im Ort wohnenden Dame klingeln.

Schnell fanden wir die Adresse und eine sehr freundliche ältere Frau öffnete die Tür. Sie bat uns herein, was wir aber leider ablehnen mussten, da die Zeit etwas drängte. Jedoch führten wir ein nettes, kurzes Gespräch, nachdem sie unsere Pässe abgestempelt hatte und setzten unseren Weg nach ein paar Minuten fort.

Herrnsdorf ist ein hübscher, kleiner Ort, den wir in guter Erinnerung behalten werden! Am Ortsausgang verweilten wir vor einer hellen Säule, auf der folgender Spruch geschrieben stand:

> *Weg der Sehnsucht,*
> *Jakobusweg vormals*
> *viel begangen.*
> *Fromme Pilger*
> *brachen auf, mutig,*
> *voll Verlangen bis*
> *ans End der Welt*
> *zu gehen, an Jakobus*
> *Grab zu stehn,*
> *Santiago de Compostela.*

Weiter ging es über den Kreuzberg, auf dem sich drei große Bierkeller befanden. Bei diesem schönen Wetter herrschte reges, volksfestähnliches Treiben und Menschen jeden Alters belagerten die Biertische. Kellner, schwerbeladenen mit Tabletts voller Bierkrüge, flitzten umher und lecker duftende Schweinshaxn und Würstl wurden verteilt. Kinder verschiedenster Altersstufen tobten unbefangen auf dem Spielplatz herum. Stimmengewirr begleitet vom sanften Rauschen der Bäume untermalte diese fröhliche, ausgelassene Atmosphäre. Das kühle, goldene Nass floss in Strömen.

Leider nicht für uns!

Während des Laufens verzichten wir generell auf den Genuss von alkoholischen Getränken, da dies uns letztendlich nur ermüden würde. Wir wollen mit klaren Sinnen den Weg begehen.

Ein kleines Ritual jedoch gibt es bei uns! Meist haben wir ein kleines Fläschchen Sekt im Rucksack, welches wir etwa ein bis zwei Kilometer vor dem Tagesziel an einem schönen Fleck genießen.

Und dies war auch kurz vor Trailsdorf unumgänglich. Wir saßen am Zaum eines Gatters gelehnt, in welchem mehrere Dutzend, aufgeregt schnatternde Gänse hin und her rannten und uns argwöhnisch beäugten.

Unsere etwas abseits vom Jakobsweg liegende Unterkunft war eine Pension inklusive Gaststätte, was gut war, da wir an diesem Tag keinen Schritt mehr laufen konnten und wollten.

Auf dem fränkischen, teils auch auf dem schwäbischen Jakobsweg gibt es keine, beziehungsweise nur wenige Pilgerunterkünfte, dafür aber sind meist preiswerte Pensionen oder Privatzimmer leicht zu bekommen. Allerdings sollte man sich schon ein paar Tage im Voraus darum bemühen.

Unser Zimmer war groß, die Betten bequem und das Essen in der Gaststätte hervorragend. Vom fränkischen Bier ganz zu schweigen. Wir fühlten uns sehr gut aufgehoben und begaben uns recht bald zur Ruhe.

2. Tag Trailsdorf – Neunkirchen am Brand 33 km

Nach einem guten Frühstück und mit neuer Motivation machten wir uns auf den Weg und als Erstes auf die Suche nach einem Lebensmittelladen, um den Tagesproviant zu sichern. In der Bäckerei *Der Lunz*, wo es nicht nur Backwaren gab, fanden wir alles Notwendige für unterwegs.

Kurz vor Forchheim stießen wir auf den Seerosenweiher, an dem wir ein wenig verweilten. Ein schöner Name, fanden wir, und irgendwie passend für diese idyllische Stelle. Wir waren nicht die Einzigen hier, denn Scharen von Waldameisen belagerten den Waldboden um die kleine hölzerne Sitzgruppe herum. Sie rannten geschäftig in unterschiedliche

Richtungen, einige von ihnen schleiften kleine Stöckchen und Grashalme hinter sich her und scheinbar wusste jede Einzelne von ihnen was sie zu tun hatte. Fasziniert beobachteten wir deren emsiges Treiben. Ein fleißiges Völkchen! So manch ein Zweibeiner, der achtlos an diesen Lebewesen vorbeigeht oder diese zertrampelt, könnte sich ein Beispiel an ihnen nehmen.

Forchheim, welches wir über eine große Brücke erreichten, gefiel uns richtig gut. Es handelt sich hierbei um eine Große Kreisstadt und zählt ungefähr 31.700 Einwohner. Geprägt von schönen Fachwerkhäusern und geschäftigem Treiben war die Stadt dabei, sich in eine riesige Festhalle zu verwandeln. Die Vorbereitungen für das Altstadtfest waren in vollem Gange und vor dem ansehnlichen Rathaus, welches schon vor 1402 als spätgotischer Fachwerkbau entstand, wurden zahlreiche Biertischgarnituren aufgestellt.

Mit einem Fünf-Liter-Kanister Wasser bewaffnet, unsere Trinkvorräte waren aufgrund der Hitze schon wieder aufgebraucht, schafften wie es ohne Zwischenfälle gerade mal bis Pinzberg.

Schön anzusehen war aus der Ferne der *Walberla*, ein markanter Tafelberg sowie eines der fränkischen Wahrzeichen und Eingang zur Fränkischen Schweiz. Genauestens achteten wir auf alle Wegweiser, was uns zum Verhängnis wurde, als wir Pinzberg erreichten.

»Komisch, genauso ein Haus habe ich vorhin schon mal gesehen.«, stellte ich verwundert fest. »Ich hatte mir Pinzberg nicht so groß vorgestellt!«

»Na guck doch mal! Das gibt's ja gar nicht, hier waren wir doch vorhin schon!«, empörte sich Jens. »Die haben uns eine riesige Runde durch den Ort geschickt!«

Und tatsächlich hatte wohl irgendein Scherzkeks oder den Pilgern nicht Wohlgesonnener das Jakobswegzeichen falsch herum am Laternenpfahl angebracht. Notgedrungen wurde man so in die Irre geleitet.

Mühsam fanden wir aus dem Ort heraus. Meine Füße schmerzten und die Schultern brannten, was wohl auf meinen nicht sehr pilgerfreundlichen Rucksack zurückzuführen war. Ich wollte einfach nur noch ankommen, nicht einmal die viel gepriesene etwa tausendjährige Tanzlinde auf dem Dorfplatz in Effeltrich gegenüber der Wehrkirche weckte mein Interesse.

Während Jens diese begeistert aus allen erdenklichen Blickwinkeln fotografierte, saß ich teilnahmslos, stoisch vor mich hin starrend unter dem riesigen Blätterdach und versuchte, meinen Gedanken zu folgen.

Wie viele Pilger verweilten wohl schon im Schatten dieses stolzen und mächtigen Baumes? Was wurde hier schon getanzt, gelacht und geredet? Und wie oft mag diese Tanzlinde auf Fotos verewigt worden sein? Und ich sitze nun hier und sehe sie mir nicht einmal richtig an!

Nun waren es immer noch vier Kilometer und versunken in Selbstmitleid, war ich an diesem Tag besonders nah am Wasser gebaut. Warum nur hatten wir nicht Effeltrich als Tagesziel gewählt? Ich fühlte mich total ausgelaugt und Jens' Versuche, mich während des Weiterlaufens aufzuheitern, scheiterten kläglich. Kurz vor Neunkirchen am Brand, auf der Suche nach einem würdigen Fleckchen zum Genuss unseres Sektes, protestierte ich schließlich mit Tränen in den Augen.

»Ich laufe nicht mehr weiter! Ich bleibe jetzt hier und wenn ich mich mitten auf die Straße setzen muss!«

So leerten wir einträchtig am staubigen Straßenrand genussvoll unsere kleinen Sektfläschchen, was mich auch wirklich etwas aufpäppelte. Etwa eine halbe Stunde später kamen wir in Neunkirchen an, wo wir im Gasthof *Zur Seku* herzlich empfangen wurden.

Zünftiges Essen, ein kühles Bier sowie die Freundlichkeit der Leute stimmten mich versöhnlich und so begann ich allmählich, mich auf den nächsten Pilgertag zu freuen.

Durst ohne Ende

Die tausendjährige Tanzlinde in Effeltrich

3. Tag Neunkirchen am Brand – Nürnberg 40 km

Wir waren schon sehr gespannt auf diese Etappe und konnten kaum erwarten, unsere Rucksäcke zu schultern, um weiterzuziehen! Wir würden zum Kreuzweiher kommen, einen Umweg über Marloffstein gehen und die dortige Jakobskirche aufsuchen, um dann schließlich stolz in Nürnberg einzumarschieren. So war der Plan! Unser Weg führte vorbei an einem großen Erdbeerfeld sowie riesigen Kirschplantagen, welche wir nicht einfach so links liegen lassen konnten. Die Früchte schmeckten herrlich süß und obendrein bekamen wir noch ein exklusives Katz und Maus Spiel geboten. Eine fuchsrote Katze saß mitten auf der Straße mit ausgestreckten Vorderpfoten, zwischen denen eine kleine Maus hin und her rannte.

Ein nettes älteres Ehepaar, mit dem wir etwas plauderten, schenkte uns ein Schälchen selbstangebauter Kulturheidelbeeren. Die Sonne knallte vom Himmel herab und meinte es an diesem Tag besonders gut mit uns. So wie auch ich am Morgen mit Jens, den ich angesichts der weiten Strecke überredet hatte, die Füße mit Hirschtalg einzucremen. Ein Riesenfehler!!
   Als ich ihn ratlos am Wegesrand sitzen sah, ahnte ich Schlimmes:
   »Was ist passiert?«
   Vorwurfsvoll präsentierte er mir die in den letzten Stunden entstandenen Blasen an beiden Füßen.
   »Noch niemals in meinem Leben hatte ich Blasen, hätte ich sie nur nicht mit diesem blöden Hirschtalg eingeschmiert!«, fluchte er.
   »Das sieht ja schlimm aus, vielleicht sollte man die Füße lieber am Abend eincremen ...?«, murmelte ich schlechten Gewissens. »Überall wird doch Hirschtalg angepriesen ...!«

Angekommen in Marloffstein, steuerten wir die im Jahre 1812 errichtete Jakobskirche an. Ein schlicht gehaltenes, kompaktes Bauwerk, dessen Ur-Geschichte viel weiter zurück liegt. Die Gemeinde Marloffstein selbst hat an die 1.600 Einwohner und gehört dem Landkreis Erlangen-Höchstadt an.

Wir stempelten unsere Pilgerpässe im Vorraum der Kirche, deren Inneres wir leider nicht besichtigen konnten, da die Tür verschlossen war.

Vorbei an blühenden Wiesen und Feldern ging es in Richtung Kreuzweiher und weil dieser sicher wunderschön war, wollten wir dort rasten. Ein längeres Stück mussten wir auf dem Grünstreifen direkt neben der Leitplanke an der Straße zurücklegen, bevor wir links in den Wald abbiegen konnten.

Die Spannung stieg!

Einen Waldweg entlang kommend, standen wir schließlich vor einem Teich und erkannten, dass Wunschdenken und Realität zwei total verschiedene Dinge waren …

»Was, dieser Tümpel kann doch nicht der Kreuzweiher sein …!«

Er war es aber!

Ein paar Enten schwammen auf dem trüben Gewässer in unsere Richtung, da sie Leckerbissen erhofften, kehrten aber sogleich wieder um, als sie die Lage checkten.

Unter dunklen Bäumen befanden sich weitere kleine Teiche, umgeben von geschlossenen Imbissbuden und Kiosks. Alles wirkte verlassen und trostlos und nichts animierte uns zum Bleiben. Wir kämpften uns, sehr auf die Wegmarkierung achtend, durch lichte Wälder und schließlich wieder bergauf nach Kalchreuth, womit wir uns nun endgültig in Mittelfranken befanden. Bei einem Metzger versorgten wir uns mit einem kleinen Imbiss sowie eiskalter Cola und pausierten auf der Bank einer Bushaltestelle.

Viele Wiesen und zahlreiche Kirschplantagen sind charakteristisch für diese Gegend. Nach einer anschließenden, ausgiebigen Kirschmahlzeit am Ortsausgang konnten wir schon bald schon die im Dunst liegende Silhouette Nürnbergs in der Ferne erblicken. Bis dorthin sollten es wirklich noch neun Kilometer sein??

»Wir sind bald da!«, jubelte ich Jens entgegen, der zustimmend meinte: »Das sieht ja echt nicht mehr weit aus.«

Das Ziel war sichtbar und enthusiastisch marschierten wir drauflos.

Durch den idyllischen Kalchreuther Forst gelangten wir in die Stettenberger Schlucht. Wir waren guter Dinge und kamen uns vor wie in einem Zauberwald. Bis zum Boden reichende, blätterbehangene Äste, gnomenhaft aussehende Wurzelgebilde und kleine Rinnsale, die zwischen Felsplatten hervorquollen, wirkten märchenhaft!

Doch bald schon verflog die Magie, als wir uns mitten im riesengroßen Reichswald befanden, der kein Ende nehmen wollte. Die langen Waldwege schienen bis zum Horizont zu gehen und kaum waren wir am Ende angelangt, voller Neugier auf das was wohl dahinter auftauchen würde, tat sich ein wieder ein ebenso langer Weg auf. Endlos setzte dies sich fort!
  Wir wurden fast wahnsinnig und es kam uns vor, als ob wir schon seit Stunden hier umherirrten. Wir waren erschöpft, genervt und durstig. Als wir einen Moment innehielten, um auszuruhen, »ermunterte« uns eine des Weges kommende, ältere Dame, indem sie sämtliche Nahverkehrsmittel aufzählte, welche uns in die Innenstadt bringen würden. Denn diese Strecke könne man doch gar nicht zu Fuß gehen.
  Demotiviert gingen wir weiter auf unendlich langen Wegen, bis es allmählich lichter um uns herum wurde und wir völlig fertig die ersten Häuser von Nürnberg erreichten. Fast gleichzeitig steuerten wir die nächstbeste leere Bank an, welche sich in dem vor uns liegenden Park befand und sanken in stillem Einvernehmen darauf nieder.
  »Vielleicht fährt ja doch ein Bus bis in die Stadt, das sind schon noch ein paar Kilometer ….«, murmelte Jens.
  Mehr als ein »Hmm …!«, war ich nicht in der Lage zu antworten.
  Nach etwa einer Viertelstunde gemeinsamen Schweigens wurde uns klar, dass wir irgendwie ins Zentrum gelangen mussten.
  Der Proviant war alle, die Wasserflaschen leer und unser Energiepegel auf dem Nullpunkt. Mühsam schulterten wir die Rucksäcke und schleppten uns den Ohrwaschelweg entlang, vorbei am Nuschelbergweg und nicht einmal diese lustigen Straßennamen konnten uns erheitern. Zu unserer Freude aber entdeckten wir nach einer langen Geradeausstrecke rechterhand einen Supermarkt. Die Rettung!

Im Besitz von zwei kleinen Sektflaschen sowie reichlich Wasser, campierten wir auf einem Bordstein und ließen die lauwarme, geschmacklose Flüssigkeit gierig in uns hineinlaufen. Nichts konnte in diesem Augenblick besser munden.

Etwas belebt, jedoch leicht irre von Anstrengung und Sonneneinstrahlung schlichen wir weiter an der Strasse entlang, bis wir den angrenzenden Park entdeckten, in den wir voller Freude und mit letzten Kräften hineinstürzten, um uns auf die Wiese fallen zu lassen. Wie zwei Verrücktgewordene kicherten wir herum, schnitten uns gegenseitig Grimassen zu und hielten das Ganze auch noch mit der Kamera fest. Es schien, als hätte die Vernunft uns nun total verlassen!

Jedoch die fortgeschrittene Zeit ließ uns etwas zur Besinnung kommen, denn bis zwanzig Uhr nur konnten wir unseren Pilgerausweis in der Jakobskirche abstempeln lassen. Schon vor Antritt unserer Pilgerreise hatten wir telefonisch abgesprochen, uns zu melden, sobald wir in Nürnberg sind. Denn auch jeder Kirchendiener hat mal Feierabend.

So hasteten wir stupide mit letzten Kräften den noch sehr langen Weg durch Vororte hinein bis ins Zentrum von Nürnberg. Wir gelangten zur Kirche und gerieten dabei in ein zünftiges Stadtfest. Überall waren Stände und Biertischgarnituren aufgebaut, fröhliche Musik vermischte sich mit dem Stimmengewirr verschiedener Sprachen und es roch verlockend gut nach Gebratenem.

Eine halbe Stunde später verließen wir gemeinsam mit dem netten Kirchendiener die Jakobuskirche. So saßen wir mit gestempelten Pässen und vierzig Kilometer in den Knochen inmitten der Nürnberger Altstadt zwischen Menschenmassen an einem der Biertische bei Musik, Rostbrätel und Bier.

Erstmals 1050 wurde die Reichsstadt Nürnberg, zu dieser Zeit *Norenberc* genannt, in der Geschichte erwähnt. Die Burg, welche im 12. Jahrhundert von den Staufern ausgebaut wurde, könnte sicher einiges von dem Leben der vielen Kaiser erzählen, die bis ins 16. Jahrhundert hinein auf ihr regiert hatten. Erwähnenswert ist unter anderem auch die größte Stadtbefestigung Mitteleuropas in Form einer 3,8 Kilometer langen Mauer, inklusive der 67 kleinen noch intakten Türme. Zu bemerken wären auch die zahlreichen, von unterschiedlichen Religionen geprägten Kirchen.

An diesem Abend fuhren wir noch mit dem Zug nach Bamberg zurück und waren glücklich, dort unser Auto wiederzufinden, welches drei Tage lang treu gewartet hatte. Gegen Mitternacht kamen wir hundemüde zu Hause an.

Am nächsten Tag fühlten wir uns noch immer recht matt, waren mit unseren Wehwehchen beschäftigt und setzten keinen Fuß vor die Tür. Jens pflegte seine blasenübersäten Füße und ich lag fast bewegungslos, mit schmerzenden Schultern auf der Couch herum.

Für mich stand fest, dass ein neuer pilgerfreundlicher Rucksack her musste. Dies bedeutete auch, dass wir uns in Gedanken schon mit dem weiter führenden Weg in Richtung Santiago de Compostela beschäftigten.

Weg-Meditation

Andere Wege gibt es viele,
mit Sonnen- und mit Regentagen.
Sie bieten Rast und Schattenkühle –
Und du bleibst leer im Unbehagen ...

Doch dieser Weg, er ist der deine,
er fordert dich ins harte Jetzt,
er will von Dir das letzte Eine,
er will dich ganz- nicht unverletzt.

Versag dich nicht – trau Deinem Sehnen,
folg seinem inn'ren Rufen.
Und wird es auch ein Weg der Tränen,
er führt dich neue Stufen.

Es ist der Weg, der dich erwählt,
brich mutig auf ohn' Wanken.
Er ist's, der dich mit Kraft beseelt,
du sollst nur geh'n- und danken!

Von Wolfgang Schneller

5.4. – 11.4. 2009 • Nürnberg – Nördlingen

1. Tag Nürnberg – Unterreichenbach 25 km

Die fertig gepackten Rucksäcke standen schon seit ein paar Tagen bereit und ich war sehr darauf gespannt, wie sich mein neu erstandenes Exemplar bewähren würde.

Es war ein Palmsonntag, als wir mit dem Zug nach Nürnberg fuhren. Erwartungsvoll, was wohl an diesem besonderen Tag in einer solchen Stadt los sein würde, steuerten wir das Zentrum an. Außer ein paar wenigen Marktbuden, in denen Händler ihre Waren anboten, gab es nichts Außergewöhnliches zu sehen und wir vermissten etwas die von uns erwartete, festliche Atmosphäre dieses besonderen Tages.

Nach einem Besuch der Jakobskirche führte uns der Weg auch direkt von dort wieder aus der Stadt heraus. Ins Gespräch vertieft und mit genügend Kartenmaterial im Rucksack liefen wir vergnügt und selbstsicher entlang der stark befahrenen Hauptstraße. Als wir auf einer Brücke den Rhein-Main-Donau-Kanal schon zur Hälfte passiert hatten, sah Jens mich mit gerunzelter Stirn an:

»Sollten wir diesen Kanal nicht erst kurz vor Schwabach überqueren und eigentlich am Ludwig-Donau-Main-Kanal entlang laufen? Das sieht hier alles anders aus.«

»Lass mich auch mal auf die Karte schauen.«, brummelte ich und stierte etwas orientierungslos auf den Plan. Wir kamen zu dem Schluss, falsch zu sein und gingen missmutig ein Stück zurück, um in den vorher übersehenen Abzweig einzubiegen.

Obwohl erst Anfang April, waren die Temperaturen frühsommerlich, die Sonne knallte vom wolkenlosen Himmel und viele Menschen hatte es nach draußen gezogen.

Spaziergänger, Jogger und Familien mit Kindern bevölkerten den wunderschönen Weg am alten Ludwig-Donau-Main-Kanal. Einen Moment ruhten wir uns auf einer der vielen Bänke aus und beobachteten dieses lebensfrohe Treiben. Ein idyllisch gelegener, kleiner Biergarten unter schattenspendenden hohen Bäumen wirkte einladend, in der Luft hing der Geruch von gebratenen Würstchen und der Anblick der überschäumenden Bierkrüge ließ uns ziemlich durstig werden. Nach einem faden Schluck aus unseren Wasserflaschen zogen wir weiter, nicht ohne noch einen sehnsüchtigen Blick zurück in Richtung Biergarten zu werfen.

Vorbei an vielen Schleusen zog sich der Weg endlos bis zur Schleuse Nummer 64, an welcher wir den Ludwig-Donau-Main-Kanal verließen. In Richtung Schwabach laufend, bereitete uns ein anderer Augenschmaus viel Freude! Wir bewunderten die vielen liebevoll gestalteten Vorgärten sowie zahlreiche festlich geschmückte Osterbrunnen. Überall zeigten sich leuchtend gelbe Osterglocken, zarte Narzissen und erste Tulpen.
 Auch aus diesem Grund sind wir unwahrscheinlich gern in der Osterzeit unterwegs. Besonders in der fränkischen Gegend wird dieser Brauch mit sehr viel Liebe zelebriert.

Kurz hinter Neuses unterquerten wir den gewaltigen Rhein-Main-Donau-Kanal und gingen nicht weiter, ohne die Treppe hochzusteigen, um uns diesen anzuschauen. Ein überwältigender Anblick!

Nun war es nicht mehr weit bis Schwabach. Dort angekommen, bestaunten wir einen großen, schön verzierten Osterbrunnen, während ein kleiner, etwa fünfjähriger Knirps staunend zu uns hinüber sah und seinen Papa fragte: »Wo wollen denn die mit den Rucksäcken hin?«
 Der kleine Junge bekam eine ausführliche Antwort, welche wir jedoch nicht mehr verstanden, da wir bereits weiterliefen. Wir wollten endlich ankommen und tatsächlich bezogen wir eine halbe Stunde später unser Zimmer in einer kleinen Pension in Unterreichenbach. Es war Zeit für die üblichen Pilgerverrichtungen, wie Wäsche waschen, duschen, sowie die Pflege der Füße. Kurz darauf machten wir uns auf den Weg zum *Spackmüller*, einer Kneipe, die uns schon beim Einmarsch in den Ort auffiel. Auch hier war alles liebevoll österlich geschmückt und ganz besonders tat es uns wieder einmal der Brunnen an!

Jedoch trieb uns schließlich der Hunger in die gemütliche Gaststätte, wo wir sehr freundlich bewirtet wurden. Das Essen war köstlich und das Spalter Bier, von dem wir noch niemals zuvor etwas gehört hatten, schien in unseren Gläsern zu verdunsten.

Der Ort Spalt sollte übrigens unser nächster Übernachtungsort werden. Wieder mal ging ein Pilgertag, begleitet von den vielen neuen Eindrücken, zu Ende.

2. Tag Unterreichenbach – Spalt 25 km

Die Nacht in unserem gemütlichen Zimmer war sehr erholsam und nach einem kleinen Frühstück starteten wir in den neuen Tag. Am Ortsausgang verweilten wir kurz vor einer Kapelle, um unsere Pilgerpässe abzustempeln.

»Wo soll es denn hin gehen? Sie sind doch Pilger, oder?«, sprach eine jüngere Frau uns an. Sie zeigte sich sehr interessiert, zumal auch sie schon ein Stück auf dem Jakobsweg bis Einsiedeln unterwegs gewesen war.

»Bewundernswert!«, dachte ich so für mich » …irgendwann kommen wir auch dorthin, aber das wird noch lang dauern.«

»Laufen Sie zwischen Neppersreuth und Mildach nur geradeaus und biegen Sie nicht an der Hecke ab. Die Beschilderung ist hier etwas dürftig und hat schon so manche Pilger in die Irre geleitet.«, meinte sie und verabschiedete sich mit einem »Buen Camino!«, was bedeutet »Einen guten Weg!«

Dankbar für diesen Hinweis, winkten wir ihr hinterher und zogen zielsicher weiter.

Der Himmel war von einer vollständigen Wolkendecke überzogen und es war noch zu kühl, um die Jacken auszuziehen. Ein kräftiges Maunzen machte uns auf eine pechschwarze, kleine Katze aufmerksam, die uns von einem Fenstersims aus beobachtete. Wiederholt maunzte sie in unsere Richtung und sah mit großen, gelben Augen interessiert zu uns herüber. Ob sie wohl wissen wollte, wohin wir laufen oder eher, ob sich in unseren Rucksäcken ein paar Leckerbissen befinden?

Wir verließen Unterreichenbach auf der Ortsstraße und gingen bald darauf über eine große Brücke, an deren Geländer Jens stehen blieb, um hinunterzuschauen.

«Nun latschen wir schon wieder über die Autobahn!«, murmelte er vor sich hin.

Durch Haag hindurch kommend ging es weiter bis Neppersreuth, wo wir in einer Bäckerei ein reichhaltiges zweites Frühstück einnahmen. Da ich keinerlei Kopfbedeckung in meinem Gepäck mitführte, erwarb ich im gegenüberliegenden Laden einen Hut, denn alles deutete mittlerweile daraufhin, dass dieser Tag wieder sehr heiß werden würde.

»Schau mal, mein neuer Hut!«, posierte ich stolz vor Jens.

»Der sieht ja aus wie eine Melkermütze.«, meinte er grinsend.

»Na und! Mir gefällt's und zur Modenschau will ich auch nicht damit.«

Das weitere Wegstück war etwas eintönig, die Landschaft karg und wir kamen flotten Schrittes zwischen Feldern und Wiesen voran. Es gab keine Markierung und so bogen wir, einer Eingebung folgend, an einer freistehenden Hecke links ab. An den Hinweis der jungen Frau dachten wir nicht mehr. So wir kamen in Neumühle heraus und damit vom richtigen Weg ab! Wir folgten der Straße nach Mildach, um dann, zurück auf Jakobus Spuren, weiter bis Abenberg zu gelangen.

Dort erreichten wir durch das untere Tor das Zentrum dieser Kleinstadt, in der etwa 5.500 Einwohner leben. In der Jakobuskirche stempelten wir unsere Pilgerpässe und pausierten schließlich auf einer Bank am Marktplatz vor dem österlich geschmückten *Stillabrunnen*.

Platz und Brunnen sind nach der seligen *Stilla* benannt, die in der Zeit von 1100 bis voraussichtlich 1140 sehr zurückgezogen lebte und derzeit ihr Leben den Armen und Kranken widmete. Im Jahre 1927 wurde sie selig gesprochen.

Zwei Frauen waren gerade damit beschäftigt, den Brunnen fertig zu schmücken und einige beschädigte Eier durch neue auszutauschen. Sie erzählten uns von den Osterbräuchen und wie traurig sie es fanden, dass es Menschen gab, die aus purer Sinnlosigkeit und Zerstörungswut einfach mühsam gestaltete Dekorationen beschädigten. Leider wird der zunehmende Vandalismus überall immer mehr zu einem Problem.

Die Sonne knallte vom Himmel und bald erreichten wir Dürrenmungenau, wo wir uns im kühlen Inneren der 400 Jahre alten *Sankt Jakobus-Kirche* ausruhten. Vorbei an der sagenumwobenen weißen Säule, die den Kreuzungspunkt alter Straßen markiert, gelangten wir schon bald nach Beerbach, wo wir den Jakobsweg verließen. Denn bei unserer Suche nach einer preiswerten Unterkunft für die Nacht wurden wir auf den *Wittelsbacher Hof* aufmerksam, welcher sich abseits des Pilgerweges in der fränkischen Bierstadt Spalt befindet.

Gleich hinter Beerbach ging der Wahnsinn los! Nur Wald – sehr viel Wald! Um uns herum wurde es immer dunkler und mittlerweile war kein Weg mehr erkennbar. Ein paar hundert Meter kämpften wir uns durch Gestrüpp, krochen unter quer liegenden Bäumen hindurch und sprangen über Pfützen. Zu guter Letzt mussten wir einen Steilanstieg bewältigen, hinter dem es zum Glück heller wurde und diese furchtbare Wildnis ein Ende hatte. Der Weg führte zwischen riesigen Hopfenfeldern entlang, was mich staunen ließ!

»So also wird Hopfen angebaut? So was hab ich noch nie vorher gesehen … na ja ist ja auch eine Biergegend hier.«, schlussfolgerte ich wissend.

Etwas von der Markierung irritiert, liefen wir über Wiesen, entlang am Waldrand, wo wir auf mehrere Schilder mit der Aufschrift *Spalt* stießen. Die Pfeile wiesen unterschiedliche Richtungen aus und waren wenig hilfreich. Alle Wege schienen nach Spalt zu führen.

Planlos entschieden wir uns, rechts abzubiegen, was sich als riesengroßer Umweg erwies. Ein einsam auf einer großen Wiese stehendes, steinernes Kreuz war für uns Anlass, kurz inne zu halten.

Nun erblickten wir unten im Tal auch unser heutiges Tagesziel – die Stadt Spalt. Da es mittlerweile unerträglich heiß war, schützte sich Jens wie selbstverständlich mit meiner *Melkermütze* vor der Sonne….

Osterbrunnen in Abenberg

Alle Wege führen nach Spalt

Es war nicht schwer, den *Wittelsbacher Hof* zu finden, wo der Anblick des kleinen Biergartens vor dem Gasthaus uns geradezu in Euphorie versetzte. Ohne jegliche Anmeldeformalitäten erledigt zu haben, ließen wir uns an einem der Tische nieder und bestellten uns sogleich zwei große, kühle Spalter Bier. Es schmeckte herrlich!

Die Stadt Spalt hat knapp 5.000 Einwohner, befindet sich im fränkischen Seenland und nennt sich auch Hopfenmetropole. Bier und Hopfen spielen hier eine wichtige Rolle, da die Stadtbrauerei Spalt gegenwärtig die letzte kommunale Brauerei Deutschlands ist.

Nachdem der freundliche Wirt uns das Zimmer zugewiesen hatte, gingen wir nach den üblichen Pilgerverrichtungen im Ort etwas essen und ließen den Tag gemütlich ausklingen.

3. Tag Spalt – Gunzenhausen 20 km

Das reichhaltige Frühstück in der Gaststube vom Wittelsbacher Hof war ein guter Start in den Tag. Wieder sollten laut Wetterbericht die Temperaturen endlos in die Höhe steigen, doch wir hatten ja unsere Melkermütze!
 Ein schöner Weg führte uns in das kleine Dorf Fünfbronn, welches 1989 im Wettbewerb «Unser Dorf soll schöner werden» mit einer Goldmedaille ausgezeichnet wurde. Nur etwa hundert Einwohner sind hier zuhause.
 In Igelsbach gelangten wir wieder auf den Jakobsweg und langsam wurde es Zeit für eine Pause. Weit und breit konnten wir keine Sitzgelegenheit finden, bis wir uns auf mein Drängen hin endlich am Wegesrand niederließen, um sogleich wieder empor zu springen. Tausende kleiner Ameisen waren im Anmarsch, belagerten Schuhe und Rucksäcke, krochen in Jackenärmel und Hosenbeine, als ob sie nur auf uns gewartet hätten. Nichts war vor diesen flinken Tierchen sicher. Fluchtartig entfernten wir uns, um einen anderen, ameisenfreien Rastplatz zu suchen.
 Herrlich war es, auf der Wiese zu liegen und die wärmenden Strahlen

der Sonne auf der Haut zu spüren. Wir ganz allein und über uns nur der weite blaue Himmel. Wir schwebten auf einer Wolke von Freiheit und Erhabenheit und die Gedanken wanderten in die Ferne …

Der weitere Weg führte uns durch lichte Wälder, es wurde zusehends schwüler und das Blau des Himmels verfärbte sich nach und nach in ein düsteres Grau. Aus der Ferne konnte man rumpelndes Donnergrollen vernehmen und schon bald platschten die ersten dicken Regentropfen herab. Wir befanden uns am westlichen Stollenausgang des Altmühlüberleiters, eines Verbindungskanals zwischen kleinem Brombachsee und Altmühlsee und waren froh, hier Zuflucht finden zu können. Ein Unterstand schützte uns vor dem mittlerweile wolkenbruchartig einsetzenden Regen und eine in der Mitte stehende, überdimensional lange Sitzbank machte das Warten angenehmer. Sowie auch die aufschlussreichen Infotafeln, welche an den hölzernen Wänden hingen.

Dieser Kanal, der beide Seen verbindet, ist etwa neun Kilometer lang, über vier Meter tief und dient zur Überwindung der Wasserscheide zwischen den beiden Flusssystemen Main und Donau, um jahreszeitliche Wassermängel im Maingebiet auszugleichen.

Mittlerweile hatten sich noch mehr Schutz suchende Menschen an diesem Ort eingefunden. Am Horizont zuckten grelle Blitze, begleitet von heftigen Donnerschlägen. Dieses Naturschauspiel hielt geraume Zeit an, doch als der Regen schwächer wurde, sattelten wir unsere Rucksäcke auf und liefen bei leichtem Nieselregen weiter. Der schwarze Himmel wirkte noch immer bedrohlich! Unser Tagesziel war endlich erreicht und wir waren sehr froh, unsere Unterkunft am anderen Ende der Stadt gefunden zu haben.

Gunzenhausen ist ein staatlich anerkannter Erholungsort im mittelfränkischen Seenland und zählt cirka 16.000 Einwohner.

Es war so schön, schon nachmittags an Ort und Stelle zu sein und sich für alles richtig viel Zeit nehmen zu können. Nach dem Duschen und Einkaufen lümmelten wir im Zimmer auf unserem großen weißen Himmelbett herum, bis es Zeit wurde, an das Abendessen zu denken. Natürlich hatten wir auch einen Stadtrundgang eingeplant, denn in dieser Gegend hatten die Römer einst deutliche Spuren hinterlassen.

Gunzenhausen ist die einzige bayrische Stadt, durch welche der Limes direkt verläuft. Der Limes war ein von den Römern erschaffener über 500 Kilometer langer Grenzwall, welcher mit seinen vielen Wachtürmen und Kastellen die römisch-germanische Grenze sicherte. Mitte des dritten Jahrhunderts wurde er zerstört, trotzdem kann man auch heute noch dessen Verlauf nachverfolgen.

Schließlich hatten wir uns jedoch ein kräftiges, gutes Essen verdient, welches wir im alten Brauhaus, einer höchst gemütlichen und ansprechenden Gaststätte, bekamen.
Ein sehr vielseitiger Tag verabschiedete sich.

4. Tag Gunzenhausen – Markt Heidenheim 17 km (32)

Ein benachbarter Kirchturm bescherte uns eine unruhige Nacht, da die Turmuhr in regelmäßigen Abständen durchweg schlug. Von Schlafen konnte nicht mehr die Rede sein.
 Übernächtigt packten wir am Morgen unsere Rucksäcke, um anschließend das reichhaltige Frühstück im zugehörigen Café einzunehmen. Gestärkt beschlossen wir anbetracht der bevorstehenden nur siebzehn Kilometer einen kleinen Umweg zu laufen. Das Wetter war vielversprechend und so brachen wir zunächst einmal in die entgegengesetzte Richtung des Jakobsweges auf, um uns den Altmühlsee anzuschauen. Ein wahrhaftig schönes Fleckchen Erde!

Der See, der von einem zwölf Kilometer langen durchgehenden Wanderweg umrundet wird, lädt zum Urlaubmachen ein. Man kann dort baden und sämtliche Wassersportarten betreiben. Das Besondere am Altmühlsee ist die Vogelinsel, ein wichtiges Schutzgebiet für Zugvögel in Franken. Dieses nimmt fast die Hälfte des gesamten Sees ein und ist strikt vom Freizeitbereich getrennt. Wir rissen uns los von dieser Idylle und da wir noch immer nicht genug hatten, liefen wir weiter, um den angrenzenden kleinen Ort Muhr am See zu besichtigen. Diese Gemeinde beherbergt circa 2.160 Einwohner und ist unter anderem bekannt für seine evangelisch-lutherische Jakobuskirche in dem Ortsteil Neuenmuhr. Eine Besonderheit dieser Kirche ist ein seit 1946 bestehendes Storchennest auf dem Westgiebel des Turms. Einen Pilgerstempel bekamen wir in dieser Kirche nicht.

Da schon fast Mittag war, hieß es langsam den Rückzug antreten und so fuhren wir mit dem Zug zurück nach Gunzenhausen. In der erstbesten Bäckerei nahmen wir schnell einen Imbiss zu uns und verweilten noch einen Moment auf dem Marktplatz vor dem freistehenden Glockenturm mit dem wunderschönen Glockenspiel. Wir konnten uns gar nicht losreißen, doch nun hieß es endgültig aufbrechen.

Abenteuerlustig marschierten wir los und kamen trotz schlechter Beschilderung gut voran. Hinter Gnotzheim ging es steil empor in Richtung Spielberg, wo wir es uns nicht nehmen ließen, die Schlossanlage zu besichtigen.

Zu diesem Zeitpunkt war es ja nicht mehr so weit und wir befanden uns kurz vor dem Hahnenkammgebirge, dessen höchste Erhebung der 656 Meter hohe Dürrenberg ist. Frohen Mutes und beschwingt setzten wir unseren Weg fort. Den heftigsten Anstieg hatten wir hinter uns, was sollte jetzt schon noch schief gehen? Bald müsste ja auch Markt Heidenheim zu sehen sein. Eine gute halbe Stunde später konnten wir unser Tagesziel nach wie vor nicht erblicken.

Langsam kam uns das alles spanisch vor! Wir befanden uns noch immer auf ein und demselben Waldweg, als Jens beschloss, die Böschung zur Straße hoch zu klettern, um sich einen Gesamteindruck zu verschaffen. Kein Schild war zu sehen, sodass er das nächstbeste Auto anhielt, um nach dem Weg zu fragen. Mittlerweile hatte auch ich Abhang bezwungen und stand mitten auf der Straße.

»Es geht etwa vier Kilometer dort entlang.«, klärte uns die Fahrerin auf und zeigte genau in die Richtung aus der wir kamen. Ungläubig sahen wir dem davon fahrenden Wagen hinterher.

Nach ungefähr acht Kilometern Umweg kamen wir fix und fertig in Markt Heidenheim an, um dann auch noch unsere Unterkunft zu suchen. Diese war ein Glücksgriff, denn Frau Englein und die Ferienwohnung waren total spitze!

Viel Komfort für müde Pilger, zwei riesig große, gemütlich wirkende Bauernbetten und flauschige Handtücher luden ein, das Haus nun nicht mehr zu verlassen. Jedoch waren wir hungrig und zogen nach den üblichen Pilgerverrichtungen noch mal los, um irgendwo eine Kleinigkeit essen zu gehen. Markt Heidenheim ist wunderschön gelegen und mit seinen 2.560 Einwohnern recht übersichtlich. Eine Passantin, welche wir ansprachen, nahm uns erstmal jegliche Illusion.

»Also ich wüsste nicht, wo Sie jetzt noch was zu essen bekommen könnten. Dort unten an der Straße gibt's eine kleine Dorfkneipe, aber ich glaube, das ist nichts für Sie.«

Und ob es was war!

Der Gastraum war einfach, aber gemütlich. Ein paar Männer saßen am Stammtisch und tranken, laut diskutierend, ihr Bier. Wir nahmen an einem der rustikalen Holztische Platz, als nach ein paar Minuten aus der Tür neben dem Tresen die Wirtin erschien. »Entschuldigung, ich hatte gerade im Stall zutun, was wollt Ihr denn trinken?«

»Wir hätten gern zwei große Bier.«, sagten wir wie aus einem Munde » ...und könnten wir noch was zu essen bekommen?«

»Oh ...«, sagte sie » ...eigentlich ist schon Küchenschluss, aber mache Euch schnell noch was.«

Das kalte Bier tat gut und eine halbe Stunde später saßen wir vor gut gefüllten Tellern, von denen uns Kasslerkotelett, Sauerkraut, Kartoffeln, frisches Brot und Bratwurst entgegenlachten. Die Wirtin leistete uns etwas Gesellschaft und es wurde ein netter Abend.

5. Tag Markt Heidenheim – Oettingen 18 km

Nach einer kurzen Besichtigung des Heidenheimer Münsters, nahmen wir in der Gaststätte *Zur Post* unser Frühstück ein, welches unsere nette Gastgeberin organisiert hatte. Mit einem letzten Blick zum liebevoll geschmückten Osterbrunnen starteten wir bei herrlichem Sonnenschein und blauem Himmel in diesen Pilgertag. Auf einer Anhöhe angelangt, sahen wir noch einmal zurück auf das zwischen sanften Hügeln liegende Markt Heidenheim, aus dessen Mitte stolz die Türme des Münsters emporragten.

Ein sehr schönes Wegstück lag vor uns und schon bald blieben wir staunend stehen. Wir befanden uns in einem riesigen Bärlauchwald, umgeben von sattem Grün und einem leichten Duft von Knoblauch.

»Yeah …!«, rief ich »Bärlauch macht stark!«
»Bärlauch gibt Kraft …!«, stimmte Jens ein.
»Bärlauch ist gesund …!«

Übermütig setzten wir diese Jubelrufe eine Zeitlang fort, während wir am Boden hockten und uns an der grünen Lauchpflanze labten.

Der wild wachsende Bärlauch ähnelt charakterlich dem Knoblauch, wird deshalb auch Waldknoblauch genannt und ist ein wahrer Energiespender. Er wächst in der Zeit von Mitte März bis Ende April und kann vom Aussehen der Blätter her mit den hochgiftigen Maiglöckchen oder Herbstzeitlosen verwechselt werden. Deshalb sollte man beim Ernten recht aufmerksam sein und auch auf den unverwechselbaren Geruch achten. Schon oft konnten wir uns an dieser aromatischen Pflanze laben und grundsätzlich kommen wir an frischem Bärlauch nie vorbei!

Der Osterbrunnen auf dem Dorfplatz in Hüssingen bot eine willkommene Erfrischung und verschwenderisch ließen wir das kalte Wasser über Gesicht und Arme laufen. Es passte mal wieder alles, die Landschaft war ansprechend, die Sonne ließ uns ebenfalls strahlen und wir fühlten uns unbesiegbar. Es waren nur achtzehn Kilometer zu bewältigen und bis jetzt hatten wir uns noch nicht einmal verlaufen!

»Bärlauch macht stark!«

Störche in Oettingen

Schon gegen fünfzehn Uhr erreichten wir Oettingen, was uns einen langen lauffreien Nachmittag versprach. Vor der Jakobskirche empfing uns der mannshohe Jakobus auf einem Sockel stehend und lud zur Besichtigung ein.

Dies wurde auf später verschoben, da wir zunächst die Pension *Rose* aufsuchen wollten, in der wir ein Zimmer gebucht hatten. Dort angekommen, erledigten wir die üblichen Pilgerverrichtungen, bevor wir gut gelaunt aufbrachen, um das schwäbische Oettingen zu erobern.

Mehrere hübsch gestaltete Osterbrunnen schmückten diese liebenswerte Kleinstadt, in der etwa 5.160 Einwohner zu Hause sind. Ein emsiges, aber auch beschauliches Treiben beherrschte das Stadtbild und wir beschlossen, uns in einem idyllischen, kleinen Biergarten ein kühles Oettinger vom Fass zu gönnen. Von dessen überaus guten Geschmack überrascht, suchten wir das Gespräch mit dem Wirt.

»Das Bier schmeckt ja echt hervorragend, so gut hatte ich es bisher gar nicht in Erinnerung.«

»Ja, aus welcher Gegend kommen Sie denn?«, fragte der Wirt.

»Wir sind aus Thüringen, aber das Öttinger Bier hatte uns nie besonders zugesagt.«, gab Jens zur Antwort.

»Ach so …!«, unser Gegenüber schmunzelte. »Dieses Bier, welches Sie grade trinken, wird direkt hier bei uns im ansässigen Brauhaus gebraut. Und welches Sie meinen, kommt aus der Gothaer Brauerei.«

Wie zur Bekräftigung dieser Aussage, bestellten wir zwei weitere Gläser dieses labenden Getränkes und ließen dabei den Tag Revue passieren. Erst als die wärmende Nachmittagssonne langsam verschwand, verließen wir den gemütlichen Biergarten.

Wir folgten der Einladung des bronzenen Jakobus vor der evangelischen Pfarrkirche und besichtigten diese. Es befand sich darin sogar einen Monitor, auf welchem man direkt das benachbarte Storchennest sehen konnte. Oettingen wird als die Hochburg der Störche im Ries bezeichnet und auch wir konnten einige dieser Nester entdecken.

Wir schlenderten durch die Straßen dieses bezaubernden, kleinen Ortes und waren froh darüber, Oettingen als Tagesziel ausgewählt zu haben. Zu Abend aßen wir in der gut besuchten Gaststätte *Zur Gans*, in der zeitgleich die Übertragung des Champions-League-Spiels *Barcelona gegen FC Bayern München* auf dem Bildschirm im Nebenraum lief. Schon allein aufgrund der Kommentare und Geräusche konnten wir den Spielverlauf erahnen. Da Barcelona mit 4:0 gegen die Bayern siegte, herrschte eine recht gedrückte Stimmung. Essen und Bier schmeckten uns trotzdem und dank sehr bequemer Betten hatten wir eine erholsame Nachtruhe.

6. Tag Oettingen – Nördlingen 25 km

Es lagen fünfundzwanzig Kilometer im Riesbecken vor uns, als wir Öttingen verließen, was bedeutete, einfach nur locker drauflos zu marschieren. Seit dem gestrigen Tag verliefen wir uns auch nicht mehr, also was sollte uns »Auskennern« schon passieren?
Das Nördlinger Ries ist eine Landschaft, die vor etwa fünfzehn Millionen Jahren durch einen Meteoriteneinschlag entstand. Oettingen befindet sich bereits am Riesrand und Nördlingen direkt in dessen Mitte, was aus der Luftperspektive besonders gut erkennbar ist. Das Ausmaß dieses Naturereignisses wird recht anschaulich im örtlichen Riesmuseum dargestellt. Sehr empfehlenswert!

Herrlicher Sonnenschein von einem klaren, blauen Himmel begleitete uns schon seit den Morgenstunden. Wir kamen problemlos voran und erreichten gegen Mittag über die Römerstraße die Gemeinde Maihingen. Dort steuerten wir zunächst einmal die katholische Kirche, das ehemalige Minoritenkloster, an. Hier kann man seit 1985 an Kursen und Seminaren zur Erneuerung und Vertiefung des Glaubens teilnehmen.
   Im Inneren dieser prachtvollen Kirche zündete ich, wie immer, Kerzen an für unsere Lieben daheim, sowie auch für uns beide. Sicher kann durch dieses Ritual kein Unheil verhindert werden, jedoch allein der Glaube daran wirkt manchmal Wunder.

Übrigens war Karfreitag, jener Tag, an dem Jesus Christus einst gekreuzigt wurde. Noch ein Grund, in schweigendem Gedenken innezuhalten.

Erschöpft ließen wir uns anschließend auf einer der zahlreichen Bänke im angrenzenden Klostergarten nieder und stürzten uns heißhungrig auf die kurz vorher erworbenen Osterbrote. Wie köstlich diese schmeckten!
Gestärkt gingen wir entlang der alten Römerstraße weiter und die Sonne knallte erbarmungslos auf unsere Köpfe. Kein schattenspendender Baum, kein Strauch und selbst die Melkermütze war kein wirklicher Schutz. Die Hitze wurde unerträglich!
Das flache Ries, in dem wir uns befanden, hob sich auffällig von der hügeligen Landschaft der Alb ab, was den Vorteil hatte, dass wir gut vorankamen. Nördlingen war nur noch wenige Kilometer entfernt und in unserer Phantasie baute sich ein idyllischer Biergarten vor uns auf. Das eiskalte Bier schäumte aus den Gläsern, Kellner rannten emsig umher, um die Gäste zufrieden zu stellen und ein Geruch von geschmorten Haxen hing in der Luft.

Das Vorbeirauschen eines Autos riss uns aus den Träumen. Wir befanden uns in einem kleineren Ort und staunten, dass dies schon Wallerstein mit seinen etwa 3.353 Einwohnern war. Die berühmte, aus dem Stadtbild herausragende Pestsäule ist zweifelsohne sehr markant und prächtig, jedoch interessierte mich das alles im Moment überhaupt nicht, da die Hitze mir kräftig zusetzte und ich mich einem Sonnenstich nahe fühlte.

Pestsäulen sind Denkmäler, welche an die Zeit der Pest erinnern, beziehungsweise gestiftet wurden als Dank für das Abklingen dieser tödlichen Seuche. Man nennt sie auch *Heilige Säulen.* Meist stellen sie die heilige Dreifaltigkeit, die Muttergottes oder andere Pestheilige, wie zum Beispiel die heilige Rosalia, Sebastian und Rochus, dar.

Das lauwarme Trinkwasser löschte nicht mehr unseren Durst und das Verlangen nach einem eiskalten Bier steigerte sich ins Unermessliche. Das dort vorn könnte doch eine Wirtschaft sein …! Nichts wie hin!

Einsam standen Tische und Bänke in der Sonne und auf dem Schild an der Tür stand: »Heute Ruhetag«.

Enttäuscht schleppten wir uns weiter bergauf und landeten auf Schloss Wallerstein, wo tatsächlich ein herrlicher Biergarten in unser Blickfeld geriet. Zahlreiche kleine runde Tische, an denen viele durstige Menschen unter riesigen Sonnenschirmen saßen, luden zum Verweilen ein.

Wir sanken auf zwei dieser begehrten Plätze nieder, als auch schon ein Kellner, als wüsste er von unserer Gier, heraneilte, um die Bestellung aufzunehmen. Im Handumdrehen standen zwei große Wallersteiner Export vor uns, welche wir innerhalb kürzester Zeit leerten.

Nachdem durch die kurze Pause letzte Kräfte mobilisiert wurden, schleppten wir uns schließlich bis Nördlingen. Da ich mich noch immer arg sonnenstichig fühlte, konnte ich nicht genau einordnen ob das, was wir vor uns erblickten, wirklich schon der neunzig Meter hohe Daniel war, das höchste Bauwerk von Nördlingen, oder nur eine Fata Morgana.

Doch wahrhaftig waren wir am Ziel und gelangten durch das Baldinger Tor in die Stadt. Nach wenigen Metern schon erreichten wir den Gasthof *Roter Löwe*, in dem ein Zimmer für uns reserviert war. Wir fanden total witzig, dass sich gleich nebenan eine Pension *Goldene Rose* befand, fast namensgleich mit unserer Unterkunft vom Vortag. Dass diese Tatsache uns noch Aufregung bescheren sollte, ahnten wir zu jenem Zeitpunkt nicht. Eine Stunde später zogen wir ausgeruht und regeneriert los, um die Stadt zu erkunden.

Nördlingen, Mittelpunkt vom Ries, besitzt etwa 19.500 Einwohner und ist von einer komplett erhaltenen Stadtmauer mit begehbarem Wehrgang umgeben. Nur durch die fünf Tore kann man die Stadt betreten beziehungsweise verlassen.

Wir ließen es uns nicht nehmen, ein Stück den Wehrgang entlangzulaufen und auf die hübschen Häuser herabzublicken, aus denen das Wahrzeichen von Nördlingen ragte. Der Daniel ist der Turm der Sankt-Georgs-Kirche, welche in den Jahren von 1427-1505 im gotischen Stil erbaut wurde. Gleich gegenüber, in einer gemütlichen Gaststätte, belohnten wir uns für den hinter uns liegenden Pilgertag mit zünftigem Essen und Wallersteiner Bier, von dem wir etwas mehr benötigten, um den Flüssigkeitspegel des Tages auszugleichen. Der Abend wurde entsprechend lang und angeheitert steuerten wir unsere Pension an. Nanu!?

Die Haustür war schon abgeschlossen und warum passte bloß der Schlüssel nicht ins Schloss??? Vielleicht sollten wir mal klingeln? Mit viel Radau suchten wir umständlich die Tür nach der Hausklingel ab, bis unser Blick nochmals auf das Namensschild fiel. *Goldene Rose* stand da!

War *Rose* nicht gestern? Und standen wir etwa vor der falschen Tür? Nebenan war doch der *Rote Löwe,* wo sogar unser Schlüssel passte. Uns halbtot lachend verschwanden wir hinter der richtigen Tür und in unseren Betten.

Abreise

Nach dem kräftigen Frühstück und einem netten Gespräch mit den beiden Inhaberinnen der Pension brachen wir schweren Herzens auf, um die Heimfahrt anzutreten. Es war Samstag und am Montag schon würden wir wieder in die Mühle des Alltags einsteigen müssen.

Wir schlenderten über den großen, belebten Wochenmarkt Nördlingens und konnten uns nicht satt sehen an diesem bunten Treiben. Unzählige kleine Verkaufswagen und Stände, an denen Blumen, frisches Obst, Gemüse und vieles mehr angeboten wurde, emsig einkaufende, miteinander schwatzende Frauen, ungeduldig wartende Männer und eifrige Händler belebten das Stadtbild.

Mit etwas Reiseproviant in unseren Rucksäcken blickten wir noch einmal wehmütig zurück, um uns dann in Richtung Bahnhof vorzuarbeiten und die nicht mehr hinauszögerbare Heimfahrt anzutreten.

Im Zug sitzend, sahen wir Orte und Landschaften an uns vorüber fliegen, welche wir Tage zuvor zu Fuß erobert hatten.

Die Pilgerschaft

Weit ist noch mein Weg, fern sein Ziel.
Doch am Ende eines langen Tages erwartet mich ein Ort,
an dem ich ausruhen, Last ablegen, »Ich« sein kann.
Morgen gehe ich weiter, ein kleines Stück auf meinem Weg,
ein Stück näher zum Ziel,
ein Stück näher zu mir.

Zitat
Autor nicht bekannt

27.03. – 03.04.2010 • Nördlingen – Biberach

Anreise

Ein Jahr später war es soweit und eine Woche vor Ostern standen wir wieder mal mit gepackten Rucksäcken am Rudolstädter Bahnhof, wartend auf den Zug, welcher uns in Richtung Nördlingen bringen würde. Diesmal reisten wir nicht allein, denn in Saalfeld stieg meine ältere Tochter Johanna zu, die mit uns gemeinsam in den nächsten Tagen auf Jakobus Spuren wandeln würde.

Darauf freuten wir uns sehr, denn schon von Anfang an interessierten sich meine beiden Mädchen für unsere Pilgertouren und lauschten jedes Mal gespannt unseren Erzählungen. Johanna war jahrelang Mitglied bei den Pfadfindern und auch heute noch liebt sie es, die Natur hautnah zu erleben.

Nun saßen wir zu dritt im Zug, genossen die Fahrt und fachsimpelten über die Pilgerei. In Donauwörth wollten wir den etwas längeren Aufenthalt nutzen, um Proviant zu bestellen, doch leider war fast Mittagszeit und die Läden schlossen so nach und nach. Ratlos vor einer Bäckerei stehend waren wir überrascht von der netten Geste der Verkäuferin, die uns hereinwinkte, damit wir schnell noch einkaufen konnten.

Kurz vor fünfzehn Uhr erreichten wir Nördlingen und auch Johanna war, trotz Nieselwetters, begeistert von dieser wunderschönen Stadt. Direkt an der Stadtmauer gelegen, befand sich unsere Unterkunft *Haus Walkmühle*, ein Gebäude welches Geschichte schreibt. 1930 erstmals erwähnt und seit 1953 in Besitz der Familie Schäff, wurden dort zu Beginn Loden und Leder gewalkt. Danach nutzte man es bis 1993 als Getreidemühle.

Unsere Gastgeberin, eine sehr nette Dame, empfing uns überaus herzlich und wir fühlten uns hier total gut aufgehoben. Natürlich schauten wir uns Nördlingen an diesem Tag noch mal ausführlich an, denn wir hatten ja selbst nur einen Bruchteil gesehen. Auch all das, was wir kannten, wollten wir natürlich Johanna ebenfalls präsentieren.

Nach Besichtigung des Riesmuseums, der Besteigung des neunzig Meter hohen Kirchturmes und Begehen der gesamten Stadtmauer hatten wir ordentlich Hunger bekommen. Es wurde Zeit, etwas zu essen und wir rückten in die gleiche Gastwirtschaft ein wie ein Jahr zuvor. Wieder schmeckte es vorzüglich und Johanna hatte mit einer Riesenportion Käsespätzle zu kämpfen, welche sie letztendlich nicht bewältigen konnte.

Bevor wir in unseren Betten verschwanden, schwirrten meine beiden Mitpilger noch einmal aus, um zahlreiche Fotografien von Nördlingen bei Nacht anzufertigen, während ich alle viere grade sein ließ.

1. Tag Nördlingen – Neresheim 25 km (34)

Viertelstündliches Glockengeläut machte die Nacht, besonders für Jens, unvergesslich, da er immer wieder aus dem Schlaf gerissen wurde. Jedoch das üppige Frühstück unserer Gastgeberin war genau der richtige Start in den ersten Pilgertag. Gemeinsam saßen wir an dem runden, reichlich gedeckten Tisch in der gemütlichen Küche.

Wir verließen Nördlingen durch eines der Tore und schlugen erstmal die falsche Richtung ein, was uns zum Glück zeitnah bewusst wurde.

Mit dem Verlaufen sollte nun eigentlich Schluss sein, denn schließlich war ich mit einer Pfadfinderin unterwegs und einem ehemaligen Teilnehmer der Fachgruppe Touristik!

Jens war während seiner Schulzeit Mitglied der AG Touristik, was ihm unglaublich viel Spaß machte. Eines Tages jedoch verlief er sich bei einer Übung gemeinsam mit einem Kumpel im Wald, in welchem sie fast den ganzen Tag ziellos umher irrten. Als Strafe dafür durfte er ab diesem Zeitpunkt die AG Touristik nicht mehr besuchen. Noch heute machen wir uns gelegentlich lustig darüber, wenn wir mal wieder den richtigen Weg verfehlen.

Hinter Nördlingen durchquerten wir die typisch karge Heidelandschaft des Riesrandes mit viel offenem Gelände und bekamen so den starken Wind besonders intensiv zu spüren. Es war zudem recht kühl und leichter Nieselregen veranlasste uns, den Schutz von Kapuzen und Regenumhängen zu nutzen. Zuerst wollten wir das *Albuch-Denkmal* ansteuern, welches sich laut Karte auf dem Weg befand. Vorbei am Hexenfelsen, über Schmähingen, verpassten wir einen Rechtsabzweig und gelangten erst über Umwege zu dem geschichtsträchtigen Jurarücken namens *Albuch*.

Dort wurden im dreißigjährigen Krieg am 6.9.1634 in der Schlacht bei Nördlingen sehr viele Menschen sinnlos getötet und verletzt. Ihnen ist der Gedenkstein auf dem Rücken des Berges gewidmet.

Leider konnten wir die sich dort befindende, bereits im Jahre 1934 erbaute und 1977 total erneuerte Schutzhütte nicht für eine Rast nutzen. Sie machte einen recht verwahrlosten Gesamteindruck, überall lag Müll herum und die Bänke waren beschmutzt. Heftige Windböen peitschten uns den Regen in die Gesichter und zügig ging es weiter Richtung Hürnheim zur Burgruine Niederhaus. Johanna und Jens liefen ein ganzes Stückchen vor mir, sodass ich sie schon bald nicht mehr sehen konnte. Aus irgendeinem Grund saß mein Rucksack an diesem Tag nicht gut und immer wieder stellte ich daran herum. Somit blieb ich weit hinter den beiden zurück, die es gar nicht zu bemerken schienen. Ich arbeitete mich bergauf zur Burgruine Niederhaus.

Diese Ruine einer stauferzeitlichen Höhenburg aus dem 12. Jahrhundert wurde 1340 erstmalig erwähnt. Sie liegt auf 490 Metern Höhe und war die Stammburg der Edelherren von Hürnheim.

Nun also thronte diese mächtige Ruine vor mir, meine beiden Mitpilger waren weder zu sehen noch zu hören und mir wurde so langsam etwas beklommen zumute. War ich etwa falsch?

Die unheimliche Stille wurde schlagartig von wütendem Hundegebell unterbrochen. Ein Hund! Nein, das konnte ich gar nicht gebrauchen! Und schon sah ich dieses angriffswütige Tier in der Ferne unter einem Felsvorsprung stehen. Gleich würde es auf mich zustürzen. Was tun? Nicht einmal einen Stock hatte ich griffbereit. Das Herz schlug mir bis zum Halse.

»Johanna, Jens …wo seid ihr denn?«, rief ich, in der Hoffnung um Beistand.

»Was ist?«, ertönte von irgendwoher die Stimme von Jens.

Froh, gleich Hilfe zu bekommen, rief ich zurück:

»Da ist ein Hund!!«

Ich glaubte meinen Augen nicht zu trauen, als ich neben diesem vermeintlichen Ungetüm Johanna und Jens auftauchen sah.

»Er tut nichts.«, hörte ich beide gleichzeitig rufen und näherte mich ihnen, um Sekunden später in ihre feixenden Gesichter zu schauen.

Nachdem auch die Besitzerin des Hundes um die Ecke kam, fand ich diesen gar nicht mehr so furchteinflößend, nein, eigentlich wirkte er total lieb und erwartungsvoll sah er uns an.

Im Windschatten des Burggemäuers ruhten wir aus und verzehrten unsere gestern in Donauwörth gekauften Osterbrote. Als wir weiter liefen, wollte Johanna mir netterweise bei der Einstellung meines Rucksackes helfen, womit ich gleich gar nicht zurechtkam. Was aber nicht an Johanna lag. Ich hätte mir lieber gleich was richtig Ordentliches kaufen sollen, aber nein, es musste unbedingt dieser billige Rucksack sein. So was Unbequemes!

»Der sitzt überhaupt nicht gut heute!«, fluchte ich, noch immer an den Gurten herumzupfend.

»Versuch es doch wenigstens bis *Christgarten* …!«, meinte Johanna hartnäckig, nachdem sie nun doch wieder alles verstellt hatte. » …und wenn es dann immer noch nicht gut ist, kannst du's ja wieder umändern.«

»Neeein …das geht so nicht!«, rief ich zur Seite hüpfend » …mach's bitte wieder richtig!«

Was sich letztendlich als gut herausstellte. Denn Christgarten sollten wir nie erreichen! Wieder einmal übersahen wir einen wichtigen Abzweig, was uns nicht nur einen riesigen Umweg bescherte, sondern auch quer durch verwahrloste Wälder und mannshohes Gestrüpp führte. Mittlerweile war es schon Nachmittag und eine Pause fällig. Jedoch fanden wir keine Sitzgelegenheit, bis endlich eine kleine Holzhütte zwischen Bäumen auftauchte, in der Strohballen gelagert waren. Dies alles glich eher einem Insektenhotel, doch die Vernunft siegte und jeder suchte sich ein kuscheliges Plätzchen.

Gegen siebzehn Uhr erreichten wir die Wallfahrtskapelle *Maria Buch*. Wie Soldaten standen drei kleine grüne Sektfläschchen auf der Treppe und schienen auf uns zu warten. Jens hatte sie heimlich mitgeschleppt und dort hin drapiert. Auf einer Bank sitzend tranken wir genüsslich den kühlen, prickelnden Sekt, während unsere Blicke zur Kapelle hinüber wanderten. Dieser Ort wird von vielen Gläubigen sowie Touristen aufgesucht, um Andacht zu halten. Oder auch von müden Pilgern!

Nun war Neresheim nicht mehr weit und schon nach zwei Kilometern standen wir begeistert vor dem großen Kloster. Auch hier hatte der berühmte Architekt Balthasar Neumann seine Finger im Spiel. Die Abteikirche gehört zu den bedeutendsten Kirchenbauten des Spätbarocks und stellt den Höhepunkt des Schaffens dieses großen Künstlers dar. Noch heute leben und arbeiten Mönche in dem Kloster, jedoch dient es auch vielen Menschen als ein Ort der Besinnung, Bildung und Begegnung.

Unsere Zimmer waren urgemütlich. Die aus dunklem Holz bestehenden altertümlichen Betten, sowie die urigen, knarrenden, dazu passenden Schränke könnten bestimmt unendlich viele Geschichten erzählen. Was für Schicksale hatten sie wohl schon miterlebt?

Zu Abend aßen wir in der Klostergaststätte und durften anschließend sogar den Klosterkeller inklusive Getränken nutzen. Johanna übernahm die Bar und eine Kasse des Vertrauens ersetzte den Kellner.

2. Tag Neresheim – Giengen an der Brenz 23 km

Am Morgen ließen wir die Pilgerpässe von den Mönchen persönlich abstempeln, was einer geheimnisvollen Abhandlung gleichkam. Die Glaubensbrüder bewohnten ein separates Gebäude, in dessen Vorsaal wir nun standen, als sich auf einmal ein winziges, quadratisches Fensterchen in der Wand öffnete. Scheu blickte einer der Mönche heraus und verlangte unsere Pässe. Kaum hatte er diese in der Hand, schloss er das Fenster schnell. Eine Weile tat sich gar nichts und etwas verloren standen wir in dem großen Raum herum, bis ein weiterer Mönch die Treppe herunterkam. Aus einer Mischung von Misstrauen und Staunen sah er uns an und verschwand sogleich geschwind wieder nach oben. Nach ein paar Minuten öffnete der scheue Glaubensbruder sein Fensterchen einen Spalt, um uns die abgestempelten Pilgerpässe mit langem Arm herauszureichen.

Gut gelaunt und recht spät starteten wir nach einem Superfrühstück in den neuen Pilgertag. Ein sehr angenehmer und interessanter Aufenthalt lag hinter uns! Letzte Blicke schweiften zurück zum Kloster, von dem wir uns immer weiter entfernten. Das Wetter zeigte sich recht unentschlossen und begleitete uns vorerst mit feinem Nieselregen. Es ging schleppend voran. Durch Auernheim kommend, machten wir eine Stempelpause in der dortigen *Sankt-Georgskirche* und überschritten hinter Fleinheim die schwäbisch-bayerische Landesgrenze. Wir befanden uns nun für die nächsten Kilometer auf bayerischem Boden.

Sehenswert ist die Katholische Kapelle *Maria Schnee* bei Staufen. Sie wurde 1895 im neugotischen Stil als Dank für den unfallfreien Bau der Staufener Pfarrkirche *Sankt Martin* erbaut.

Mittlerweile hatte es aufgehört zu regnen und einzelne Sonnenstrahlen schafften es, durch die Wolkendecke zu dringen. Eine karge, sanfthügelige und auf ihre Weise reizvolle Landschaft zog sich bis fast zu unserem Tagesziel hin.

Unwegsames Gelände war nicht selten

Ein Blick zurück auf das Kloster Neresheim

Anlass für eine ungeplante Pause war ein etwa fünfzig Zentimeter breiter, unendlich langer Wassergraben, welcher sich direkt vor uns befand und die Wiese komplett teilte.

Die leichtfüßigen Sprünge von Johanna und Jens sollten mir zeigen, wie es geht.

Da ich scheinbar doch etwas von der Mentalität eines Esels besitze, brachte mich nichts dazu, diesen Graben zu überqueren. Langsam breitete sich Panik in mir aus, als meine beiden Mitpilger auf der anderen Seite dieses Hindernisses standen und mich erwartungsvoll anschauten. Um mir zu demonstrieren, wie einfach es doch war, hüpfte Johanna ein paar Mal beschwingt über den Wassergraben, als würde sie eben mal schnell Frühsport machen.

»Ach Mutti komm, du musst doch nur einen Schritt machen. Das ist wirklich ganz leicht!«, versuchte sie mich zu ermuntern.

»Nein, ich komme hier nicht drüber!«, jammerte ich herum.

Meine Reaktion glich immer mehr der eines störrischen Langohres und nach reichlich Gezeter blieb Jens nichts anderes übrig, als mir eine Brücke über das für mich so unüberwindbare Hindernis zu bauen.

Durch einen sehr weitläufigen Park entlang einer größeren Sportanlage, erreichten wir gegen achtzehn Uhr Giengen an der Brenz. Von diesem Punkt aus sind es noch stolze 1.500 Kilometer bis Santiago de Compostela.

In einem Supermarkt deckten wir uns mit Proviant ein, um daraufhin unsere Unterkunft aufzusuchen. Diese war, die Sauberkeit betreffend, recht grenzwertig, doch wir arrangierten uns – es war ja nur für eine Nacht und schließlich hatten wir ein Dach über dem Kopf.

Giengen besitzt etwa 19.350 Einwohner und nennt sich auch die Geburtsstadt der Teddybären. Gemeint damit sind die berühmten Steiffbären, welche nach dessen Erfinder, *Richard Steiff*, benannt wurden. Dieser wiederum war der Neffe der erfolgreichen, bewundernswerten Spielwarenherstellerin *Margarete Steiff*, die mit einem kleinen selbst genähten Stoffelefanten den Grundstein für all das legte. Im ganzen Ort kann man Teddybären verschiedenster Ausführungen sehen. Besonders originell sind die aufgemalten Bärentatzen auf den Gehwegen, welche unter anderem vom Bahnhof bis in die Innenstadt führen.

Zum Essen besuchten wir ein griechisches Restaurant, in dem wir letztendlich den gesamten restlichen Abend verbrachten.

Dann hieß es schlafen gehen, denn am nächsten Tag mussten wir zeitig aufstehen. Johannas Pilgerzeit mit uns neigte sich leider schon dem Ende entgegen, deshalb würden wir sie am Vormittag zum Bahnhof nach Niederstotzingen bringen.

3. Tag Giengen – Nerenstetten über Niederstotzingen 31 km

Nach einem sehr zeitigen Frühstück brachen wir gegen sechs Uhr auf. Es war dunkel und die friedliche Stille der Nacht lag noch über der Stadt. Ein paar vorwitzige Vögel versuchten, mit leisem Piepen den neuen Tag hervorzulocken und einer Erscheinung gleich, leuchtete das Shell-Zeichen einer weit entfernten Tankstelle. Mit zügigen Schritten gingen wir, nur flüsternd, nebeneinander die Straße entlang und konnten, während langsam die Dämmerung hereinbrach, ein eindrucksvolles Farbenspiel beobachten. Der Himmel präsentierte sich uns in verschiedensten Schattierungen von dunkelblau über violett bis hin zu einem hellen rosa, durchzogen von hauchdünnen weißen Streifen. Mehr und mehr wurde dessen Aussehen von der aufgehenden Sonne erhellt, die so nach und nach auch die taunassen Wiesen trocknen würde.

In Hürben standen wir dann vor einer großen Infotafel, auf welcher das *Jakobswegle* beschrieben wird. Dies ist ein über zwei Kilometer langer Weg, auf welchem im Maßstab 1:1000 die Strecke von Giengen bis Santiago de Compostela nachempfunden ist. Detailgetreue Nachstellungen, wie zum Beispiel das Hühnerwunder von *Santo Domingo de Calzada*, sowie viele anschauliche Informationen sollen somit Touristen und Wanderern den Jakobsweg nahebringen.

Am Bettelmannsgrab machten wir eine kleine Pause und spekulierten nebenbei über dessen Bedeutung. Vor langer Zeit fand ein Jäger einen unbekannten erfrorenen Mann und begrub ihn dort, um ihm die letzte Ehre zu erweisen. Auf dem Grabkreuz steht ein Gedicht von Graf Georg von Maldeghem geschrieben. Leider fand ich im Nachhinein nicht mehr den Inhalt heraus.

Nachdem wir schließlich unsere letzten Vorräte aufgeteilt hatten, verließen wir vorerst den Jakobsweg, um nach Niederstotzingen zu gelangen. Dort würde Johanna unsere vertraute Pilgergemeinschaft verlassen. Leider ging die gemeinsame Zeit schnell vorüber! Am Bahnhof dieses kleinen Ortes angekommen, hieß es Abschied nehmen, als die Geräusche des heranfahrenden Zuges näher kamen.

Ab jetzt mussten wir wieder ohne pfadfinderische Unterstützung auskommen, jedoch konnten wir jederzeit auf das touristische Wissen von Jens zurückgreifen. Die Sonne gab ihr Bestes und der Weg bis Stetten ließ sich gut laufen. Kaum auf den Treppen der dortigen Kirche sitzend, befreite ich mich von Schuhen und Strümpfen, um auf diese Weise der Blasenbildung vorzubeugen. Von Zeit zu Zeit, besonders wenn es sehr warm ist und die Füße schwitzen, lüfte ich diese für ein paar Minuten. Dann ziehe ich trockene Strümpfe an und befestige die feuchten außen am Rucksack. Eine bisher gut funktionierende Methode! Meist zumindest.

An diesem Tag verliefen wir uns nicht, jedoch machten uns die zahlreichen *Römerstraßen* pflastermüde. Nur wenige Kilometer vor Nerenstetten sagte Jens begeistert: »Sieh mal, dort ganz weit vorn, das sind bestimmt schon die Alpen …!«

»Ooooch cool, so weit sind wir schon!«, entgegnete ich sichtlich beeindruckt.

Doch wie es sich später herausstellte, handelte es sich nur um eine Sinnestäuschung, denn die vermeintlichen Alpen entpuppten sich als recht interessante Wolkengebilde am Horizont.

Es war noch nicht einmal fünfzehn Uhr und wir hatten unser Tagesziel fast erreicht. Guten Gewissens konnten wir uns einen Platz suchen, um die Beine etwas lang zu machen und auszuruhen. Da wir keine andere Möglichkeit fanden, ließen wir uns eben auf einem Acker nieder.

Beim Pilgern setzt man andere Prioritäten, um einfach nur den Grundbedürfnissen gerecht zu werden. Es geht um Fragen, wie: «Wo übernachte ich heute?«, oder »Woher bekomme ich Lebensmittel?«. Es geht auch darum, die Natur zu begreifen und mit ihr im Einklang zu leben, sich selbst besser kennenzulernen und die Gedanken schweifen lassen, wohin es diese gerade treibt. Nette Gespräche mit ehrlichen Menschen oder schweigendes Nebeneinanderhergehen sind normal und man lernt, selbstverständlich gewordene Dinge wieder zu schätzen. Prahlerei, Machtgehabe, Standesdünkel und Neid sind hier fehl am Platz und auch ganz gewiss nicht mein Ding!

Inspiriert davon, noch richtig viel Zeit zu haben, marschierten wir zügigen Schrittes in Nerenstetten ein. In diesem kleinen Ort mit seinen etwa 340 Einwohnern fanden wir schnell unsere Unterkunft, den *Gasthof Adler*.

Noch bevor wir das Zimmer bezogen, ließen wir uns in der zugehörigen Kneipe nieder und bestellten uns zwei große Bier. Ein paar Kaffeegäste, welche im Begriff waren, zu gehen, sprachen uns an.

»Wo kommen Sie denn her?«, »Haben Sie außer dem Rucksack kein Gepäck??«, »Wo sind Sie losgelaufen?«, …wurden wir mit Fragen bombardiert.

»Ich habe Bekannte in Ulm, bei denen könnten Sie bestimmt übernachten. Ich brauche nur anzurufen …!«, bot uns eine Dame spontan an.

»Danke, das ist wirklich sehr nett, aber wir haben schon eine Unterkunft organisiert.«, antwortete ich in bedauerndem Tonfall und war beeindruckt von dem Interesse und der Hilfsbereitschaft dieser Menschen.

Unser Zimmer war total schön, geräumig und sogar mit eigenem Bad. Nach dem Duschen gönnten wir uns den Luxus eines Nachmittagsschlafes in den bequemen Betten. Für einen Spaziergang im Ort würde allemal noch genug Zeit sein.

Auf diesem erkundeten wir dann das beschauliche Nerenstetten und fanden auch den Weg, welcher uns am nächsten Tag weiterführen würde.
In der Gaststube des *Adlers* verlebten wir einen urgemütlichen Abend. Nach dem deftig guten Essen bekamen wir in kleinen bauchigen Krügen Rotwein serviert, wir schrieben Ansichtskarten, stempelten unsere Pilgerpässe und genossen die heimelige Kneipenatmosphäre.

4. Tag Nerenstetten – Neu-Ulm 35 km

Das Frühstück, welches wir im Gastraum einnahmen, war gut und die Wirtsleute strahlten eine ehrliche Herzlichkeit aus. Außer uns befanden sich noch ein paar Bauarbeiter im Raum, welche ebenfalls im *Adler* untergebracht waren. Gleich zu Beginn sollte der Weg am Autobahn-Parkplatz *Sankt Jakob* vorbeiführen, auf den wir seines Namens wegen sehr gespannt waren. Jedoch war es ein ganz gewöhnlicher Parkplatz wie jeder andere. Vielleicht wurde er so genannt, weil er am Jakobsweg liegt?

Der Tag war trübe und regnerisch und die Gegend recht einsam. Zerfurchte Wege führten uns durch Wälder und nach ein paar Kilometern erreichten wir den sehr kleinen Ort Osterstetten. Kein Mensch war weit und breit zu sehen und es herrschte Totenstille. Umso erschrockener waren wir, als plötzlich aus einem der Gehöfte ein Schäferhund herausschnellte und auf uns zu raste.

»Oh nein, der kommt immer näher! Was machen wir denn nun?«, stieß ich beunruhigt hervor.

»Beachte ihn nicht, Hunde riechen es, wenn man Angst hat.«, riet Jens, nicht weniger aufgeregt als ich. »Am besten auch Hände in die Taschen, da hat er keinen Angriffspunkt.«

Wir ermahnten uns gegenseitig, ruhig zu bleiben und den Hund einfach zu ignorieren. Dieser hatte uns mittlerweile erreicht und zähnefletschend sprang er hektisch um uns herum. Mit Händen in den Taschen, stur geradeaus blickend und bis zum Hals klopfenden Herzen schritten wir immer weiter die Straße entlang, bis das angriffslustige Tier scheinbar das

Interesse verlor und nur noch vor uns her rannte. Ein durchdringender Pfiff ließ die Situation kippen und im gleichen Moment näherte sich ein Traktor aus Richtung Osterstetten.

Der Fahrer rief uns zu: »Er ist mal wieder ausgebüchst, das tut er öfter.« Damit war dies für ihn erledigt und mit seinem Hund auf dem Beifahrersitz tuckerte er zurück nach Hause. Ganz verdattert sahen wir uns an und aufgewühlt sowie gleichzeitig erleichtert konnten wir erst nach und nach richtig begreifen, was da eben vor sich gegangen war.

In Albeck gab es einen Pilgerstempel in der Kirche und eine Bäckerei, in der wir etwas Proviant kauften. Danach ging es ziemlich steil bergauf, über Felder und Wiesen, vorbei an Elchingen, von wo aus man in der Ferne schon das Ulmer Münster sehen konnte. Da es kalt und windig war, hatten wir noch keine Gelegenheit, irgendwo zum Sitzen zu kommen, um endlich etwas essen zu können. Auf dem Kugelberg bei Thalfingen machten wir irgendetwas falsch und suchten vergeblich nach einem Abstieg in den Ort. Überall waren Privatgrundstücke und unsere Gedanken gingen dahin, über einen der Zäune zu klettern.

Eine Stimme riss uns aus den Grübeleien: »Wenn Sie wollen, dann können Sie durch meinen Garten gehen.« Dankbar nahmen wir das Angebot der in einer Tür stehenden älteren Dame an und erklärten ihr kurz den Sachverhalt. Gutmütig lächelnd meinte sie: »Sie sind nicht die Ersten, denen das passiert. Es ist schon recht verbaut hier, was?«

Uns bedankend, verließen wir ihr Grundstück und querten den kleinen Ort Thalfingen. An der Donau entlang folgten wir, nur von einer winzigen Pause unterbrochen, einem nervigen, langgezogenen Weg bis zum Ortseingang von Ulm.

Da Ulm riesengroß ist, kamen wir erst anstrengende zwei Stunden später in Neu-Ulm an. Im Kaufland nahmen wir einen kleinen Imbiss, versorgten uns mit Getränken und suchten unsere Unterkunft im Ulmer Ried. Auch hierfür brauchten wir etwas länger, da die Hausnummern in diesem Viertel recht eigenartig angeordnet sind. Punkt sechzehn Uhr erreichten wir das Haus unserer Gastgeber. Von Dieter, der grad in seiner

Garage herumwerkelte, wurden wir herzlich empfangen und sogleich, als könnte er Gedanken lesen, bot er uns ein kaltes Bier an. Wir saßen ein wenig zusammen, fachsimpelten über die Pilgerei und zogen uns schließlich in das für uns gedachte Zimmer zurück.

Am Abend erschienen wir wie verabredet im Wohnzimmer zum gemeinsamen Abendessen. Ingrid, die eine leckere Pilgersuppe vorbereitet hatte, kam etwas später dazu.

Es wurde ein sehr langer und unterhaltsamer Abend, da unsere Gastgeber selbst schon als Pilger etwa 7.000 Kilometer auf Jakobswegen unterwegs gewesen sind und daher sehr viel zu erzählen hatten.

5. Tag Neu-Ulm – Oberdischingen 25 km

Nach einem ausführlichen und reichhaltigen Frühstück verließen wir gegen acht Uhr die Stadt Ulm, ohne das berühmte Münster aus der Nähe gesehen zu haben! Dafür hätten wir etwas mehr Zeit gebraucht, die uns an diesem Tag aber nicht zur Verfügung stand. Beim nächsten Mal würden wir das unbedingt nachholen wollen! Der 161,53 Meter hohe Turm dieses gewaltigen Bauwerkes ist noch vor dem Kölner Dom der höchste Kirchturm der Welt.

Mühsam kämpften wir uns aus dieser endlos wirkenden, großen Stadt heraus. Es regnete leicht und wir waren froh als wir endlich Grimmelfingen erreichten, wo wir uns im Vorraum der Kirche ein Weilchen unterstellen konnten. Aufgrund einer Chorprobe durften wir den Altarraum nicht besichtigen, jedoch lag ein Pilgerstempel auf der Ablage bereit.

Am Ende des Ortes befand sich ein Schild, welches allerdings am Boden lag, sodass wir nur raten konnten, in welche Richtung wir gehen mussten.

Wir schlugen den für uns logischsten Weg ein, der durch Einsingen führen sollte, um kurz darauf abrupt und wie erstarrt am Ortseingang stehen zu bleiben. Mitten auf dem Weg vor einer verlassenen, alten Scheune standen zähnefletschend zwei riesige, schwarze Ungeheuer in Gestalt von Kampfhunden und bellten uns wütend an. Mir wurde heiß und kalt gleichzeitig und das schreckensbleiche Gesicht von Jens bestätigte mir, dass es keinen Sinn machte, dort entlang zu gehen. Bloß wie sollten wir unbemerkt aus der Sichtweite dieser Bestien geraten? Und genau dort musste ja auch der Jakobsweg weiter verlaufen! Es kostete uns sehr viel Überwindung, zu wenden, um uns ganz langsam und unauffällig zu entfernen. Wir wagten kaum zu atmen, geschweige denn zu sprechen und erst hinter einer Kurve sahen wir unauffällig zurück. Erleichtert, dass die beiden schwarzen Ungeheuer uns nicht gefolgt waren, atmeten wir auf. Schnellsten Schrittes liefen wir einen riesengroßen Umweg! Eigentlich war es kein Weg. Mühsam kämpften wir uns über nasse Wiesen und schlammige Felder in einem großen Bogen abwärts in Richtung Strasse. Mit dicken Lehmklumpen an den durchweichten Schuhen standen wir endlich auf dem Gehweg und wähnten uns in Sicherheit.

Noch einmal zurückblickend, wollten wir den Weg fortsetzen und trauten unseren Augen nicht. Beide Kampfhunde standen starr am oberen Rande des Feldes und sahen uns gespannt entgegen. Da sie nicht angeleint waren, wussten wir nicht, was wir zu befürchten hatten und drehten uns im Zeitlupentempo herum, um langsam aus dem Blickfeld dieser kläffenden Bestien zu gelangen. Dadurch verfehlten wir den richtigen Weg und mussten die nächsten sechs Kilometer bis Erbach an der Hauptstrasse entlanglaufen.

Vorbei am Wahrzeichen der Stadt, dem sehr schönen Renaissanceschloss, machten wir in der sich nebenan befindenden barocken Pfarrkirche *Sankt Martinus* eine Pause.

Wir sahen uns um und konnten die Blicke kaum von den herrlichen Fresken am Deckengewölbe lösen.

Lebensgroße Figuren zieren den Hochaltar, wobei die Farben Weiß und Gold dominieren. Eine wunderschöne Kirche und echte Oase der inneren Einkehr. Bezaubert von diesem Ambiente merkten wir nicht, wie die Zeit verging.

Der weitere Weg führte uns über den Schellenberg vorbei an einer kleinen Marienkapelle, an der man wenigstens kurz einmal verweilen sollte. Mittlerweile hatte das Wetter sich beruhigt, nur der Himmel war noch von einer dichten, mehrfarbigen Wolkendecke überzogen. Wir waren schon sehr gespannt auf das *Cursillo-Haus* in Oberdischingen und Frau Locher, welcher wir unser Kommen angekündigt hatten. Von Donaurieden wanderten wir einen schönen, langgezogenen Feldweg hinab und erblickten unser Ziel schon von Weitem.

Für uns kam dies einem kleinen Triumphmarsch gleich, da das *Cursillo-Haus Sankt Jakobus* ein wichtiger spiritueller Begegnungsort sowie eine markante Anlaufstelle für Pilger auf dem Jakobsweg ist. Ein sehr vielfältiges Programm wird dort für alle Interessierten angeboten. Wir nannten Oberdischingen unser *Klein-Santiago*! Voller Stolz marschierten wir in diesen, für uns so besonderen, Ort ein.

Vor dem Gebäudekomplex erwartete uns schon ein erschöpfter Pilger, der auf dem Rande eines kleinen Brunnens saß. Einen Moment verharrten wir neben dem steinernen Weggenossen, um zu verschnaufen und die Eindrücke des Weges sacken zu lassen.

Als wir vor der Eingangstür auf Marianne Locher warteten, die extra von zu Hause kommen wollte, gesellte sich Valerie zu uns. Sie begann ihren Weg in Neu-Ulm und wollte bis Santiago de Compostela zu pilgern. Aus diesem Grund hatte sie sich eine Auszeit genommen, worüber wir sehr staunten, da so etwas bei uns leider nicht so einfach möglich war. Wir freuten uns über ihre Gesellschaft, denn auch sie würde hier übernachten.

Als wir eine Autotür klappen hörten, wussten wir, dass es nur Frau Locher sein konnte und sogleich bog sie um die Ecke. Nach einer herzlichen Begrüßung führte sie uns in dem schönen Haus herum und zeigte uns alles Wichtige. Wir waren begeistert! Die Zimmer waren allerliebst, es gab einen riesigen Aufenthaltsraum mit viel Pilgerlektüre sowie christlicher Literatur und sogar gekühlte Getränke. Dazu noch die Fürsorge von Marianne Locher, die das I-Tüpfelchen für einen Rundum-Wohlfühl-Aufenthalt war.

Bei einem Abendspaziergang erkundeten wir Oberdischingen und mussten der Aussage, dass dieser Ort eines der schönsten Dörfer Süddeutschlands sein soll, nur beipflichten. Die hier ansässigen etwa 2.100

Einwohner können auf eine lange und interessante Geschichte ihres Heimatortes zurückblicken, welcher im Jahre 1148 erstmals erwähnt wurde.

In einer nahegelegenen, von Marianne Locher empfohlenen Gaststätte hielten wir Einkehr und wurden nicht enttäuscht. Nach frisch gezapftem Bier und leckeren Essen kehrten wir in das *Cursillo-Haus* zurück, wo wir bei Rotwein herrlich schmökern und philosophieren konnten. Etwas später leistete uns Valerie noch etwas Gesellschaft und der Abend wurde recht lang und unterhaltsam. Wir registrierten gar nicht wie schnell die Zeit verflog und wir übernachteten zum ersten Mal in einer richtigen Pilgerherberge!

6. Tag Oberdischingen – Äpfingen 22 km(24)

Am nächsten Tag überraschte uns Marianne Locher mit einem liebevoll gedeckten Frühstückstisch sowie mit selbstgebackenem Osterbrot. Ein guter Start in diesen Karfreitag!

Wir verabschiedeten uns von Valerie, die vor uns das Haus verließ und beeilten uns, die Betten neu zu beziehen und das Zimmer zu räumen. Nachdem wir noch etwas mit dem guten Geist dieses Hauses geschwatzt hatten, machten auch wir uns auf den Weg.

An diesem Tag sollte es bis Äpfingen gehen. Das Wetter war recht freundlich und frohen Mutes zogen wir los – in die falsche Richtung! Ahnungslos liefen wir anhand unseres Pilgerführers etwa einen Kilometer, als ein Zaun uns den Weg versperrte. Verdrossen kehrten wir um und fanden schließlich den Jakobsweg wieder, welcher an der Kläranlage vorbeiführte in Richtung Donau. Diese überquerten wir mittels einer sogenannten Balkenbrücke, erbaut im Jahre 1954. Nach ein paar hundert Metern kamen wir durch Ersingen hindurch und liefen weiter bis nach Rißtissen, wobei wir der Wegbeschreibung nicht immer so gut folgen konnten und öfter mal irritiert inne hielten.

Die dortige Pfarrkirche *Sankt Pankratius und Dorothea* hätten wir gern besichtigt, jedoch fand um diese Zeit gerade ein Gottesdienst statt.

Direkt gegenüber konnten wir das gut erhaltene Schloss der Freiherren Schenk von Stauffenberg bewundern. Die beiden Brüder Berthold und Claus Graf von Stauffenberg waren Widerstandskämpfer gegen das NS-Regime, was sie schließlich mit ihrem Leben bezahlen mussten, da das Attentat auf Adolf Hitler am 20.07.1944 misslang.

In Untersulmetingen und Obersulmetingen verirrten wir uns zwischen beiden nahtlos ineinandergehenden Orten. Das zweite Mal an diesem Tag waren wir vom richtigen Weg abgekommen. Froh, wieder in der Natur zu sein, suchten wir nach einem geeigneten Rastplatz, was sich gar nicht als so einfach erwies. Es gab weder Bänke noch irgendeine Wiese, die Füße schmerzten und wir hatten mächtigen Hunger, sodass wir uns schließlich kurz vor Schemmerberg mitten auf einem Feld niederließen. Herrlich war es, die Beine auszuruhen sowie den Magen zu füllen und es störte uns auch gar nicht, dass es plötzlich anfing leicht zu nieseln. Wir saßen zufrieden auf unserem Acker, als sich von ganz weit hinten eine Gestalt näherte und freuten uns, dass diese sich als Valerie entpuppte.

»Bis wohin läufst Du denn heute noch?«, fragte ich sie.

»Ich habe ein Quartier in Äpfingen. Und Ihr?«

»Wir auch, bei Familie Hepp. Da können wir ja ein Stück zusammen gehen.«, schlussfolgerte Jens und Valerie stimmte erfreut zu. Gemeinsam liefen wir einen sehr schönen aber auch steilen Weg zwischen Wiesen entlang, vorbei an alten knorrigen Obstbäumen in Richtung Schemmerberg.

Mittlerweile nieselte es auch nicht mehr und durch ein paar Wolkenlücken brachen wärmende Sonnenstrahlen hindurch.

Valerie wunderte sich, dass Jens zeitweise mit langen Schritten voran eilte.

»Der Jens läuft schon recht schnell, da würde ich nie hinterher kommen. Geht Ihr denn nicht zusammen?«

»Ach weißt du, das ist nicht schlimm, wir haben beide ein unterschiedliches Tempo und deshalb läuft manchmal jeder für sich allein. Aber immer so, dass wir uns auch noch sehen können.«, klärte ich sie auf.

Oftmals reden wir auch stundenlang kein einziges Wort, sondern hängen unseren Gedanken hinterher, betrachten die Natur oder lassen uns einfach treiben. Das ist völlig in Ordnung so, denn auch das bedeutet Pilgern.

In Schemmerberg besichtigten wir die Kirche und fanden auch dort einen Stempel, um diesen in unseren Pilgerpässen zu verewigen. Einträchtig und froh gestimmt schritten wir auf unser Tagesziel zu, welches nun nicht mehr weit war.

»Sie wollen bestimmt nach Äpfingen, oder?«, fragte aus dem Nichts heraus eine ältere uns entgegenkommende Frau.

»Ja!«, antworteten wir drei erstaunt, fast gleichstimmig.

»Da müssten Sie aber hier entlang gehen ...«, sagte sie eifrig und zeigte auf einen parallel verlaufenden Weg, » ...da kommen Sie direkt nach Äpfingen.«

Wir bedankten uns herzlich und konnten schon bald den kleinen Ort erblicken. Bei strahlendem Sonnenschein erreichten wir das Haus von Familie Hepp. Herr Hepp, der uns schon erwartet hatte, öffnete die Tür und schien recht verwirrt, drei Pilger vor sich zu sehen. Valerie hatte sich erst später bei seiner Frau angemeldet, er wusste nicht davon und hatte aufgrund dessen bloß zwei Personen erwartet. Zudem wusste er nun nicht, wer zu wem gehörte und wie er die Zimmer aufteilen sollte. Nachdem sich alles geklärt hatte, mussten wir alle vier schmunzeln.

Unsere Zimmer befanden sich in der oberen Etage und waren liebevoll für müde Pilger hergerichtet. Ein an der Tür hängendes Schild und große bequeme Betten hießen uns herzlich willkommen.

Ausgeruht und erfrischt wandelten wir etwas später im schönen Garten unserer Gastgeber umher, während der Kaffee durch die Maschine blubberte. Annemarie und Joseph Hepp waren supernett, wir bekamen frischgebackenen Kuchen serviert und es wurde ein gemütlicher und angenehmer Nachmittag.

Da wir uns im *Ländle*, also in Schwaben befanden, hatten wir ganz schön damit zu tun, selbigen Dialekt zu verstehen. Valerie musste deshalb ab und zu als Übersetzer herhalten. Dies war zuweilen sehr lustig.

»Gibt es in der Kirche einen Pilgerstempel?«, fragte Jens nebenbei, als daraufhin die Antwort von Annemarie kam: «Der Stempel isch abunde«.

»Ach wie schön, ein bunter Stempel sogar!«, entgegnete er freudig, woraufhin Valerie schon grinsen musste, kurz darauf in prustendes Gelächter ausbrach, bis sich schließlich auch Annemarie und Joseph vor Lachen krümmten.

Fragend sahen wir uns an und begriffen nur sehr langsam, dass der Stempel in der Kirche angebunden war. Nun stimmten auch wir mit ein und eine heitere Stimmung beherrschte den restlichen Tag.

Das Abendessen bestand aus verschiedenen Salaten, Nudeln und Tomatensoße und schmeckte einfach köstlich. Traditionell gibt es an Karfreitag kein Fleisch, was wir aber definitiv nicht vermissten. Die Zeit verging wie im Fluge und müde sanken wir nach diesem schönen Abend in unsere weichen Betten.

7. Tag Äpfingen – Biberach 12 km

Abreise

Am Morgen lagen unsere gestempelten Pilgerpässe auf dem Frühstückstisch. Für Valerie brachte Annemarie, die beizeiten schon in der Kirche war, den Stempel mit, denn er war doch nicht »abunde«.

Es war Ostersamstag und dementsprechend festlich war auch der Tisch gedeckt. Gemütlich saßen wir beisammen, um noch etwas in unseren unterschiedlichen Dialekten zu »schwätzen.« Der vorerst letzte Tag unserer Pilgerreise war angebrochen und wir mussten unseren Zug im zwölf Kilometer entfernten Biberach erreichen.

Also hieß es wieder mal Lebewohl sagen und Aufbrechen.

Nach einem gemeinsamen Abschiedsfoto verließen wir als Erste das

Haus von Annemarie und Joseph Hepp. Valerie, deren Weg weiter in Richtung Santiago de Compostela führen würde, musste noch eine Unterkunft für den Abend organisieren.

Der Weg nach Biberach war ordentlich ausgeschildert und wir kamen gut voran. Etwas wehmütig liefen wir die letzten Kilometer und jeder hing seinen eigenen Gedanken hinterher …

In Biberach angekommen, empfing uns ein emsiges Samstagvormittagstreiben. Marktstände waren aufgebaut, an denen Händler ihre Ware feilboten. Dort besorgten wir uns noch etwas Proviant für die Heimreise. Die Sonne schien und begleitete uns auf dem Weg zum Zug.

Auf der langen Fahrt flogen all die Orte vorbei, durch die wir hindurchgepilgert waren und auch diesmal stellten wir erstaunt fest:»Das alles sind wir wirklich schon gelaufen …!«

Am frühen Abend kamen wir zu Hause an und es war eine beträchtliche Umstellung vom Pilgerleben zurück in den Alltagstrott. Auch diesmal brachten wir neue Erkenntnisse mit, die es aber erst noch zu verarbeiten galt.

Jedoch eins wussten wir ganz sicher. In Santiago de Compostela wollten wir nicht erst als Rentner ankommen.

11.09. – 25.09.2010 • Biberach – Interlaken

Anreise

Drei Uhr morgens hieß es aufstehen, da unser Zug sehr zeitig abfahren würde. Nun mussten wir uns also wieder einmal in den Pilgeralltag hinein finden, womit die ersten kleinen Problemchen prompt begannen. So lange schon hatten wir uns auf diesen Tag gefreut, aber nun auf dem Weg zum Bahnhof saßen plötzlich die Rucksäcke nicht richtig, die Pilgerstöcke störten beim Laufen und die Jacken waren zu dick! Am liebsten wären wir wieder umgekehrt, um die Ausrüstung nochmalig zu überprüfen. Vielleicht aber waren wir einfach noch nicht ausgeschlafen!

Der dichte Nebel versprach einen sonnigen Tag und schließlich im Zug sitzend, waren wir endgültig bereit für die Fortsetzung des Abenteuers Jakobsweg.

Uns schräg gegenüber saß eine junge Frau, ebenfalls mit einem Rucksack als einzigem Gepäckstück, was unser Interesse weckte. Erwartungsvoll war sie unterwegs ins Zillertal, wo sie mit ihrer Mutter einen Wanderurlaub verbringen wollte. Unwillkürlich musste ich dabei an Johanna denken.

In Nürnberg stiegen wir das erste Mal um und waren auf dem Weg zum Anschlusszug, als uns ein junger Mann hinterher rannte. »Ihr seid auf dem Jakobsweg, stimmts?«

»Jaaa ...«, rief ich durch die Menschenmassen hindurch.

»Wenn Ihr in Santiago seid, dann lauft unbedingt weiter bis nach Muxia, die Kirche dort ist wunderschön!«

»Danke ..., machen wir«, rief ich verwirrt zurück und bedauerte, keine Zeit für ein Gespräch zu haben.

»Ich war schon zweimal dort …!«, er strahlte über das ganze Gesicht und winkte uns noch einmal zu. »Buen Camino!«

Schon war er von der Menschenmenge verschluckt und wir noch immer verblüfft über diese Begegnung.

Gegen Mittag erreichten wir Ulm, wo wir umsteigen mussten und einen kleinen Aufenthalt geplant hatten, um die Stadt und vor allem das Münster zu besichtigen.

Es war Samstag, Straßen und Plätze waren sehr belebt und um das Münster herum waren unzählige Marktstände aufgebaut. Ein quirliges Treiben beherrschte das Stadtbild, in welchem das riesige Münster den Mittelpunkt darstellte. Leider hatte man von keinem Punkt aus freie Sicht auf dieses imposante Bauwerk, was wir sehr bedauerten.

1. Tag Biberach – Steinhausen 18 km(12)

In Biberach angekommen, erstanden wir beim Bäcker etwas Wegproviant und machten uns auf in Richtung Ortsausgang. Statt uns nach dem Weg zu informieren, liefen wir einfach immer nur geradeaus, um die Stadt zu verlassen. Als »erfahrene Pilger« hatten wir es ja scheinbar auch gar nicht nötig, mal auf die Karte zu schauen.

Normalerweise hätten wir die kleine Unterführung linkerhand beachten müssen, um dort abzubiegen, stattdessen standen wir mal wieder über den Dingen und wunderten uns irgendwann über den Wegverlauf. Glücklicherweise trafen wir auch hier auf hilfsbereite Menschen, die uns den Weg weisen konnten.

Die Sonne brannte, meine Füße auch und die Schultern schmerzten!

Nach vier zusätzlichen Kilometern auf Abwegen gelangten wir wieder auf Kurs und erreichten gegen achtzehn Uhr Muttensweiler. Dort hatten wir nichts Besseres zutun, als auf den Stühlen einer geschlossenen Gaststätte sitzend unsere kleinen Sektflaschen zu leeren, denn bis Steinhausen war es nur noch ein Kilometer.

Die Wallfahrtskirche *St. Peter und Paul* in Steinhausen, von außen sehr nett anzusehen, ist auch über die Ländergrenzen hinaus als schönste Dorfkirche bekannt. Der Ort selbst hat etwa 400 Einwohner und gehört zu Bad Schussenried.

Unsere Unterkunft beherbergte noch weitere Pilger und befand sich gleich in der Nähe der Kirche. Das Zimmer war prima, bequeme Betten versprachen eine erholsame Nacht und sogar ein Platz zum Trocknen der Wäsche war vorhanden.

Zum Abendessen gingen wir in die *Linde,* wo wir vorzüglich bewirtet wurden und ein leckeres Essen vorgesetzt bekamen. Den restlichen Abend verbrachten wir gemütlich in unserem Zimmer, wo wir bei Rotwein die neuesten Erlebnisse ausdiskutierten und uns mit dem nächsten Pilgertag beschäftigten.

Überrascht sahen wir uns an, als es zu vorgerückter Zeit an der Tür klopfte.

»Wir haben hier noch was …ein guter Likör von den Hepps aus Äpfingen«, sagte die Frau des vor der Tür stehenden Paares. »Wir haben ihn nicht mehr geschafft, probiert ruhig mal.«

Beide schienen etwas älter als wir zu sein und wirkten sehr sympathisch.

»Danke, ja …«, stammelte ich noch etwas herum, » …wir waren voriges Jahr bei den Hepps, total nette Leute!«

Wir tauschten ein paar Erfahrungen aus, stellten uns gegenseitig vor und erfuhren, dass auch noch eine aus drei Frauen bestehende Gruppe hier wohnte.

»Wir haben alle gemeinsam bei Annemarie und Joseph übernachtet und gestern sehr lang zusammen gesessen, es war ein lustiger Abend!«, schwärmte Anne » …also schlaft gut, bestimmt sehen wir uns morgen.«

2. Tag Steinhausen – Bad Waldsee 28 km(24)

Die Nacht war wider Erwarten nicht sehr erholsam, da die Glocken der wunderschönen Dorfkirche durchweg schlugen. Unausgeschlafen, aber voller Erwartungen verließen wir das Haus unserer Gastgeber und lernten dabei auch die anderen Pilgerinnen kennen. Die drei lustigen blonden Frauen mittleren Alters holten grade ihre Wäsche von der Leine und waren recht gesprächig.

Beim Besichtigen der Kirche trafen wir auf Xaver und Anne, deren Tagesziel ebenfalls Bad Waldsee war und bewunderten gemeinsam die herrlichen Deckengemälde des Altarraumes.

Nachdem wir uns verabschiedet hatten, verließen wir Steinhausen und auf dem Weg zwischen Feldern entlang schauten wir noch einmal zurück, um einen Blick auf das idyllische Panorama zu werfen.

Am Waldrand angekommen, erreichten wir das *Franzosengrab*, welches an die Opfer einer Schlacht im Dreißigjährigen Krieg erinnern sollte.

Nach ein paar Schritten stießen wir auf ein Schild, dessen Bedeutung wir ganz und gar nicht verstanden. Eine Jakobsmuschel zeigte genau in die Richtung, aus der wir grade kamen. Dies erschien uns völlig unlogisch und wir glaubten an ein Versehen. Wir wussten damals noch nicht, dass dies ein Hinweis war, umzukehren und keinesfalls weiter zu gehen. Genau aber das taten wir!

»Guck mal …«, sagte ich » …dort vorn, sind das nicht Xaver und Anne?«

Zwei Personen, grade noch so in der Ferne erkennbar, liefen einträchtig nebeneinander her.

»Die laufen in die falsche Richtung!«, stellte Jens bedauernd fest.

»Schade, dass sie so weit weg sind und uns nicht hören können ….«

Die weichen Streifen der Schönwetterwolken bildeten interessante Muster am Himmel, was unsere Blicke unentwegt anzog. Die Luft war mild und wir freuten uns auf einen schönen, entspannten Pilgertag. Der Weg wurde stetig schmaler und war auf einmal gänzlich verschwunden, sodass wir querfeldein über taunasse Wiesen stapfen mussten. Da wir keine wasserdichten Schuhe trugen, drang die Feuchtigkeit langsam hindurch bis zu den Strümpfen.

Mittlerweile zweifelten wir auch an der Richtigkeit des Weges und hofften, hinter der nächsten Ortschaft einen Abzweig zu finden, welcher uns wieder auf den Jakobsweg bringen würde.

In einem winzigen Ort, welchen wir auf der Karte nicht finden konnten, setzten wir uns auf eine am Ortseingang stehende Bank, um Schuhe und Strümpfe zu trocknen beziehungsweise zu wechseln. Nebenan befand sich eine kleine Kapelle, welche im Jahre 1997 erbaut wurde, wie auf dem Gedenkstein zu lesen war. Einen Mann, der mit seinem Hund vorbei laufen wollte, fragten wir nach dem Weg.

»Was? Auf den Jakobsweg? Da sind Sie hier völlig falsch, der muss irgendwo ganz weit da drüben sein.«, sagte er und zeigte mit dem Finger in eine völlig andere Richtung. »Das hier ist Kleinwinnaden. Am besten Sie gehen erst einmal die Hauptstraße entlang durch den ganzen Ort bis zu der Baumreihe und dort biegen Sie links ab. Da müssen Sie wenigstens nicht die ganze Zeit auf der Strasse laufen.«

Dem Rat des Mannes folgend, befanden wir uns nun bei der Baumreihe und mussten schon wieder auf schmalen Pfaden durch noch immer feuchtes Gras gehen. Wir trafen lange Zeit keinen Menschen und konnten daher nur nach Gefühl laufen. Es gab keine Schilder und die Karte nützte uns rein gar nichts, da wir nicht wussten, wo wir uns momentan befanden. Wir kamen zunächst durch keinerlei Ortschaften, sahen weder Winterstettenstadt noch Eggmannsried, sondern hatten es stattdessen mit trostlosen Wäldern und sumpfigen Wiesen zutun. Ziellos irrten wir auf einer solchen herum, als wir auf einmal zu allem Übel durch einen Wassergraben am Weiterlaufen gehindert wurden. Kein Problem für Jens, blieb ich jedoch eselsgleich, wie versteinert davor stehen. Unwirsch lief ich von einer Stelle zur anderen, um festzustellen, dass dieser Graben die komplette Wiese durchzog, was sich für mich wieder mal zu einem Problem entwickelte.

»Da machste den Stock auf die andere Seite und dann geht das.«, war der weise Rat von Jens.

Mein verzweifelte Antwort »Da rutsche ich bestimmt aus und das will ich nicht.«, entlockte Jens ein ratloses »Ja …und was nun?«

»Da muss ich halt woanders lang gehen …«, stieß ich verzweifelt hervor und machte mich halbherzig auf die Suche nach einer Alternative. Natürlich misslang dieser Versuch und Jens blieb letztendlich nichts anderes übrig, als mir an der schmalsten Stelle des Grabens aus Brettern und Ästen eine Brücke zu bauen.

Erleichtert überquerte ich diese, nachdem ich mich mir einen Weg durch Gestrüpp gebahnt hatte und hoffte inniglich darauf, dass dies das einzige Hindernis blieb. Etwas später musste ich feststellen, dass die an meinem Pilgerstock befestigte Jakobsmuschel weg war. Die lag sicher irgendwo auf der anderen Seite des Grabens und war somit verloren, was mich ein bisschen traurig stimmte.

Querfeldein und ohne Orientierung ging es weiter, zwischen Maisfeldern entlang, wo wir uns eine kurze Pause gönnten.

Es war schon Nachmittag als wir auf ein Pferdegestüt zuliefen, vor dem zwei Hunde saßen, die nicht angeleint waren. Zeitgleich schnellten unsere Stöcke in deren Richtung, während wir beide an unseren Gürteltaschen herumfingerten, um das Pfefferspray herauszuholen. So standen wir nun etwa fünf Minuten Auge um Auge unseren vermeintlichen Feinden gegenüber. Keiner von uns bewegte sich. Ich wagte kaum Luft zu holen und als sich schließlich einer der Hunde erhob und unsere Richtung ansteuerte, spürte ich schon einen Kloß im Hals!

Hatten die denn keine Angst vor unseren Stöcken?

Noch verblüffter schauten wir drein, als beide gemächlich an uns vorbeischlenderten, ohne uns auch nur eines Blickes zu würdigen. Erleichtert und noch immer voll bewaffnet, brachen wir in nicht endendes Gelächter aus.

Dies sollte uns schnell vergehen, als wir an einer Landstraße zwei Radfahrer anhielten, um sie nach dem Weg zu fragen.

»Also wenn Ihr hier weiter geht, werdet Ihr Bad Waldsee niemals sehen. Da seid Ihr ja einen Riesenbogen gelaufen. Wir sind vorhin schon zwei Wanderern begegnet, die wollten auch dahin.«

»Oh …wie sahen die denn aus?«

»Ein Pärchen, vielleicht etwas älter als Ihr, mit geschnitzten Wanderstöcken.«

»Das waren Xaver und Anne!«, sagte ich erstaunt zu Jens. »Aber die hatten doch schon so viel Vorsprung!«

»Ja, die liefen zu weit auf der anderen Seite, also auch total falsch.«, sagte einer der Radfahrer und erklärte uns, wie wir jetzt noch am günstigsten nach Bad Waldsee gelangen könnten.

Trotz allem erreichten wir gegen halb vier dieses kleine, hübsche Städtchen. Zufrieden mit unserer Unterkunft, zogen wir eine Stunde später unternehmungslustig los, um den Ort zu erkunden.

Bad Waldsee gehört zum Landkreis Ravensburg, hat beachtliche 20.000 Einwohner und ist bekannt als Kneippkurort und Moorheilbad. Mitten im historischen Zentrum befinden sich zwei Seen. Der etwas größere Stadtsee ist touristisch voll erschlossen und wird sehr vielseitig für Aktivitäten aller Art genutzt. Der Schlosssee jedoch wurde vorwiegend der Natur überlassen und ist somit eine Ruheoase für so manches Getier.

Die Altstadt von Bad Waldsee sollte man sich unbedingt ansehen, geprägt von vielen hübschen Gebäuden rund um das beachtliche Rathaus ist sie ein wahrer Augenschmaus.

Am Stadtsee lud ein gut besuchter Biergarten mit Terasse zum Verweilen ein, was wir auch prompt taten. An einem der Biertische sitzend, erfreuten wir uns am Gesang des Musiker-Duos auf der kleinen Bühne, welches einen Schlager nach dem anderen schmetterte. Wir schauten auf das bunte Treiben, während wir uns am köstlich kühlen Fassbier labten und beschwingt den einen oder anderen Titel mit trällerten. Es waren viele fröhliche Menschen unterwegs, unter ihnen sicher auch viele Kurgäste. Während wir so in die Menge schauten, entdeckten wir plötzlich zwei uns bekannte Gesichter. Xaver und Anne befanden sich mittendrin und wir freuten uns, sie zu sehen. Wir schwatzten ein wenig miteinander und werteten die Tagestour aus. Im Nachhinein mussten wir alle vier herzlich darüber lachen, dass wir es unabhängig voneinander fertiggebracht haben, den Jakobsweg so großräumig zu umgehen.

Nach einer großen Runde um den See kehrten wir in das Gasthaus *Zum Kreuz* ein, wo wir den Tag gemütlich ausklingen ließen.

3. Tag Bad Waldsee – Weingarten 25 km(20)

Das Wetter hatte umgeschlagen und so begannen wir den neuen Pilgertag in Regenbekleidung. Es war schon recht spät, als wir über eine außen liegende Wendeltreppe unsere Unterkunft verließen. Gleichmäßiger Nieselregen begleitete uns auf dem Weg aus der Stadt, die uns ziemlich weitläufig erschien. Wir waren froh, eine Karte mit großem Stadtplan zu besitzen, die uns half, bis zum Ortsausgang von Bad Waldsee zu gelangen. Dort jedoch waren wir etwas unschlüssig und sahen uns den Plan nochmals genau an.

»Schau, den Abzweig haben wir genommen und sind dann links herum und geradeaus.«, überprüfte Jens den Wegverlauf.

»Genau …«, schlussfolgerte ich » …und jetzt müssten wir hier sein!«

»Dann geht's da vorn weiter …aber warte mal! Guck mal ganz genau auf die Karte. Siehst Du was da steht?«

»W e i n g a r t e n !« lasen wir beide laut vor und sahen uns erstaunt an.

Wir hatten es geschafft, nach dem Stadtplan von Weingarten aus Bad Waldsee herauszufinden! Ohne Worte und mit viel Gelächter ging es weiter.

Auf Anraten einer Passantin umgingen wir ein schlechtes Wegstück und liefen durch sehr viel Wald. Wieder auf Kurs, trafen wir Xaver und Anne, mit denen wir ein Stück gemeinsam gingen. Die Beiden waren nette und bodenständige Zeitgenossen, die etwa das gleiche Lauftempo hatten wie wir. Sie waren das erste Mal auf dem Jakobsweg unterwegs, hatten vor, bis Einsiedeln zu pilgern und wollten im folgenden Jahr Santiago de Compostela erreichen.

Es hatte aufgehört zu regnen und aus den Wäldern stiegen Dunstwolken empor. Die Umgebung war recht gefällig. Wald wurde von sanfthügeliger Landschaft abgelöst und teilweise konnte man recht weit blicken. Etwa fünf Kilometer vor Weingarten brauchten wir eine Pause und verabschiedeten uns von Xaver und Anne, die ihren Weg fortsetzten. Sicher würden wir uns nicht wieder sehen, da sie vorhatten, bis Ravensburg zu laufen.

Auf einer schönen großen Wiese breiteten wir die Isomatten aus, befreiten uns von Schuhen und Strümpfen und erfreuten uns am Leben im Einklang mit der Natur. Sogar den Luxus, etwas zu schlafen, gönnten wir uns und zogen erst eine gute Stunde später weiter.

Die fünf Kilometer würden keine Hürde mehr sein und Weingarten stellten wir uns als gemütliche, übersichtliche Kleinstadt vor. Darüber informiert hatten wir uns im Vorfeld nicht. Unsere Gastgeber hatten zwar angeboten, uns am Ortseingang abzuholen, doch für das vermeintlich kleine Stück würden wir sie nicht bemühen wollen. Wieder einmal mussten wir durch viel Wald und auf regendurchweichten, rutschigen Pfaden laufen. Wir konnten auch später nicht mehr nachvollziehen, wo genau wir vom richtigen Weg abgekommen sind, denn anstatt nur die Hauptverkehrsstrasse von Baienfurt nach Bergatreute zu überqueren, passierten wir das komplette Baienfurt, um so nach Weingarten zu gelangen. Ein sehr langer, nerviger Weg im wieder einsetzenden Nieselregen. Die Realität wich ein großes Stück von unserer Vorstellung ab, Weingarten sei ein kleiner gemütlicher Ort. Noch immer lag eine beträchtliche Strecke vor uns, bis wir schließlich von Weitem die Türme der auf dem Martinsberg thronenden barocken Basilika erblickten.

Nach einer Besichtigung stand uns in dem Moment nicht mehr der Sinn und am nächsten Tag würde gewiss mehr Zeit sein. Im Zentrum angelangt, mussten wir erkennen, dass unser Ziel noch immer nicht erreicht war und so langsam verstanden wir, warum wir unsere Gastgeber anrufen sollten. Da sich dies vielleicht nun doch nicht mehr lohnen würde, schleppten wir uns bis zum anderen Ende von Weingarten.

Dort wurden wir schon von Familie Scheuch, einem älteren und sehr netten Ehepaar, erwartet. Natürlich hätten sie uns sehr gern abgeholt und auch sonst waren sie überaus fürsorglich.

»Ja haben Sie denn schon was gegessen?«, fragte Frau Scheuch uns.

»Eine Kleinigkeit unterwegs …«, antwortete ich zögerlich » … aber wir hätten gern irgendwo noch was eingekauft, haben aber keinen Laden gefunden.«

»Was brauchen Sie denn? Wir haben alles da, ich koche Ihnen auch gern was, das macht mir wirklich nichts aus.«

Weil wir uns aber etwas zierten, eigentlich um niemanden Umstände zu bereiten, bot uns Frau Scheuch schließlich an: »In der Nähe hier gibt es keine Einkaufsmöglichkeiten, aber mein Mann kann Sie zum Kaufland fahren und wartet dort bis Sie fertig sind.«

»Das können wir doch nicht annehmen …«, meinte Jens » …da muss er dort herumstehen und auf uns warten.«

»Ob er nun hier rumsteht oder dort, ist doch schließlich auch egal.«, entgegnete Frau Scheuch schmunzelnd.

Gesagt, getan! Im Kaufland wartete Herr Scheuch auf uns, während wir uns mit Proviant für den Abend sowie den nächsten Tag eindeckten.

Etwas später saßen wir gemütlich am liebevoll gedeckten Tisch im Wohnzimmer, verzehrten unser Abendbrot und führten interessante Gespräche mit unseren Gastgebern. Die Beiden, mit Leib und Seele Pilger, sind schon mehrfach auf Jakobswegen unterwegs gewesen, unter anderem auch gemeinsam mit Gerhilde Fleischer und haben unwahrscheinlich viel erlebt. Sehr imponierte uns, dass sie die Pilgerherbergen in *El Acebo* und *Foncebadon* auf dem Camino Frances finanziell sowie mit Sachspenden unterstützen. Einfach toll!

Wir saßen zu vorgerückter Stunde bei einem guten Rotwein zusammen und sie zeigten uns sämtliche Fotos und Filme über den Weg sowie die Stadt Weingarten.

Weingarten ist die drittgrößte Stadt im Landkreis Ravensburg und verzeichnet weit mehr als 24.000 Einwohner.

Die gewaltige Basilika Sankt Martin wurde in den Jahren zwischen 1715 bis 1724 errichtet und dem Petersdom in Rom nachempfunden. Sie gilt überdies als größte Barockkirche Deutschlands sowie nördlich der Alpen.

Wir erfuhren sehr viel Interessantes, unter anderem über den Blutritt, der jährlich immer am Freitag nach Christi Himmelfahrt stattfindet, auch Blutfreitag genannt.

Dabei wird die *Heilig-Blut-Reliquie*, welche das mit Erde vermischte Blut von *Jesu von Nazaret* enthält, von einem Reiter durch ganz Weingarten und Umgebung getragen. Hierbei wird er von tausenden, ausschließlich männlichen Reitern mit Frack und Zylinder und mindestens genauso vielen Musikern begleitet. Von überall her kommen unzählige Zuschauer, die das Spektakel verfolgen und die Stadt befindet sich an diesem Tag im Ausnahmezustand.

Reliquie stammt aus dem lateinischen und bedeutet soviel wie Zurückgelassenes oder Rest. In diesem Fall spricht man von einem Gegenstand, Asche, Überreste von Gebeinen oder ähnlichem von einem Heiligen stammend und der religiösen Verehrung dienend.

Es wurde ein sehr schöner und vor allem langer Abend, wobei noch lange nicht alles gesagt war. Irgendwann klappten meine Augen vor Müdigkeit immer wieder von alleine zu und es wurde Zeit, schlafen zu gehen.

4. Tag Weingarten – Brochenzell 22 km(21)

Gemeinsam mit Frau und Herrn Scheuch saßen wir am runden Tisch im Wohnzimmer, nett plaudernd, bei einem tollen Frühstück. Wir versprachen, eine Ansichtskarte von einem schönen Ort unserer Pilgerreise zu schicken und verabschiedeten uns herzlich von Frau Scheuch. Ihr Mann war so nett, uns zurück in die Stadt zu fahren, von wo aus der Jakobsweg weiter verläuft. Außerdem wollten wir ja noch die schöne Basilika besichtigen.

Gegen Mittag würde auch Johanna, meine ältere Tochter, wieder zu uns stoßen, um uns ein paar Tage auf dem Weg zu begleiten.

Wir betraten die Basilika, sahen uns andächtig um und waren gefangen von diesem wunderschönen Anblick. Es war mucksmäuschenstill. Schräg vor uns kniete ein Mann, versunken in ein Gebet. Eine feierliche

Atmosphäre erfüllte den Raum. Nicht lang, denn diese wurde sogleich von meinem hartnäckig, laut schellenden Handy zerrissen!

Peinlich berührt verließ ich fluchtartig die heilige Stätte und stürzte ins Freie.

Johanna war am Apparat, um uns mitzuteilen dass ihr Zug, der mittags in Oberzell ankommen sollte, etwas Verspätung hatte. Sie konnte ja nicht ahnen, wie ungünstig dieser Augenblick war, eher wäre es angebracht gewesen, das Handy vor dem Betreten der Basilika lautlos zu stellen.

Wir orientierten uns abermals am Stadtplan von Weingarten und entdeckten, in Richtung Ortsausgang laufend, die übermannshohe Pilgerstatue, von der Herr Scheuch erzählt hatte. Diese ist aus Edelstahl und wurde 2006 von dem brasilianischen Künstler Claudio Pastro hergestellt.

Der noch grau überzogene Himmel nahm mehr und mehr eine blaue Färbung an und als wir Ravensburg erreichten, schaute sogar die Sonne auf uns herab. Wir entledigten uns der Regenjacken und steuerten die Touristinformation an, um zu erfragen, wie man auf schnellstem Wege nach Oberzell gelangen würde. Mit einer nur unbefriedigenden Aussage im Gepäck verließen wir Ravensburg, um Johanna pünktlich abholen zu können. Wir freuten uns schon sehr auf den gemeinsamen Abschnitt des Pilgerweges!

Zwischen Feldern entlang, einen lichten Wald querend, erblickten wir schließlich Oberzell. Kaum dort angelangt, lief uns auch schon Johanna mit strahlendem Gesicht entgegen. Sie hatte eine lange Fahrt hinter sich und viel zu berichten, dabei verteilten wir den von ihr mitgebrachten Proviant gleichmäßig auf unsere Rucksäcke und steuerten wieder den Jakobsweg an. Nachdem der Wald spärlicher wurde, war in der Landschaft immer mehr ein südlicher Charakter zu erkennen. Weite Apfelplantagen mit riesengroßen Früchten sowie Felder, auf denen Tomaten und Paprika wuchsen, ermunterten uns, von diesen herrlich verlockenden Früchten zu probieren. Jens, der mit zügigem Schritt voran lief, war schon bald nicht mehr zu sehen, was wir durch unsere Schnatterei erst einmal nicht merkten.

»Jens ist ja gar nicht mehr da.«, stellte Johanna schließlich fest. «Warum rennt er denn immer vorneweg?«

»Das machen wir öfter so, meistens aber haben wir noch Blickkontakt. Aber da Du jetzt dabei bist, genießt er es, mal ein bisschen schneller laufen zu dürfen. Er weiß doch dass wir zu zweit sind.«

Das Gelände war flach, wir kamen gut voran und erreichten gegen siebzehn Uhr Brochenzell, einen Ortsteil von Meckenbeuren.

Zuerst steuerten wir die Pfarrkirche Sankt Jakobus an, wo wir ein paar Minuten verweilten. Linksseitig auf einem Sockel stehend, blickt *Apostel Jakobus der Ältere* in das schlicht gehaltene Kircheninnere.

Im Gästebuch blätternd, entdeckten wir einen Eintrag von Xaver und Anne. Ob wir sie hier wieder treffen würden?

Gleich in der Nähe der Kirche befand sich die Unterkunft, wo wir von unseren Gastgebern freundlich empfangen wurden. Im Obergeschoß dieses Hauses stand uns eine komplette Wohnung zur Verfügung und wir konnten uns so richtig schön ausbreiten. Nach einer gemütlichen Stunde inklusive Wäsche waschen und Duschen, machten wir uns auf, um in der nahegelegenen Gaststätte etwas zu essen. Diese fanden wir im ehemaligen Schloss von Brochenzell, auch genannt Humpisschloss, welches eine interessante Geschichte nachzuweisen hat.

In der Mitte der historisch eingerichteten Gaststube stand eine lange Tafel, an der einige gut gelaunte Leute saßen. Beim näheren Hinschauen erkannten wir die drei lustigen, blonden Pilgerinnen aus Steinhausen wieder, welche uns heran winkten. Mitten in dieser fröhlichen Runde sitzend, erfuhren wir, dass auch die beiden, etwas älteren Männer auf dem Jakobsweg unterwegs waren. Zum ersten Mal saßen wir in einer so großen Pilgerrunde und fühlten uns sofort wohl. Auch Johanna, für die das alles ziemlich neu war, genoss den unterhaltsamen Abend. Neben interessanten Gesprächen wurde gegessen, getrunken und viel gelacht. Der Wirt, ein pfiffiger und lustiger Zeitgenosse, setzte noch einen obenauf, indem er einen Spaß nach dem anderen machte und schließlich eine Führung durch das Museum vorschlug. Daraufhin nahm er uns mit in die obere

Etage, wo wir alte Webstühle, seltene Edelsteine, Münzen, Stoffe, antiquarische Gegenstände, nachgestaltete grotesk aussehende lebensgroße Figuren und vieles mehr besichtigen konnten.

Eine Sensation war der *Suppenbrunzer*, welcher uns vom Wirt vorgeführt wurde und nicht endendes Gelächter verursachte.

Im Volksmund *Heiliggeistkugeln* genannt, werden diese in der Küche über dem Tisch aufgehängt. Durch den heißen Suppendampf wird Wasser kondensiert, welches zurück in die Suppenschüssel tropft. In solch einer *Heiliggeistkugel* sitzt eine, meist aus Fichtenholz geschnitzte Taube, welche den Heiligen Geist symbolisiert.

Recht spät und angeheitert verließ unsere fröhliche Pilgergesellschaft das Humpisschloß.

5. Tag Brochenzell – St. Gallen 28 km

Da wir an diesem Tag eine lange Strecke vor uns hatten, konnten wir nicht so ausgiebig frühstücken wie am Vortag. Frau Keil hatte alles sehr nett vorbereitet und bot mir sogar an, ein Brötchen für unterwegs zu schmieren.

Zuerst sollte es nach Friedrichshafen gehen, wo wir mit der Fähre nach Romanshorn übersetzten würden. Die Strecke Meersburg-Konstanz war für uns tabu, da ab diesem Tag auf Herbstbetrieb umgestellt war und somit erst ab dem Frühjahr wieder befahrbar sein würde.

Herr Keil bot an, uns mit dem Auto nach Friedrichshafen zu fahren, doch dankend lehnten wir ab, da wir den kompletten Weg zu Fuß gehen wollten. Nach einer herzlichen Verabschiedung liefen wir schnellen Schrittes in Richtung Friedrichshafen.

Ich freute mich unwahrscheinlich auf die Schweiz. Wir würden endlich den Bodensee überqueren. Wobei mir immer wieder das Lied »Die Fischerin vom Bodensee« in den Sinn kam. Wir übertrafen uns selber und schafften es, innerhalb von zwei Stunden, Friedrichshafen zu erreichen. Den See in Sichtweite, ließen wir die letzten Meter etwas ruhiger angehen. Übermütig und nicht zur Freude aller tönte aus meinem Munde immer öfter:

»Die Fischerin vom Bodensee ist eine schöne Maid, juchhe! Eine schöne Maid juchhe ist die Fischerin vom Bodensee …

Ein weißer Schwan ziehet den Kahn, mit der schönen Fischerin auf dem Bodensee dahin …«

»Ach Mutti, das ist jetzt wirklich nicht mehr schön …!«, meuterte Johanna während Jens noch grinste. Nun hatten wir endlich den Bodensee erreicht und sahen fasziniert auf das Wasser.

»Die Fischerin vom Bodensee …«, konnte ich mir nicht verkneifen, woraufhin Jens und Johanna sich vielsagend ansahen. Wir kauften die Fahrkarten und da noch etwas Zeit war, wollte Johanna unbedingt den Aussichtturm besteigen, welcher sich auf dem Gelände befand.

»Ich lasse meinen Rucksack hier, ich möchte da mal schnell hoch gehen.«, teilte sie uns mit. »Oder kommt Ihr mit, Mutti?«

»Also …nein, das wird vielleicht zu knapp. Willst Du da jetzt wirklich noch hoch?«

»Bis gleich!«, rief sie uns zu, während sie in Richtung Turm verschwand.

»Ach hoffentlich verzettelt sie sich nicht und kommt zu spät. Was machen wir dann?«, unkte ich herum. Wie Mütter halt so sind …

Alles ging gut, etwa zwanzig Minuten später saßen wir drei auf dem Oberdeck der Fähre und schauten gespannt auf die andere Seite des Sees, wo am Horizont bereits eine hohe Bergkette zu sehen war. Wir befanden uns nun mitten auf dem Bodensee und um uns herum glitzerte das Wasser golden in der Sonne. Es wirkte wie Milliarden funkelnder Diamanten und ich konnte meinen Blick nicht lösen von diesem faszinierenden Naturschauspiel. Jedes Mal, wenn Wasser und Sonne sich vereinen, bin ich verzaubert von diesem Anblick!

Unzählige Kondensstreifen von Flugzeugen zogen sich wild durcheinander am Himmel entlang und ein Hauch von Abenteuer lag in der Luft.

Gegen halb elf legte die Fähre in Romanshorn an und wir betraten Schweizer Boden! Deshalb wurde anfangs auch alles per Kamera festgehalten. Jede Kuh, jeder Obstbaum, jeder Berg! Aber eigentlich unterschied sich die Landschaft vorerst nicht von der jenseits des Bodensees. Außer den hohen Bergen vor uns. Das erste »Grüezi miteinand!« war schon etwas gewöhnungsbedürftig, jedoch übten wir fleißig.

Wir verließen den Ort, gingen parallel der Bahnlinie entlang und kamen an zahlreichen Kuhweiden und Apfelplantagen vorbei. Aus der sanfthügeligen Landschaft wurden steile Anstiege, deshalb legten wir am 546 Meter hoch gelegenen Aussichtspunkt *Watt* die erste Pause ein. Wir waren recht erschöpft, denn an solche Wegprofile mussten wir uns erst noch gewöhnen.

Die Isomatten wurden ausgebreitet, es wurde gegessen und trotz des herrlichen Ausblickes schliefen wir alle drei ein, diese Pause war wohl verdammt notwendig!

Nach einer Stunde etwa packten wir zusammen und liefen, mit einem letzten Blick zum Bodensee, weiter. Wir sahen gefühlt Tausende von Kühen und quälten uns einen Berg nach dem anderen hoch. Jedes Mal, wenn wir dachten dass es der letzte wäre, kam der nächste Aufstieg ins Blickfeld. So ging es weiter bis kurz vor Sankt Gallen, wo wir eine kleine Sitzgruppe entdeckten und dort nochmals pausierten.

Wir packten unsere Vorräte aus und zu unserer Überraschung brachte Johanna drei kleine Fläschchen Sekt zum Vorschein, welche wir sogleich feierlich tranken.

Nun waren wir gestärkt für den Abstieg nach Sankt Gallen, unserem Tagesziel. Der Jakobsweg führte uns direkt in die Stadt hinein, wo wir vorerst Ausschau nach einem Laden hielten, um Getränke kaufen zu können. Irgendetwas würde sich schon ergeben und siehe da, auf dem Weg zur Pilgerherberge, welche wir ewig suchten, entdeckten wir ein kleines Lebensmittelgeschäft. Die Herberge fanden wir schließlich direkt neben einem Fahrradhändler. Eine kleine, unscheinbare Tür mit einer bronzefarbenen Pilgermuschel wies uns darauf hin, dass wir endlich am Ziel waren.

Sogleich riefen wir die angegebene Telefonnummer an, woraufhin nach etwa fünfzehn Minuten Elisabeth, die ehrenamtliche Leiterin der Herberge, kam. Sie wies uns ein und nach dem Begleichen der Formalitäten sowie einem netten Gespräch waren wir allein in dieser tollen und liebevoll eingerichteten Pilgerherberge. Es gab zwei Zimmer mit Doppelstockbetten, zwei Bäder, Küche, Wohnzimmer und sogar eine Waschmaschine. Hier könnten wirklich viele Pilger auf einmal eine Bleibe finden.

Nach dem Duschen kochten wir aus Johannas mitgebrachten Zutaten eine leckere Spezial-Nudelmahlzeit. Dazu gab es kaltes Bier aus dem kleinen Laden und Rotwein, welchen Johanna ebenfalls von zu Hause mitgeschleppt hatte. Nach einer kurzen Stadtbesichtigung im Dunkeln verbrachten wir den restlichen Abend im großen Wohnzimmer mit Pilgerlektüre und langen Gesprächen.

6. Tag Sankt Gallen – Schwellbrunn 17 km

Am Morgen holte Jens bei einem nahegelegenen Bäcker frische Brötchen und wir gönnten uns den Luxus eines ausführlichen Frühstücks. Aus dem restlichen Nudelgericht bereiteten wir einen Salat, den wir portionsweise in Plastikbecher abfüllten, da uns keine anderen Gefäße zur Verfügung standen.

Nachdem Johanna einen netten Text in das Gästebuch geschrieben hatte, verließen wir kurz nach neun Uhr die Herberge, um den Stadtkern bei Tageslicht zu besichtigen. Von der schönen, spätbarocken Kathedrale konnten wir unsere Blicke kaum lösen und hielten diese deshalb auch recht oft und aus sämtlichen Blickwinkeln auf unseren Kameras fest.

Sie wurde in den Jahren 1755–1766 erbaut und diente bis 1805 als Klosterkirche von Sankt Gallen. Heute ist sie als UNESCO-Weltkulturerbe verewigt und für mich eine der eindrucksvollsten Kirchenbauten, die ich je sah.

Vom Äußeren her ähnelt sie sehr der Basilika in Vierzehnheiligen, welche ich ebenfalls sehr mag. Für ein paar Minuten schauten wir uns im Inneren der Kathedrale um, denn leider reichte für mehr die Zeit nicht.

Jedoch ließen Johanna und ich es uns nicht nehmen, in stillem Gedenken an unsere Lieben daheim, eine Kerze anzuzünden.

Im Nieselregen arbeiteten wir uns durch Sankt Gallen, das uns nun endlos erschien und verließen eine gute Stunde später endgültig die Stadt.

Vom ersten Augenblick an erlebte ich die Schweiz so, wie ich sie mir schon immer vorgestellt hatte. Natur pur! Endlos saftiggrüne Wiesen, sanfte Hügel, Weiden mit neugierig schauenden Kühen und steile Berge wechselten sich miteinander ab.

Die Schweiz ist ein eigenständiges Land, nicht Mitglied der EU und besteht aus 26 Kantonen. Sie grenzt an Deutschland, Österreich, Liechtenstein, Italien und Frankreich und besitzt mehr als acht Millionen Einwohner. Ein großer Teil des Landes ist nicht bewohnbar und besteht aus Wäldern, Gletschern und Bergen. Die mächtigsten davon befinden sich in den Walliser Alpen, der höchste Berg ist die 4.634 Meter hohe Dufourspitze und der bekannteste ist das Matterhorn mit 4.478 Metern.

Auf einem wunderschönen Wegabschnitt gelangten wir, begleitet vom Läuten der Kuhglocken, vorbei am Gübsensee, in den kleinen Ort Herisau. Da es mittlerweile schon Mittag war und der Hunger sich meldete, pausierten wir unter dem Vordach eines Gebäudes und verspeisten genüsslich unseren Nudelsalat. Da es recht ungemütlich und kalt war, verweilten wir nicht lange und machten uns wieder auf den Weg. Weiter ging es stetig bergauf bis zum Säntisblick, von wo aus wir aber leider besagten 2.502 Meter hohen Berg wegen der dichten Nebelschwaden nicht sehen konnten.

Jens lief ein ganzes Stück vor uns und verschwand ebenfalls im Nebel. Er nahm auch nicht den Weg über die Wiese, wie wir später erfuhren, sondern folgte weiter der Strasse. Was falsch war. Nun hatten wir uns also doch verloren und irrten unabhängig voneinander herum. Erst kurz vor Schwellbrunn, unserem Tagesziel, fanden wir uns wieder.

Da wir nicht vorbestellt hatten, hieß es erst einmal eine Unterkunft finden. Das *Gästehaus Kreuz* am Ortseingang war unsere erste Anlaufstelle und hatte sogar noch ein freies Zimmer. Dieses war recht nett eingerichtet, aber leider nur mit zwei Betten ausgestattet, was für einen von uns bedeutete, auf einer Matratze oder Isomatte schlafen zu müssen.

Das aber würden wir später entscheiden, denn nun hieß es, einen Laden zu finden, um für das Abendessen einzukaufen. Etwas später verließen wir diesen, um etwa vierunddreißig Euro erleichtert und mit Brot, Käse, Schinken, Beutelsuppe und Getränken im Gepäck. Noch immer leicht irritiert von den Preisen, mussten wir zu Recht der Aussage beipflichten, dass die schöne Schweiz ein teures Land ist.

In der großen Küche des Gästehauses kochten wir Kürbissuppe und ließen uns das wertvolle Abendbrot recht gut schmecken. Trotz des anstrengenden Tages machten wir anschließend noch einen kurzen Spaziergang durch den kleinen Ort. Ein gemütlicher Abend folgte. Es gab viel zu erzählen, wir studierten Wegbeschreibung und Kartenmaterial für den nächsten Tag und nebenbei schrieb ich, wie jeden Abend, in mein Pilgertagebuch. Abwechselnd lümmelten wir auf den Betten herum und obwohl wir uns eigentlich abwechseln wollten, verbrachte Johanna letztendlich die gesamte Nacht auf drei übereinander gestapelten Isomatten.

7. Tag Schwellbrunn – Wattwil 18 km

Wie der gestrige Tag endete, so begann auch dieser mit Regen. Nachdem wir in der Kirche unsere Pilgerausweise abgestempelt sowie eine Unterkunft für den Abend organisiert hatten, marschierten wir, in Regenumhänge gehüllt, los. Alles wirkte grau, dicke niedrig hängende Wolken wirkten fast bedrohlich und dichte Nebelschwaden umhüllten uns. Einen Blick auf den Säntis zu erhaschen, war aussichtslos und wir konnten froh sein, die vor uns liegenden Wege zu erkennen. Auf schlammigen Wiesenpfaden ging es leicht bergauf, bis wir vor der ersten Kuhweide stehenblieben. Etwas unbehaglich war uns, als wir diese durch eine Absperrung betraten, denn der Weg führte direkt hindurch. Sofort standen wir inmitten einer Ansammlung von gelangweilt umherlaufenden Kühen, welche uns von allen Seiten beäugten, um sogleich ignorant ihren Trott fortzusetzen. Froh, diese traute Gemeinschaft wieder verlassen zu dürfen, standen wir schon vor dem nächsten Gatter.

In der Schweiz ist es normal, dass Wanderwege auch über Kuhweiden oder Pferdekoppeln führen. Vorsicht ist geboten, falls Jungtiere oder Bullen mit von der Partie sind. Wir waren in dieser Hinsicht noch recht blauäugig, sollten jedoch zu einem späteren Zeitpunkt eine einschneidende Erfahrung machen.

Der Weg führte uns zunächst durch den Risiwald. Über einen schmalen, unverschämt steilen Wiesenweg erreichten wir das Restaurant *Sitz*, den höchsten Punkt dieser Tagesetappe mit 1.084 Metern. Der Nebel hatte sich mittlerweile aufgelöst und märchenhafte Ausblicke in alle Richtungen
ließen die Anstrengungen schnell vergessen. Der Abstieg gestaltete sich ebenso schwierig, da die steil bergab führende Wiese noch nass und somit besonders rutschig war. Unten angekommen, querten wir eine Strasse, um sogleich wieder aufwärts zu steigen. So langsam gewöhnten wir uns an dieses Gelände, ebenso wie an die zahlreichen Kuhweiden.
 Zum wiederholten Male betraten wir eine solche und liefen einträchtig nebeneinander her, als Johanna plötzlich sagte: »Die Schwarze dort ist doch keine Kuh, guckt mal!«
 »Das ist ein Stier, ach Du Sch …, da können wir gar nichts machen, nur ruhig bleiben!«, flüsterte Jens erschrocken.
 An mir flogen die Sätze vorbei, ohne dass ich sie richtig wahrnahm und nur das Wort »Stier« brannte sich in meinem Gehirn ein, woraufhin mich lähmende Angst ergriff.
 »Was machen wir denn jetzt?? Der kommt immer näher!«
 Und wahrlich lief dieser in zügigen Schritten auf uns zu, animiert von unseren schneller werdenden Bewegungen und vor allem von meinem auffälligen Verhalten. Zu dritt rannten wir keuchend mit unseren schweren Rucksäcken den Hang empor, während ich immer wieder panisch in

meine Trillerpfeife blies und dabei schrie. Ich hatte Todesangst und mir war nicht bewusst, dass dies unseren schwarzen Verfolger noch mehr anstachelte. Mit Mühe und Not erreichten wir das rettende Gattertor und verließen, abgehetzt und um Luft ringend, die Gefahrenzone. Endlich in Sicherheit! Mein Puls raste, doch gleichzeitig machte Erleichterung sich breit und ein Blick in die bleichen Gesichter meiner Mitpilger verriet mir, dass es ihnen ebenso ging.

Aufgewühlt sahen wir noch einmal zurück und entdeckten den großen schwarzen Stier auf einer Anhöhe stehend. Stolz reckte er den Kopf in unsere Richtung, als wollte er sagen: »Das hier war eine Warnung!«

Wir waren noch recht geschockt und jeder von uns musste sich erstmal mit den eigenen Gedanken auseinandersetzen. Was wäre gewesen, wenn er schneller gerannt wäre? Scheinbar wollte er uns wirklich nur etwas Angst einjagen, denn mit Leichtigkeit hätte er uns einholen können. Auf der Weide waren neben ausgewachsenen Kühen auch viele Jungtiere, die es zu schützen galt. Wir hatten Glück!

Auf dem Weg nach Sankt Peterzell wurde wenig gesprochen und meine einzigen Worte waren: »Ich könnte jetzt 'nen Schnaps gebrauchen!«

Allerdings blieb es bei diesem, aus der Ausnahmesituation heraus entstandenen Gedanken. Im genannten Ort angekommen, galt es den nächsten langen Steilanstieg zu bezwingen, der uns schließlich nach Hofstetten führte. Dort erwarteten uns ein kleiner Hofladen, prächtig mit Blumen geschmückte Bauernhäuser und eine kleine rostbraune Katze, welche sogleich zwischen unseren Füßen herumwuselte.

Angesichts der netten Umgebung konnten wir nun so langsam wieder aufatmen. Johanna stand vor dem Hofladen, um ein Mitbringsel für ihre Freundin auszusuchen, die bald Geburtstag hatte. Ein kleines, aber vielfältiges Angebot, welches vorwiegend aus selbst hergestellten Dingen bestand, erschwerte die Entscheidung. Auch hier befand sich eine Kasse des Vertrauens. Wir verweilten etwas, um auszuruhen, fotografierten unendliche Male die schönen Häuser sowie die kleine Katze, welche mittels lustiger Einlagen um Aufmerksamkeit bettelte.

Wunderschöne Schweizer Landschaften

Nein, bitte erstmal keine Kuhweiden mehr

Noch etwa neun Kilometer trennten uns von Wattwil. Einige Kuhweiden umgingen wir in großem Bogen, da das jüngste Erlebnis noch immer nachwirkte. Vorteilhaft war, dass wir momentan keinerlei Angst mehr hatten vor irgendwelchen Hunden, da wir es ja nun schon mit einem großen Stier zutun hatten. Das war natürlich eine ganz andere Liga!
  Der Himmel blieb den gesamten Tag bedeckt, nur vereinzelt riss der Wind die Wolkendecke auf und brachte ein sanftes Blau zum Vorschein. Es war nicht kalt, doch auch nicht warm genug, um nur im Shirt laufen können.

Nach einer weiteren bergigen Passage pausierten wir auf Isomatten in der Nähe des Ortes Niederwill und erreichten dann das Gasthaus *Zum Churfirsten* auf dem *Scherrer*, wo wir nur kurz verweilten. Ein sehr langer und steiler Abstieg führte uns nach Wattwil. Dort angekommen, suchten wir zuerst den Bahnhof auf, um eine Fahrkarte für Johanna zu kaufen, die uns morgen schon wieder verlassen würde.

Wattwil ist die viertgrößte Gemeinde im Toggenburger Land und besitzt etwa 8.600 Einwohner.
  Nach endloser Suche kamen wir gegen halb sieben am Haus von Familie Frey an, wo wir schon erwartet wurden. Von Anfang an waren wir gefangen von der Herzlichkeit dieser Leute, welche uns fremde Pilger wie gute Freunde aufnahmen. Eine geheimnisvolle Aura erfüllte dieses Haus, ich fühlte mich hier sofort wohl und hatte irgendwie das unerklärliche Gefühl, angekommen zu sein.
  In das Familienleben involviert, saßen wir etwas später, gemeinsam mit unseren Gastgebern sowie Freunden der Familie, beim Essen und verlebten einen sehr schönen und interessanten Abend. Der Schweizer Dialekt war noch recht ungewohnt für uns und wir hatten teilweise Mühe, den Gesprächen zu folgen. Es wurde viel erklärt, gefachsimpelt und gelacht. Immer wieder wurde versucht, uns das schwyzerdeutsch nahe zu bringen. Als Abschluss servierte die Hausfrau einen köstlichen selbstgebackenen Pflaumenkuchen. Auch Johanna war von dieser Gemeinschaft sehr beein-

druckt und hätte gern noch lange bei netten Gesprächen gesessen, jedoch war es schon spät, alle waren müde und es wurde Zeit, schlafen zu gehen.

8. Tag Wattwil – Rapperswil 27 km

Sehr zeitig schon frühstückten wir gemeinsam mit unseren Gastgebern, wo wir nochmals vom leckeren Pflaumenkuchen naschen durften. Johannas Zug sollte sieben Uhr dreißig abfahren und andächtig gingen wir die letzten gemeinsamen Meter zum Bahnhof. Einerseits freute sich Johanna, nach Hause zurückzukehren, wo sie unter anderem schon sehnsüchtig erwartet wurde. Andererseits hatte sie mittlerweile richtig Gefallen am Pilgern gefunden und würde dies jederzeit gern wiederholen.

Sie versprach uns, Bescheid zu geben, sobald sie daheim angekommen sein würde. Ein letztes Mal winkte sie uns zu, als der Zug sich in Bewegung setzte.

Ich fragte mich, was momentan so in ihr vorging und welche Gedanken sie wohl beschäftigten. Sicher, sie hatte ja viele Erlebnisse zu verarbeiten und würde sich aber auch ganz bestimmt wieder auf ihr eigenes bequemes Bett freuen. Es hat Spaß gemacht, mit ihr zu laufen und war vor allem recht unkompliziert. Gewiss würde sie bei Gelegenheit mal wieder mitkommen. Auch Charlotte, meine jüngere Tochter, zeigt immer großes Interesse an unseren Pilgerreisen und löchert uns jedes Mal mit Fragen, sobald wir uns sehen.

Mittlerweile hatten wir den steilen Anstieg zur oberen Laad bewältigt und liefen an der Ruine der Burg Iberg vorbei, welche im dichten Nebel nur zu erahnen war. Da es weiterhin stetig bergauf ging, kamen wir relativ schleppend voran. Die Nebelschwaden verzogen sich nur sehr langsam und mühsam versuchte die Sonne, sich durchzusetzen, was von einzelnen Wolkenfeldern immer wieder vereitelt wurde. Wir hatten etwa ein Drittel des Weges hinter uns, als wir eine am Wegesrand stehende Bank nutzten, um Pause zu machen.

Ein junges Pärchen, welches schnellen Schrittes an uns vorüber lief, grüßte mit einem freundlichen »Buen Camino!«
»Ob die wohl auch in Rapperswil übernachten?«, fragte ich Jens.
Der meinte bloß: »Na so schnell, wie die laufen, kommen sie sogar noch weiter. Wir sind ganz schön spät dran.«
»Können wir nicht ein Stück abkürzen und auf der Strasse laufen?«
Letztendlich gingen wir bis Sankt Gallenkappel an der wenig befahrenen Landstrasse entlang, kürzten jedoch den Weg nicht wirklich ab, da wir uns mal wieder verliefen. In Neuhaus verließen wir abermals den Jakobsweg, um entlang des Zürichsees bis nach Rapperswil zu laufen. Eine endlose Schotterpiste zog sich stur geradeaus, vom See sahen wir nicht sehr viel und das Beste am Weg war die sich auf halber Strecke befindende öffentliche Toilette.

Ich machte mir bereits Gedanken über den nächsten Tag. Schon sehr oft hatte ich mich im Vorfeld mit der Überquerung des etwa 900 Meter langem Holzsteges beschäftigt, welcher von Rapperswil hinüber auf die andere Seite nach Pfäffikon führt. Dieser Steg ist nur mit einem Geländer versehen und wirkt auf sämtlichen Fotos recht schmal. Da ich nicht schwindelfrei bin, sah ich nicht nur enorme Probleme auf mich zukommen, nein ich steigerte mich da regelrecht hinein. Was wäre, wenn ich mich nicht imstande fühlen würde, diesen Steg zu betreten? Mit dieser offenen Frage beschäftigt, marschierten wir gegen achtzehn Uhr dreißig in Rapperswil ein. Ein bezaubernder kleiner Ort, der sogar vorerst besagten Steg vergessen ließ! Ein wahres Kleinod!
Kurz vor Ladenschluss kauften wir ein paar Lebensmittel und fanden auch recht schnell die Pilgerherberge. Mit einem Code, den wir laut Pilgerführer telefonisch erfragen sollten, könnten wir normalerweise die Herberge betreten. Da wir jedoch niemanden erreichten, gingen wir zur Touristinformation, von wo wir abermals zur Herberge geschickt wurden. Noch einmal das gleiche Spiel und wieder ohne Erfolg. Erneut nervten wir die Mitarbeiterin der Informationsstelle, die eigentlich schon Feierabend hatte. Freundlicherweise telefonierte so lange herum, bis sie uns

erfolgreich den Code übergeben konnte. Vor der Tür der Pilgerherberge trafen wir eine weitere Pilgerin – Ines aus Deutschland. Gemeinsam traten wir ein und staunten über die tolle Ausstattung. Ein geräumiger Schlafsaal mit Doppelstockbetten, ausreichend Sanitäranlagen, ein großer Aufenthaltsraum mit Küche und gefülltem Kühlschrank standen uns zur Verfügung.

Als wir geraume Zeit später unser selbst zubereitetes und leider total versalzenes Nudelgericht verspeisten, kamen Marie und Giselle, zwei französisch sprechende Pilgerinnen hinzu.

Nach den üblichen Pilgerverrichtungen zogen wir alle los, um den Ort zu erkunden. Schnell kehrten wir beide, von Müdigkeit übermannt, wieder in die Pilgerherberge zurück. Wir würden uns am nächsten Tag noch ein wenig in Rapperswil umsehen und widmeten uns an diesem Abend der Pilgerlektüre und dem Schreiben des Tagebuches bei einem Schluck Rotwein.

9. Tag Rapperswil – Einsiedeln 17 km

Verursacht durch das extrem salzige Nudelgericht vom Vorabend, überkam uns mitten in der Nacht ein furchtbares Durstgefühl. Dies hatte zur Folge, dass wir beide unabhängig voneinander uns am Kühlschrank der Herberge zu schaffen machten, um eines der kleinen eiskalten Biere auszutrinken. Als wir uns dies uns am Morgen gegenseitig beichteten, gab es großes Gelächter.

Gemeinsam mit den anderen Pilgerinnen frühstückten wir und erfuhren, dass die zwei vermeintlichen Französinnen ebenfalls vorhatten, an diesem Tag bis Einsiedeln zu laufen. Beide stammten aus der französischen Schweiz und Giselle, die recht gut deutsch sprechen konnte, reservierte für uns vier Betten im Kloster Einsiedeln. Der Weg von Ines würde an diesem Tag auf dem Etzelpass enden, wo es Übernachtungsmöglichkeiten im Gasthaus geben sollte.

Die Erkundung von Rapperswil nahm uns so gefangen, dass wir die Zeit vergaßen. Anbetrachts des Wetters blieben die Jacken von Anfang an in den Rucksäcken verstaut, es war schon jetzt ziemlich warm und am tiefblauen Himmel hingen nur wenige vereinzelte Wölkchen. Es war schon fast zehn Uhr, als wir vor der gefürchteten Holzbrücke standen.

»Die ist ja viel breiter als ich dachte!«, musste ich erstaunt feststellen und der Grund monatelanger Grübeleien löste sich soeben in Luft auf.

Schon im Mittelalter überquerten die Jakobspilger den Zürichsee auf einem recht dürftigen und baufälligen Holzsteg, an dessen Stelle im Jahre 2001 diese moderne Brücke errichtet wurde.

Auch wir gelangten mittels dieser imposanten Konstruktion sicher auf die andere Seite des Sees, was unter anderem der Aussicht wegen einem Erlebnis gleich kam! Kaum hatten wir die Brücke verlassen, schlugen wir versehentlich, wie schon so oft, einen falschen Weg ein und mussten diesen leider wieder zurückgehen. Hinter Pfäffikon war eine regelrechte Pilgerkarawane in Richtung Etzelpass unterwegs, welcher auch Marie und Giselle angehörten. Schwitzend arbeiteten sie sich den Weg entlang, der schon jetzt eine beträchtliche Neigung hatte. Etwa fünfhundert Höhenmeter in brütender Hitze lagen vor uns! Meist durch Wald schlängelten sich schmale Pfade den nicht endenden Weg steil empor. Jens, dem das Ganze nicht so schwer fiel, musste immer wieder auf mich warten, da die Abstände meiner Pausen stets kürzer wurden. Unwahrscheinlich viele Pilger zogen an uns vorüber und wir fragten uns, wo die so plötzlich alle her kamen. Mein Asthma machte sich bemerkbar, die Anstrengung nahm mir die Luft und ich empfand diesen Weg als unwahrscheinlich beschwerlich. Mehrfach geriet ich an meine Grenzen. Nach etwa drei Stunden hatten wir die Passhöhe erreicht und ich hatte somit eines der für mich bisher schwierigsten Stücke des Jakobsweges gemeistert.

Mit dem was uns auf der Passhöhe erwartete, hatten wir nicht gerechnet. Jede Menge Autotouristen und Wanderer belagerten den gemütlich wirkenden Biergarten des Gasthauses *Sankt Meinrad*, Kellner trugen emsig mit Getränken und Speisen beladene Tabletts umher und Kinder tobten auf der Wiese. Warum auch nicht? Schließlich war Sonntag, die meisten Leute hatten frei und somit Zeit, das herrliche Wetter zu genießen.

Nachdem wir im Vorraum des Gasthauses unsere Pilgerausweise mit einem XXL-Stempel versehen hatten, zogen wir die Ruhe vor und breiteten unsere Isomatten auf einer Wiese oberhalb der Kapelle aus. Wir redeten nicht viel, sondern ließen die traumhaften Ausblicke auf uns wirken. Satte grüne Weiden lagen ausgebreitet vor uns und in der Ferne ragten stolz die imposanten Mythen aus dem Schwyzer Alpenmassiv empor. Unser einziger Proviant, die Reste der salzigen Nudelmahlzeit vom Vorabend, bekämpfte erfolgreich das aufkommende Hungergefühl.

Nach dem Abstieg überquerten wir auf der *Tüfelsbrugg* die *Sihl* und befanden uns somit in sagenumwobenen Gebiet, wo der berühmte *Paracelsus* im Jahre 1493 geboren wurde.

Landschaftlich bezaubernd gestaltete sich der weitere Weg, unzählige Herbstzeitlose schmückten die Wiesen und die von der Sonne angestrahlten Mythen waren allgegenwärtig. Wir kamen am *Galgenchappeli* vorbei, was früher eine kleine Kapelle war, wo die zum Tode Verurteilten ihren letzten Segen erhielten, bevor sie an Ort und Stelle hingerichtet wurden. Heute befindet sich genau hier ein Unterstand für Pilger, ausgestattet mit Bänken zum Ausruhen sowie Bildtafeln über die geschichtlichen Hintergründe.

Der Einmarsch nach Einsiedeln wurde von Jens' Tritt in einen Hundekothaufen feierlich unterstrichen. »Ach Mist hier …!«, hörte ich ihn fluchen. »Schon wieder so ein Kackhaufen!«

Nur mühsam konnte ich das Lachen unterdrücken und bemerkte, zum Himmel zeigend: »Das war ein Zeichen von oben!«

In feierlicher Stimmung erreichten wir gegen sechzehn Uhr Einsiedeln, ein wichtiges Etappenziel der Jakobspilger sowie einer der ältesten Wallfahrtsorte Europas. Von Weitem erblickten wir schon das Kloster, dessen Anblick uns überwältigte. Nun standen wir vor diesem imposanten und mächtigen Bauwerk, ohne zu wissen an welcher Stelle wir beginnen sollten, nach der Pilgerunterkunft zu suchen. Eine halbe Stunde später betraten wir den mit rustikalen Möbeln ausgestatteten, gemütlich wirkenden Raum und stellten fest, dass wir die ersten Übernachtungsgäste waren. Es gab sechs Betten, unter denen wir uns zwei aussuchten und die Schlafsäcke darauf packten.

»Ach …jetzt könnte ich ein kaltes Bier trinken, aber hier gibt's bestimmt nur Wein.«, fand Jens sich mit gegebener Tatsache ab.

In meinem Rucksack wühlend, fragte ich: »Tut es das hier auch erst mal?«, und wickelte aus einem schmutzigen Shirt zwei Flaschen aus, welche ich Jens vor die Nase hielt.

»Was ist das? Bier! Und das hast du die ganze Zeit geschleppt? Über den Etzelpass …!«, staunte er. »Du bist ja verrückt!«

»Ich weiß! Komm lass uns trinken, bevor es ganz warm wird.«

Tatsächlich hatte ich die beiden Flaschen aus dem Kühlschrank von Rapperswil mitgenommen, natürlich gegen das entsprechende Entgelt.

Bis etwa achtzehn Uhr nutzten wir die Zeit, um uns einen Gesamteindruck vom Kloster zu verschaffen, sowie durch die Straßen von Einsiedeln zu schlendern. Das Abendessen nahmen wir gemeinsam mit Marie und Giselle ein, die soeben von der Besichtigung der Klosterkirche zurückkamen. Es war reichlich und lecker und wir schafften es sogar, dem eigenartigen Koch, der bei unserer Frage nach einer Flasche Rotwein wild herum gestikulierte, selbige abzukaufen.

Peinlichst darauf bedacht, das Kloster nicht nach zwanzig Uhr zu verlassen, da die Pforte unwiderruflich geschlossen werden würde, machten wir es uns zu viert im Zimmer gemütlich. Irgendwann ging einer nach dem anderen schlafen und nur das Blättern von Buchseiten bei einer der Frauen war noch zu hören.

10. Tag Einsiedeln – Brunnen 25 km

Die Nacht war kalt und die Schlafsäcke zu dünn, sodass wir nur widerwillig die filzig-dicken Wolldecken darüber legten. Bei jedem Drehen knarrten die Betten und somit hatten wir eine recht unruhige Nacht hinter uns.

Wir schlichen als Erste aus dem Zimmer und nahmen aber während dem Frühstück die Gelegenheit wahr, noch etwas mit Marie und Giselle zu schwatzen.

Unser Tagesziel war Brunnen, wo wir jedoch noch keine Unterkunft hatten. Recht einfach fanden wir den Weg aus Einsiedeln heraus mit Blick auf die Mythen, die deutlich vom klaren Blau des Himmels abstachen. Es war heiß und schon jetzt schwitzten wir mächtig, obwohl es noch früh am Tage war. Bald würden wir die Haggenegg überqueren, den höchsten Punkt des Schweizer Jakobsweges mit 1.414 Metern. Sehr oft schon hatten wir darüber gesprochen und spekuliert, wie es da oben sein würde. Wir rechneten mit einem steilen Aufstieg, wobei in meiner Phantasie mehrfach schwierige Kletterpassagen hinzu kamen. Als ob es nicht genug wäre, träumte ich sogar davon. Lange vor unserer Pilgertour wachte ich eines Morgens auf und froh, in meinem bequemen Bett zu liegen, erzählte ich Jens: »Stell Dir vor, ich habe von der Haggenegg geträumt und in den Nachrichten wurde gebracht, dass zwanzig Menschen von da oben abgestürzt sind!«

Der kriegte sich natürlich vor Lachen nicht mehr ein. »So ein Quatsch, da kann doch niemand einfach so runter fallen. Und dann noch zwanzig Mann!!!«

Seitdem war diese Etappe ein immerwährendes Gesprächsthema sowie einer der Dreh und Angelpunkte unserer bevorstehenden Pilgerreise. Ich hatte höllischen Respekt davor und nun waren wir nicht mehr weit von diesem vermeintlich unüberwindbaren Hindernis entfernt! Stark beeindruckt von der wunderschönen Landschaft um uns herum, einschließlich der Mythen, denen wir uns immer mehr näherten, erreichten wir schließlich auf steilen, aber gut begehbaren Wegen die Passhöhe der Haggenegg.

Unauffällig herumäugend, entdeckte ich keinen einzigen Punkt, wo Absturzgefahr lauern könnte.

Es herrschte rege Betriebsamkeit und im gut gefüllten Biergarten des Gasthauses war ein ständiges Kommen und Gehen. Wir sahen uns in der kleinen Kapelle um, stempelten die Pilgerpässe und im Innersten zufrieden, schrieb ich ein paar Zeilen der Dankbarkeit in das Gästebuch.

Das Gasthaus selbst besitzt fünfzig Gästebetten und diente schon im Jahre 1483 als Pilgerherberge.

Auf einem Stein sitzend ließen wir die traumhaften Ausblicke in die Schweizer Bergwelt auf uns wirken, bis uns bewusst wurde, dass wir ohne Kopfschutz in der prallen Sonne saßen. Der Abstieg hatte es wirklich in sich, breite aber steile Wege führten uns mehr als 900 Meter abwärts, was aufgrund meiner »Bergab-Trippelschritte« unendlich viel Zeit in Anspruch nahm.

Nach ausführlichster Pause auf einer Wiese erreichten wir bald die Gemeinde Schwyz und Hauptort des gleichnamigen Kantons. Obwohl der Ort Brunnen nicht mehr weit war, zog sich der restliche Weg unendlich lange hin. Beide fühlten wir uns einem Sonnenstich nahe und verweilten deshalb in der einzigen schattigen Ecke eines geschlossenen Biergartens am Straßenrand. Bis zur Touristinformation von Brunnen schlichen wir nur noch und waren glücklich darüber, dass man uns eine Unterkunft in der Nähe vermitteln konnte.

Uns erwartete neben einem kleinen gemütlichen Zimmer eine sehr herzliche ältere Dame, die sogleich anbot, unsere Wäsche zu waschen. Wie schmutzig mögen wir wohl in diesem Moment bloß ausgesehen haben?? Berührt von so viel Güte, nahmen wir das Angebot gerne an und fanden es herrlich, heiß zu duschen, um sich von Schweiß und Staub zu befreien. Die frisch gewaschene Wäsche hing duftend im Heizungsraum und verbreitete eine behagliche Atmosphäre von Geborgenheit. Das Angebot unserer Gastgeberin, den Garten zu nutzen, nahmen wir gern an und verzehrten dort genüsslich unser Abendbrot. Zurück in unserem eigenen kleinen Reich, verbrachten wir ritualmäßig auch diesen Abend wie schon so viele Pilgerabende bei einem Rotwein mit schwatzen, lesen und Tagebuch schreiben.

11. Tag Brunnen – Stans 18 km

Brunnen liegt am Vierwaldstätter See und um den Jakobsweg weiter verfolgen zu können, muss man mit der Fähre auf die andere Seeseite übersetzen. Kurz vor acht Uhr verließen wir das Haus unserer netten Gastgeberin in Richtung Hafen. Es war noch sehr still in den Strassen und von Weitem schon konnten wir den See in der Sonne golden schimmern sehen. Ob wir um diese Zeit die einzigen Fahrgäste waren? Weit gefehlt! Der Andrang vor der Anlegestelle ähnelte einem Pilgertreffen. Unter ein paar bekannten Gesichtern entdeckten wir auch Marie und Giselle, was uns aufrichtig freute. Wenig später legte das Schiff an und brachte uns auf die andere Seite des Vierwaldstätter Sees, nach Treib. Sehnsüchtig ließen wir die Blicke zu den beiden gewaltigen Mythen schweifen, von denen wir uns immer weiter entfernten.

Ganz in der Nähe von Treib, bei Seelisberg, befindet sich die durch eine Legende bekannt gewordene Rütliwiese, welche auch als Geburtsstätte der Schweiz bezeichnet wird. Denn hier wurde voraussichtlich am 1.August des Jahres 1291 das Bündnis der drei Urkantone Uri, Schwyz und Unterwalden geschlossen, der sogenannte Rütlischwur. Seitdem ist der 1. August Nationalfeiertag in der Schweiz. Die Rütliwiese ist entweder per Schiff oder zu Fuß auf steil bergab führenden Wegen erreichbar.

Nach Anlegen der Fähre trennten sich nun endgültig unsere Wege von denen der anderen Pilger. Wir hatten als einzige vor, nach Emmetten zu laufen, während alle anderen mit der elektrischen Standseilbahn nach Seelisberg fahren würden.
Bewusst hatten wir uns so entschieden, auch wenn im Pilgerführer diese Strecke als recht steil und schwierig beschrieben war. Und auch, wenn sich meine Gedanken wieder einmal geraume Zeit zuvor, häufig um die schmal aufwärts und teils mit Drahtseilen gesicherten Wege gedreht hatten. Die Begriffe *abschüssig* und *schwindelfrei* sind fest in meinem Kopf verankert. Nun war es soweit und ich wollte es wissen!

Über taunasse Wiesen ging es bergauf, bis sich der Weg entlang am Saume des Berges steil nach oben schlängelte. Dies empfand ich nicht als so schlimm, da Bäume und Sträucher die Sicht in die Tiefe einschränkten. Nur ab und zu boten sich uns tolle Ausblicke auf den Vierwaldstätter See. An kritischen Stellen führte Jens mich an der Hand und so erreichten wir entspannt Emmetten. Hier durfte ich das erste Mal einen Almabtrieb miterleben und wenig später eine kleine Hängebrücke begehen. Beides waren Premieren für mich! Gefällige Landschaften verwöhnten das Auge und froh, die schwierige Passage so gut gemeistert zu haben, hielten wir in der Kirche von Emmetten eine stille Andacht. Über das folgende Wegstück jedoch staunten wir nicht schlecht.

Ein sehr schmaler Wiesenpfad führte in Serpentinen steil abwärts, mit freiem Blick auf die Autobahn, die von oben wie eine Spielzeugkulisse wirkte. Dieser Weg, der in keinem Pilgerführer entsprechend erwähnt wurde, bedeutete nicht nur für mich eine echte Herausforderung. Vorsichtig stieg ich langsam bergab, bemüht, nicht in die Tiefe zu schauen.

Endlich in Beckenried angekommen, entschädigte uns der Weg entlang am Vierwaldstätter See für die Aufregung. Prächtige Palmen und bunte Blumen überall verliehen der Landschaft ein südliches Flair. Die Sonne ließ die Wasseroberfläche funkeln und wieder einmal sah es aus, als wäre sie mit unzähligen, kleinen Diamanten übersät. Ich liebe diese Momente!

Wir versorgten uns unterwegs mit Trinkwasser und organisierten telefonisch eine Bleibe für den Abend. Die Hitze setzte uns ganz schön zu und zusehends wurden wir langsamer. Schwitzend und abgehetzt erreichten wir gegen siebzehn Uhr dreißig die kleine Stadt Stans, wo wir uns unbedingt erst einmal mit Lebensmitteln versorgen wollten, bevor die Läden schließen würden. Da der Supermarkt sich am Ortsausgang befand, mussten wir uns sputen. Zum Glück hatten wir ja ein Zimmer reserviert! Wenig später suchten wir gutgelaunt, erschöpft und mit vollem Einkaufsbeutel die angegebene Adresse und schlichen erwartungsvoll um das Haus herum. Eine Frau mittleren Alters stand, mit einem älteren Paar diskutierend, im Hof und verstummte sogleich bei unserem Anblick.

»Guten Tag!«, grüßten wir freundlich. »Wir hatten ein Zimmer reserviert.«

Wir schafften es grade mal, unsere Namen zu nennen, als wir zu hören bekamen: »Und da kommen Sie jetzt erst? Ich wollte Ihr Zimmer gerade vergeben an diese Leute hier. Sie könnten im Stroh schlafen.«

Bei diesen Leuten handelte es sich um ein Ehepaar, welches mit dem Auto angereist war. Sie machten einen etwas ratlosen Eindruck, waren aber sicher ausgeruhter als wir.

»Wir haben heute früh in Brunnen unseren Weg begonnen und es nicht eher geschafft.«, erklärte Jens.

»Wer später als abends um achtzehn Uhr ankommt, hat kein Anrecht mehr auf das bestellte Zimmer. Von Brunnen ist es doch nicht weit! So langsame Pilger sind mir ja noch gar nicht untergekommen. Was machen wir denn nun?«

Und zu den Leuten gewandt: »Würden Sie denn im Stroh schlafen?«

Die beiden wirkten etwas überrumpelt, genau wie wir und die Frau meinte abwägend: »Wir müssen sehen, ob mein Mann die Treppe hoch kommt ...«

Ungläubig, wie zwei begossene Pudel standen wir da und kamen uns vor wie im falschen Film.

»Na dann schlafen wir halt im Stroh ...«, sagte ich starrköpfig und wenig überzeugend, damit wir endlich unsere Ruhe hatten. Denn das letzte was ich jetzt gebrauchen konnte, war eine Diskussion.

»Das HALT will ich gar nicht hören!«

Nachdem wir uns also ebenfalls die *Strohbetten* angesehen hatten und es weder unbequem noch schwierig begehbar fanden, trafen wir die Entscheidung. Wir bekamen letztendlich unser reserviertes Zimmer und das Ehepaar übernachtete im Stroh.

An diesem Abend schrieb ich noch lange in meinem Tagebuch, während Jens schon im Bett liegend, beim Lesen einschlief.

Das Wort *HALT* hat seit jenem Tag eine besondere Bedeutung für uns, kaum einer von uns beiden kann es erwähnen, ohne nicht vom anderen gerügt zu werden: «Das HALT will ich gar nicht hören!«

12. Tag Stans – Sachseln 20 km

Schon als wir aufbrachen, war es sehr warm, was sich im Laufe des Tages noch steigern sollte. Bevor wir Stans verließen, hatten wir vor, eine Unterkunft in Flüeli Ranft zu reservieren. Dies gestaltete sich recht schwierig, so dass wir nun Sachseln laufen mussten. Mit Blick auf den Pilatus gelangten wir, unterbrochen von nur wenigen kurzen Pausen, bis Sankt Jakob, wo wir eine Weile vor der Kirche saßen. In deren Vorraum gab es einen Pilgerstempel sowie ein Körbchen, gefüllt mit Äpfeln und Müsliriegeln für hungrige Pilger. Nach nur kurzem Aufenthalt liefen wir weiter, jedoch machte die Hitze uns an diesem Tag besonders zu schaffen. Wir hatten schwere Beine und wurden zusehends langsamer. Als wir am Wegesrand eine kleine Kapelle entdeckten, steuerten wir diese, wie vom selben Gedanken gelenkt, sogleich an. Ohne die Rucksäcke abzunehmen, sanken wir beide ermattet vor dem Maichäppeli ins Gras, um dort etwa eine halbe Stunde fast bewegungslos liegenzubleiben. So benötigten wir im weiteren Verlauf unwahrscheinlich viele Pausen und kamen dementsprechend schleppend vorwärts. Auf einer Wiese vor Flüeli Ranft vertilgten wir den restlichen Proviant und machten uns mittels Beingymnastik fit für das letzte Wegstück. Schon bald ging es weiter und wir stiegen zu den Ranftkapellen hinab.

Diese sind eng mit der Geschichte um den im 15.Jahrhundert lebenden Niklaus von Flüe, auch genannt Bruder Klaus, verbunden. Im Alter von fünfzig Jahren verließ er mit Einverständnis seiner Ehefrau die Familie, um als Pilger umherzuziehen. Zurück von seiner Reise, ließ er sich in der Nähe seines Wohnhauses als Einsiedler nieder. Dort lebte er fast zwanzig Jahre lang ohne Essen und Trinken, was seine göttliche Liebe widerspiegeln sollte. Viele Menschen strömten tagtäglich zu dem »lebenden Heiligen«, der am 21.03.1487 einsam starb. Seitdem gilt er als Schutzpatron der Schweiz.

Im Ort, oberhalb der Kapellen, kann man das ehemalige Wohnhaus von Bruder Klaus besichtigen, welches dieser seinerzeit eigenhändig erbaut hatte. Immer wieder erzeugen solche zeitgeschichtlichen Überbleibsel ein Gänsehautgefühl in mir. Von Flüeli Ranft bis Sachseln folgten wir dem abwärts führenden Visionsweg, welcher im Gedenken an Bruder Klaus angelegt wurde. Hier wurden wegbegleitend dessen Visionen mittels sechs Metallplastiken wiedergegeben, welche in gleichen Abständen aufgestellt waren. Schon bald konnten wir im Tal unser Ziel Sachseln erblicken, jedoch verging noch eine gute halbe Stunde, bevor wir auch den Ortskern erreichten. In einem kleinem »Dorfläda« fanden wir schnell alles was wir brauchten und irrten noch etwas umher bis wir unsere Unterkunft entdeckten. Beat Häfliger, der das Pfarrhaus bewohnte und das Amt eines Vikars der hiesigen Kirche innehatte, ließ uns ein. Erstaunt über die eigenwilligen Masken, welche im Treppenflur des Hauses verteilt waren, erreichten wir unser, aus zwei Räumen bestehendes Lager. Wir spannen uns so einiges zusammen, worüber wir später herzlich lachen mussten, denn wir wussten zu diesem Zeitpunkt noch nicht, dass der herzensgute Beat eine Theatergruppe leitete. Mit höchster Sorgfalt nahm er, neben vielen anderen Verpflichtungen, seine Rolle als Gastgeber wahr. Er hatte es jedoch in diesem Moment sehr eilig, da er die ganze Zeit auf uns gewartet hatte, um danach noch einkaufen gehen zu können. Darüber hatten wir im Vorfeld gar nicht nachgedacht. Noch heute erinnern wir uns gern an den Aufenthalt.

13. Tag Sachseln – Brünigpass 19 km

Am Morgen erwartete uns Beat an einem sehr nett und reichlich gedeckten Frühstückstisch. Vor dem Essen jedoch wollte er gern ein Tischgebet sprechen und ermunterte uns zum Mitmachen. Da wir in dieser Richtung total unerfahren waren, stellten wir uns recht unbeholfen an, was uns Beat aber nicht merken ließ. Während des Essens plauderten wir etwas miteinander und erhielten zum Abschied ein ganz besonderes Geschenk für unseren Pilgerausweis. Das kleine Stück eines Tuches, welches die Reliquien von Bruder Klaus berührten, sollte uns nun Glück bringen. Beat verlangte auch kein Geld für die Übernachtung, bat uns jedoch, irgendwo eine Kerze für ihn anzuzünden. Natürlich würden wir das tun, doch eine Spende, die er erst später finden würde, hinterlegten wir ihm trotzdem. Jens wollte gern ein Abschiedsfoto machen und stellte die Kamera in einiger Entfernung vor dem Haus auf. Er drückte den Selbstauslöserknopf und ein Licht begann zu blinken, sodass Beat etwas bestürzt schien und seinem Erstaunen darüber Ausdruck verlieh. Mit dem Versprechen, ihm ein solches Foto zu schicken, wurde es Zeit, Lebewohl zu sagen. Dieser bescheidene und großherzige Mensch hinterließ bei uns einen sehr nachhaltigen Eindruck.

Am Sarner See vorbei querten wir Giswil und erreichten den Lungerner See. Auf breiten Wegen wanderten unsere Blicke immer wieder in die Ferne. Lungern war der letzte Ort vor dem Aufstieg zum Brünigpass. Das hieß für uns, hier alle notwendigen Lebensmittel einzukaufen, um diese wieder einmal den Berg hoch zu schleppen. Da der Laden erst um fünfzehn Uhr öffnen würde, mussten wir mehr als eine halbe Stunde noch warten. Das Angebot war mager und die Preise heftig, dennoch bekamen wir alles, was wir brauchten. Ab jetzt ging es nur noch bergauf, die Wege jedoch waren gut begehbar und zeitweise konnten wir sogar auf alten Römerstrassen entlang gehen. Es war angenehm warm, allerdings sollte dies laut Wetterbericht der letzte schöne Tag sein. Wir querten liebliche Landschaften und erreichten gegen sechzehn Uhr den Brünigpass, wo wir ein Zimmer reserviert hatten. Ein bisschen schmerzte mir der rechte Fuß, deshalb baten wir an der Rezeption um etwas Eis zum Kühlen, woraufhin mir kurze Zeit später eine große mit Eiswürfeln gefüllte Schüssel ins Zimmer gebracht wurde. Nach Duschen und Ausruhen wurden Fuß sowie Getränke mit Eis gekühlt und nichts stand einem gemütlichen Abend im Wege. Aus den Fenstern unseres Zimmers boten sich uns herrliche Ausblicke in die Schweizer Bergwelt. Von einem Besuch der Gaststätte sahen wir ab, da die Preise unser Budget sprengen würden. Jedoch war die Unterkunft total in Ordnung, die Leute sehr nett und die Landschaft berauschend, was uns zu einem kleinen abschließenden Spaziergang verführte.

14. Tag Brünigpass – Ringgenberg 25 km

Kurz vor neun Uhr liefen wir los und waren mächtig auf den Abstieg gespannt, vor dem uns Beat schon gewarnt hatte. So wird auch in sämtlichen Pilgerführern davon abgeraten, diesen Weg bei Regen zu gehen. Obwohl die Sonne noch schien, kamen nach und nach immer mehr dunkle Wolken zum Vorschein, welche wohl vorhatten, das Blau des Himmels völlig zu verdecken. Mittlerweile befanden wir uns im Berner Oberland und wussten noch nicht, wo wir am Abend unterkommen sollten. Vielleicht in Brienz?

Ein sehr steiler und schwierig begehbarer Weg durch waldiges Gelände schlängelte sich bergab. Wir mussten über Steine und Wurzeln steigen, teilweise gab es wacklige Holzgeländer zum Festhalten und für so manche Passage benötigte ich die Hilfe von Jens. Für diese knapp vier Kilometer brauchten wir etwa drei Stunden! Nach einer kleinen Pause am Fuße des Berges schritten wir leichtfüßig und zügig weiter in Richtung Brienz. Ein paar Schulmädchen kamen uns entgegen und grüßten freundlich und da ich den genauen Wortlaut nicht verstand, entgegnete ich den Gruß mit einem »Grüezi miteinand!«

»Die hat Grüezi gesagt!«, sprach die eine belustigt zur anderen und noch lange hörten wir sie kichern.

»Was war falsch daran?«, fragte ich Jens erstaunt, der zur Antwort gab: » Na ja wir sind ja jetzt im Berner Oberland und vielleicht grüßt man hier schon wieder anders.«

Wobei wir bis zum heutigen Tag nicht genau wissen, in welchem Teil der Schweiz man genau welche Begrüßung anwendet.

Ein schöner Weg führte uns entlang des Brienzer Sees, dessen Tiefe stolze 260 Meter beträgt. Solch unergründlich tiefe Gewässer finde ich schon fast ein wenig gruselig. Wobei ich nun wirklich kein Maßstab bin und dieser See wunderschön ist. Zumal wir ein traumhaftes Panorama genießen konnten. Genau hier, etwa hundert Meter von der Stadt Brienz entfernt, wollten wir eine Pause einlegen. Fasziniert vom Anblick des blaugrün schimmernden Gewässers, konnten wir unsere Augen nicht abwenden. Wenige Sonnenstrahlen, die sich ab und zu noch durch die Wolkendecke quälten, bedeckten die Wasseroberfläche mit einem leichten Glanz. Die Stimmung des Augenblickes hatte etwas Mystisches an sich und wie gebannt lagen unsere Blicke auf dem See, bis eine kleine heraneilende Entenfamilie unsere gesamte Aufmerksamkeit forderte. Natürlich hatten sie es auf unseren Proviant abgesehen und vollführten somit die tollsten Verrenkungen, um auch noch von den letzten Bissen etwas zu ergattern. Somit waren alle zufrieden und die Marschverpflegung komplett vernichtet.

Der am See gelegene Ort Brienz gefiel uns ausnehmend gut, jedoch um hier zu bleiben, war es noch zu zeitig. Eine Attraktion des kleinen Ortes ist die Rothornbahn, eine Zahnradbahn, mit der Touristen während des Sommers auf das Brienzer Rothorn fahren können.

In der Touristinformation konnte man uns wegen einer Übernachtungsmöglichkeit auch nicht weiter helfen, sodass wir unseren Weg ohne Ziel fortsetzten. Bedächtig schritten wir durch Brienz, während die ersten Regentropfen fielen. Wieder einmal ging es bergauf, als wir plötzlich vor einer Hängebrücke zum Stehen kamen, mit der wir zu diesem Zeitpunkt noch gar nicht gerechnet hatten. Diese war recht lang, so wie auf der Abbildung in einem der Reiseführer und hatte mir ebenfalls im Vorfeld schon ziemliche Bauchschmerzen bereitet. Wieder einmal kam der Esel in mir zum Vorschein und letztendlich ging es mit Radau und Gezeter über die Brücke.

Die Hängeseilbrücke *Underweidligraben* ist etwa 80 Meter lang und wird jedes Jahr im November wegen Lawinengefahr abgebaut. Als Ausweich muss in diesem Zeitraum die Hauptstrasse entlang des Brienzer Sees genutzt werden.

Im April, sobald die Wanderzeit beginnt, wird sie wieder montiert und freigegeben.

Mittlerweile regnete es stärker, wir zogen unsere Regenjacken an und schützten die Rucksäcke mit den entsprechenden Hüllen. Die Suche nach einer Übernachtungsmöglichkeit gewann an Priorität und gestaltete sich recht schwierig. In Oberried bot uns ein Bauer netterweise eine Schlafgelegenheit in seiner Gartenhütte an, doch dankend lehnten wir ab. Unsere nassen Sachen würden wir hier nicht trocken bekommen und wir hatten weder Essen noch Getränke. Die Regenhüllen waren zwar praktisch, doch hielten sie diesem Dauerregen nicht lange stand. Die Feuchtigkeit kroch durch die Nähte der Jacken, durch den Stoff unserer Pilgerhüte und das Wasser lief in den Kragen hinein. Bald schon waren wir nass bis auf die Haut. Unsere Rettung Niederried war erreicht. Aus dem Fenster eines Hauses, welches wir für die Pension hielten, schaute eine ältere Dame. Natürlich hätte sie uns gern aufgenommen, jedoch war der Laden im Ort geschlossen und sie hatte auch grad keinerlei Lebensmittel daheim, die sie uns hätte anbieten können. Frustriert liefen wir weiter im Starkregen, für den es keine Steigerung mehr gab. Die Strassen waren schon leicht überflutet und wir rechneten damit, erst in Interlaken eine Bleibe zu finden. Notfalls würden wir halt in einem der teuren Hotels nächtigen müssen. Das könnten wir sogar noch bei Tageslicht schaffen, nass waren wir sowieso schon und unsere Wertsachen mit Plastiktüten geschützt. Also es gab nicht wirklich ein Problem!

Es war achtzehn Uhr zwanzig, als wir in einen Ort namens Ringgenberg kamen. Die Hoffnung bereits aufgegeben, standen wir auf einmal vor einem kleinen Laden, welcher grad geschlossen werden sollte. Die nette Verkäuferin gab uns einen Wink, hereinzukommen, was wir freudig annahmen und zügig kauften wir die benötigten Dinge ein.

»Wo wollen Sie den heute noch hin bei dem Regen?«, wurden wir während des Bezahlens gefragt.

»Wir sind noch auf der Suche nach einer Unterkunft, vielleicht Interlaken ….«

»Sie sind doch ganz nass, gleich nebenan ist die Heilsarmee. Da gibt es auch Zimmer, versuchen sie es doch mal!«

Verblüfft über den Wandel der Situation, bedankten wir uns vielmals und begaben uns zum Nachbargebäude. Enttäuscht, dass sich nach mehrmaligen Klingeln nichts tat, wollten wir schon weiter gehen, als sich die Tür öffnete. Eine freundlich aussehende Frau mittleren Alters bat uns herein, ohne zu fragen wer wir sind. Wir trugen unser Anliegen vor.

»Natürlich habe ich ein Zimmer frei, Sie sind ja pitschenass, kommen Sie mit. Ich bin Rosmarie.«

»Aber sollten wir nicht erst was ausziehen, wir machen ja alles nass!«

»Nein, nein das ist gar kein Problem!«

Rosmarie Gabathuler, die Leiterin der Einrichtung, zeigte uns das Zimmer, wünschte uns einen schönen Aufenthalt und verschwand wie ein Geist. Alles kam uns vor wie ein Traum! Wie von einer höheren Macht gelenkt, waren wir von einer Minute auf die andere mit Lebensmitteln sowie einer Unterkunft versorgt.

Wie herrlich es war, aus den nassen Klamotten zu steigen und heiß zu duschen, um dann im gemütlichen, liebevoll ausgestatteten Zimmer den restlichen Abend zu verbringen. Keinen Fuß wollten wir mehr vor die Tür setzen nach diesem Tag.

15. Tag Ringgenberg – Interlaken 4 km / Abreise

Wir waren nicht die einzigen Gäste, denn im Frühstücksraum saßen zahlreiche Mitglieder einer Männerfreizeit, die an diesem Tag wandern gehen wollten. Rosmarie brachte immer wieder Nachschub an Weißbrot und Kaffee und ging von Tisch zu Tisch, um zu erfragen ob alles in Ordnung sei. Wir fühlten uns hier so richtig wohl und schätzten Rosmaries Fürsorge sehr.

Auch dieser Tag begann mit Regen, was für uns hieß, wieder den kompletten Regenschutz anzulegen. Etwas wehmütig gestimmt, liefen wir die letzten vier Kilometer der diesjährigen Pilgerreise nach Interlaken. Es blieb keine Zeit, um die Stadt zu besichtigen, was auch vom Wetter vereitelt wurde. Im Coop-Supermarkt kauften wir schnell noch Proviant für unterwegs sowie ein paar leckere Schweizer Mitbringsel für unsere Angehörigen.

Ein Schnellzug brachte uns in zweieinhalb Stunden nach Weil am Rhein, wo wir eine Zwischenübernachtung gebucht hatten. Mit Bedacht hatten wir uns im Vorfeld genau diese Stadt ausgesucht, um den Pilgerurlaub würdig ausklingen zu lassen. Der schön klingende Name jedoch versprach mehr als er halten konnte.

Weil am Rhein ist mit seinen circa 30.000 Einwohnern eine Große Kreisstadt im Dreiländereck mit der Schweiz und Frankreich und alles andere als schön. Entlang der Hauptstrasse sahen wir zu allen Seiten Wohnblöcke sowie hochmoderne Gebäude, wogegen wir einen historischen Stadtkern oder zentralen Platz vergebens suchten, genau wie unsere Unterkunft. Diese fanden wir erst nach einer guten Stunde in einer uns etwas zwielichtig erscheinenden Gegend. Wir waren maßlos enttäuscht. Nur mit Widerwillen bezogen wir unser Zimmer, in welchem noch der Zigarettengeruch des Vorgängers hing und ermunterten uns gegenseitig.

»Es ist ja nur für eine Nacht, morgen früh müssen wir eh zeitig los.«

»Hast Du die Typen vor der Tür gesehen?«

»Ach, sicher sind die harmlos, aber ich hatte das hier nicht so erwartet.«

»Lass uns schön essen gehen an unserem letzten Abend, am liebsten wäre mir eine gemütliche rustikale Kneipe.«

Weil es so etwas aber in dieser Stadt nicht gab, kehrten wir nach längerer Suche in einem griechischen Restaurant ein, in dem wir wirklich sehr gut aßen. Es wurde eine unruhige Nacht, da die Musik aus der nahegelegenen Kneipe uns bis in die frühen Morgenstunden immer wieder am Schlafen hinderte.

Am nächsten Morgen verließen wir sehr zeitig mit dem Zug die Stadt Weil am Rhein. Wie jedes Mal würde uns auch jetzt der Alltag sicher bald wieder einholen.

03.09. – 11.09.2011 • Interlaken – Epalinges

Anreise

Der erste Tag unseres dreiwöchigen Jahresurlaubes war angebrochen und zeitig verließen wir das Haus, um mit dem Zug nach Interlaken zu reisen. Von dort aus würden wir unsere Pilgerreise fortsetzen, ohne ein bestimmtes Ziel zu haben. Ganz ohne Stress wollten wir den Rest der Schweiz durchqueren, um vielleicht sogar schon ein paar Tage in Frankreich laufen zu können.

Bei Rosmarie Gabathuler von der Heilsarmee hatten wir vorsorglich ein Zimmer reserviert und als wir gegen achtzehn Uhr dreißig in Interlaken ankamen, mussten wir bloß noch die vier Kilometer bis Ringgenberg laufen. Bereits auf diesem Weg nahm das Schicksal seinen Lauf.

Wegen meiner problematischen Füße hatte ich immer Schwierigkeiten, passendes Schuhwerk zu finden. Deshalb besaß ich auch nur ein Paar richtig bequeme Laufschuhe.

Da diese so langsam kaputt gingen, brachte ich sie vor unserem Urlaub noch zum Schuster. Mit viel Mühe und Sorgfalt versuchte dieser alles, um die Schäden auszubessern und setzte am hinteren Teil über den Fersen jeweils ein Stück Leder ein.

»Meine Schuhe reiben!«, stellte ich auf dem Weg nach Ringgenberg fest. »Direkt dort wo die Naht ist.«

»Das klingt nicht gut! Vielleicht könnte man das Leder etwas weich klopfen …«, schlug Jens vor.

Ja, vielleicht! Im Haus der Heilsarmee angekommen, wurden wir genauso herzlich empfangen wie ein Jahr zuvor und bekamen diesmal eine ganz spezielle Unterkunft zugewiesen.

Auf dem Gelände neben einem Flachbau befand sich eine kleine Holzhütte, nicht größer als ein Geräteschuppen, jedoch ausreichend für zwei Personen. Zwei große Matratzen sowie eine winzige Eckbankgruppe ließen die Hütte heimelig wirken. Davor befand sich eine kleine Terasse mit mehreren Sitzmöglichkeiten. Laut Aussage von Frau Gabathuler war ein weiterer Pilger aus der Schweiz anwesend, welchen man in dem Flachbau, was ein Spielzimmer war, untergebracht hatte. Als wir ankamen, saß dieser draußen auf einem der Stühle und war ganz in ein Buch vertieft. Wir begrüßten uns kurz und er stellte sich mit Namen vor, den wir leider nicht verstanden.

»Wie heißt er?«, fragte ich Jens etwas später.

»Ich hab's auch nicht so richtig verstanden, ich glaube Ludger.«

»Na ja könnte sein, den Namen gibt's ja auch.«

Mein linker Fuß war im Fersenbereich aufgerieben, was ich aber nicht weiter ernst nahm. Den restlichen Abend verbrachten wir vor unserer kleinen Hütte und etwas später gesellte sich Ludger zu uns, der in Wirklichkeit Notker hieß. Wir teilten unsere Getränke, unterhielten uns sehr nett und mussten unheimlich gut zuhören, um seinen Schweizer Dialekt verstehen zu können. Er war etwa 60 Jahre alt und pilgerte in Etappen, so wie wir. Wir beschlossen, uns spätestens in ein paar Tagen in der Pilgerherberge von Heitenried zu treffen.

1. Tag Ringgenberg – Oberhofen 24 km

Gemeinsam mit Notker frühstückten wir und verließen gegen acht Uhr das Haus der Heilarmee in Ringgenberg. In Interlaken angekommen, versorgten wir uns mit Proviant und kamen mit einer Deutschen ins Gespräch, die schon sehr lange in der Schweiz lebte. Nach einer halben Stunde drängten wir zum Weitergehen und da es schon recht spät war, nahmen wir auch die Einladung eines jungen Mannes, zum Gottesdienst zu gehen, nicht an. Beim Verlassen der Stadt, in der grad ein Fest vorbereitet wurde, trafen wir ein nett grüßendes Pilgerpaar, welches vor der

Kirche stand und den Aktivitäten zusah. Am Thuner See entlang hatten wir einen herrlichen Blick auf das Wasser und kamen nach einem kurzen, schweißtreibenden Aufstieg zu den Beatushöhlen.

In dieser Tropfsteinhöhle unterhalb von Beatenberg soll einer Legende gemäß im ersten Jahrhundert nach Christus der Heilige Beatus als Einsiedler gelebt haben. Er wurde von Petrus, einem von Jesus Aposteln, geweiht und hatte die Mission, den Menschen in dieser Gegend das Christentum nahezubringen. Nachdem er später einen gefürchteten Drachen, der die Gegend verwüstete, bekämpft hatte, verehrten ihn die Menschen als Wohltäter. Der Geschichte nach starb Beatus im Jahre 112 in der Höhle und wurde auf seinen Wunsch hin in deren Nähe beigesetzt. Es hieß auch, dass Kranke, welche sein Grab besuchten, von ihren Leiden geheilt wurden.

Mittlerweile hatte es sich eingetrübt, die ersten Regentropfen fielen und unterschiedliche Grautöne bestimmten die Farbe des Himmels. Der weitere Weg war ein ständiges Auf und Ab und aufgrund des umschlagenden Wetters zogen wir es letztendlich vor, an der Strasse entlang zu laufen. Der Schuh meines linken Fußes rieb an den bereits wundgescheuerten Stellen und verursachte Schmerzen beim Gehen. Der unterdessen einsetzende Starkregen trieb uns voran und wir waren froh, endlich unser Tagesziel Oberhofen zu erreichen. Der Ort schien wie ausgestorben. Wasser überflutete die Straßen und kein Mensch war zu sehen. Unschlüssig, welche Richtung wir einschlagen sollten, machten wir uns ziellos und durchnässt auf die Suche nach unserer Unterkunft.

»Guck mal, da vorn der Mann mit dem blauen Schirm. Den könnten wir fragen. Ich gehe mal schnell zu ihm hin, bevor er weg ist!«, schlug Jens vor.

»Ja besser ist es, der wohnt sicher hier.«

Zügig lief ich hinterher und wunderte mich, warum keiner der beiden Männer Anstalten machte, in irgendeine Richtung zu zeigen. Sekunden später begriff ich, warum. Der Mann mit dem Schirm entpuppte sich als Notker, der ebenso wenig wusste, wohin er gehen sollte und auf der Suche nach einer Bleibe war. Wir berichteten ihm von dem Hotel, welches wir am Ortseingang entdeckt hatten und verabschiedeten uns ein zweites Mal an diesem Tag.

Mithilfe eines jungen Mannes, der eben aus dem Auto stieg, fanden wir unsere Unterkunft, eine kuschelige Minipilgerherberge für zwei Personen. Wir waren begeistert!

Es war alles vorhanden, was man als Pilger benötigte. Nähzeug, Wäscheständer und viele kleine nützliche Utensilien, sogar eine Waschmaschine und ein Kühlschrank mit Getränken. Unsere Gastgeber waren total nett und bodenständig und halfen auch gleich mit einem Hammer aus, mit welchem Jens meine Schuhe weich zu klopfen versuchte.

Ich verarztete meinen linken Fuß, der ziemlich doll aufgerieben und sogar mit einer Blase versehen war. Das natürlich war kein guter Start, jedoch war ich voller Hoffnung, dass alles gut werden würde!

»Was riecht hier so?«, fragte ich Jens und sah mich erstaunt um.

»Als ob etwas verbrennt, vielleicht kommt es ja von draußen.«, meinte er und rief zeitgleich voller Entsetzen: »Meine Schuhe!!!«

Um seine nassen Schuhe zu trocknen, hatte er diese auf einem Gestell über der Herdplatte drapiert, ohne darüber nachzudenken, dass es zu heiß werden könnte. Und nun qualmten sie still vor sich hin.

»Die Zungen sind alle beide verschmort! Meine guten Schuhe!«

Wenig später saßen wir auf einer kleinen Bank vor dem Häuschen und schauten hinab auf den Thuner See, hinter welchem wir durch Nebelschwaden den Hausberg namens *Niesen* erahnen konnten. Dieser ist 2.362 Meter hoch und ein beliebtes Ausflugsziel. Zu unserer Überraschung kam in diesem Moment die Hausfrau um die Ecke mit einem großen Teller, auf dem zwei Omelettes mit Heidelbeeren und Sahne angerichtet waren. Berührt von dieser netten Geste, schwatzten wir eine Weile miteinander und erfuhren so, dass beide auch selbst schon auf Jakobswegen unterwegs gewesen waren. Lange noch saßen wir an diesem Abend auf der kleinen Bank vorm Haus.

2. Tag Oberhofen – Wattenwil 27 km

Der neue Tag begann mit einem nur kleinen Frühstück, bestehend aus Kaffee und Müsliriegel. Viel mehr gaben unsere Vorräte nicht her. Die Regenphase nahm einfach kein Ende, also liefen wir eingehüllt in wetterfeste Kleidung gegen acht Uhr los.

Oberhofen gehört dem Kanton Bern an und hat etwa 2.500 Einwohner. Das Wahrzeichen dieses Ortes ist das bekannte und vielgepriesene Schloss Oberhofen, von welchem wir schon viel hörten und lasen, selbiges jedoch nicht gleich fanden. Der Regen hielt uns von einer längeren Suche ab. Auf ebener Strecke ging es bis Thun, mir schmerzten schon jetzt beide Füße und auch Jens hörte ich hinter mir herumfluchen:

»…nie wieder Hirschtalg!«

Zum zweiten Mal während unserer Pilgerreisen hatte ich Jens von der Anwendung des Hirschtalges zu überzeugen versucht. Diesmal hatte er die Füße am Abend zuvor ausgiebig eingecremt, was sich nun in Form beginnender Blasenbildung bemerkbar machte. Vielleicht war es ja zuviel des Guten? Nichtsdestotrotz sahen wir uns ein wenig die Stadt Thun an und besichtigten das Schloss.

Auch hätten wir gerne irgendwo gefrühstückt. Jedoch konnte man in der ersten Bäckerei, die wir fanden, kein Geld wechseln und in der nächsten gab es nur Stehtische. Die Suche nach einem Lebensmittelladen erschien uns zu zeitaufwändig und so verließen wir hungrig und mit schmerzenden Füßen die Stadt. Mittlerweile hatte der Regen nachgelassen und aus den Wäldern stiegen Dunstschwaden empor.

In einer Bushaltestelle sitzend, teilten wir die kärglichen Reste unserer Essensvorräte auf, welche aus zwei Eiern und einem Zipfel Salami bestanden. Weiter ging es durch Wald und auf Wiesenwegen entlang nach Amsoldingen und wir hofften, wenigstens dort einen Laden zu finden. Wir hatten schon viel vor der sehenswerten Kirche gehört, die man unbedingt besichtigen sollte. Doch momentan stand uns nicht so der Sinn danach. Ich merkte, dass sich inzwischen auch an meinem rechten Fuß Blasen zu bilden begannen.

An den Beatushöhlen

Das Angebot ist nicht groß

Vor besagtem Kirchenbau befand sich eine steinerne Bank, auf die wir ermattet niedersanken. Uns reichte ein Blick durch die Kirchenpforte, um einen Eindruck zu erlangen und vom Hunger getrieben, steuerten wir Uebeschi an. Doch auch dort hatten wir kein Glück, sodass die beiden, für den Notfall gedachten Müsliriegel dran glauben mussten. Ebenso gestaltete sich die Suche nach einer Bleibe schwierig und wir hatten zu diesem Zeitpunkt noch keine Ahnung, wo wir die Nacht verbringen sollten. Da meine Füße sich wie Klumpen anfühlten, wechselte ich die Schuhe und frustriert liefen wir weiter. Zum richtigen Zeitpunkt durchbrach die Sonne mit Gewalt die nur noch dünne Wolkendecke und hüllte alles in ein freundlicheres Licht. Besänftigt verwarfen wir unser angestrebtes Tagesziel Burgistein, welches sich auf 751 Metern Höhe befinden sollte und organisierten telefonisch eine Unterkunft im etwas flacher gelegenen Wattenwil. Dort angekommen, kauften wir im COOP ordentlich ein und machten uns anschließend auf die Suche nach dem Hofmattenweg. Diesen aber fanden wir nicht und nachdem wir das dritte Mal mit vollem Einkaufsbeutel im Kreis gelaufen waren, erkannten wir, dass unser Ziel etwas außerhalb des Ortes lag. Auf einem Berg!

»Auch das noch!«, stöhnte Jens. »Nun müssen wir schon wieder die Einkäufe den Berg hoch schleppen!«

Im Beutel, den er trug, befanden sich außer Brot, Käse und Wurst auch noch Getränke sowie etwas Obst. Ich schlich mit immer größer werdendem Abstand hinterher. Dieses Wegstück stellte noch mal eine echte Herausforderung dar und bestand letztendlich aus einem halbstündigen sehr steilen Anstieg, der uns die letzten Kräfte raubte.

»Hier braucht man wir ja fast Steigeisen!«, übertrieb ich maßlos und Jens setzte noch einen obendrauf: » Das ist ja, als ob man vor dem Abendbrot das Matterhorn besteigt!«

Wir atmeten auf, als die ersten Häuser in Sichtweite kamen und wurden ungeduldig, als wir unsere Zieladresse noch immer nicht entdeckten. Diese war, wie sollte es anders sein, natürlich am Ende der Siedlung das letzte Haus.

Der überaus freundliche Empfang unserer Gastgeberin ließ uns schnell die Strapazen des Tages vergessen und verzückt sahen wir uns in dem Wohnwagen um, welcher unser Domizil sein sollte. Zwei kuschelig aussehende Betten in einer Nische warteten auf uns und eine urige, kleine Sitzecke versprach einen gemütlichen Abend.

Das einzige Problem stellten unsere Füße dar, wobei sich Jens mit nur ein paar kleinen Blasen herumärgern musste. Die Innenseite meiner linken Ferse zierte eine riesige Blase, umgeben von mehreren kleinen Exemplaren. Die rechte Seite war nicht ganz so schlimm. Ich machte es mir auf dem Bett bequem und behandelte eine Blase nach der anderen mit der Nadel-Faden-Methode, nicht ohne vorher alles ordentlich zu desinfizieren. So hatten diese die Möglichkeit, über Nacht auszutrocknen und den Rest würde morgen früh ein Blasenpflaster erledigen. So lautete zumindest meine These.

3. Tag Wattenwil – Heitenried 25 km

Unsere Gastgeberin erwartete uns mit einem Superfrühstück, welches aus frischem Brot, Käse, selbst zubereiteter Marmelade und frischer Butter bestand. Auch war sie uns behilflich bei der Reservierung zweier Plätze in der Pilgerherberge von Heitenried. Nach einer herzlichen Verabschiedung liefen wir mit neuen Kräften bei herrlichstem Sonnenschein los. Wir fühlten uns unbezwingbar und genossen die Blicke in die Ferne. Sogar das Dreigestirn Eiger-Mönch-Jungfrau war an diesem Tag gut zu sehen. Erst nachdem dieser atemberaubende Anblick auf zahlreichen Fotos verewigt worden war, zogen wir weiter. Die Landschaft glich der des Appenzeller Landes und wir waren von sanften Hügeln und satten Wiesen umgeben, umrahmt von mächtigen Bergen. Es war ein herrlicher Tag!

Alle Füße waren gut versorgt und die meinigen hatten die Nadel-Faden-Methode gut überstanden. Nur die Innenseite links schmerzte ein wenig und es bildete sich eine weitere Blase. Zum ersten Mal hatte ich ein Blasenpflaster ausprobiert, was hoffentlich das Problem aus der Welt schaffen würde.

In Riggisberg besorgten wir uns ein wenig Proviant für den Weg und gingen zu der Anhöhe hinauf, auf der stolz die Kirche über dem kleinen Ort thronte. Ohne viel zu reden, saßen wir auf einer Bank einträchtig nebeneinander und blickten wie gebannt auf die vor uns liegende Bergwelt. Die Sonne strahlte und der tiefblaue Himmel war mit nur wenigen Schönwetterwolken geschmückt. Es war unwahrscheinlich heiß an diesem Tag, obwohl noch nicht einmal Mittag war.

Kurz vor unserem Aufbruch stiegen drei weitere Pilger zur Kirche empor. Mario aus der italienischen Schweiz, sowie ein älteres Paar aus den USA. Ein schöner Weg führte uns zur Ruine des Klosters Rüggisberg, wo wir uns für ein Weilchen in den kühlen Schatten der alten Mauern zurückzogen.

Dieses ehemalige *Cluniazenserpriorat*, die erste Niederlassung des mächtigen Mönchsordens, gehörte im Mittelalter zu den bedeutendsten Klosterbauten der Schweiz. Schon damals rasteten hier die Wallfahrer auf ihrem langen Weg nach Santiago de Compostela. Und auch an diesem Tag zogen etliche Pilger eilig vorüber, was uns jedoch nicht aus der Ruhe brachte. Wir ließen die mystische Atmosphäre dieses Ortes auf uns wirken und unsere Gedanken wanderten um viele hundert Jahre zurück.

Wieder in der Gegenwart angekommen, liefen wir weiter und begegneten abermals Mario, der diesmal mit einem deutschen Paar unterwegs war. Wir glaubten, die beiden schon mal gesehen zu haben und erkannten in ihnen die Pilger aus Interlaken wieder. Gemeinsam liefen wir ein Stück und schwatzten miteinander, was die Zeit unwahrscheinlich schnell vergehen ließ. Mario sprach gut deutsch und war zum ersten Mal auf dem Jakobsweg. Er wollte im Winter eine Schneeschuhwanderung machen und war schon sehr gespannt darauf. Der Mann und die Frau waren etwa in unserem Alter. Aufgrund ihrer Arbeit pilgerten sie in Etappen, genau wie wir.

Kurz vor Schwarzenberg trennten sich unsere Wege und wir liefen oberhalb der Strasse weiter, zwischen Feldern entlang, um auf einer Wiese auszuruhen. Mein Fuß schmerzte mittlerweile sehr und es waren mehr

Pausen notwendig als sonst. Wie so oft, zogen wir während der Rast unsere Schuhe aus, was in meinem Fall ein Riesenfehler war. Unter dem Blasenpflaster wölbte sich eine große Beule und die aufgeriebenen Stellen brannten.

»Hätte ich bloß die Schuhe angelassen, jetzt komme ich da bestimmt nicht wieder hinein.«, bedauerte ich zutiefst.

»Ist das normal, dass sich unter dem Blasenpflaster neue Blasen bilden?«, fragte Jens, der entsetzt meinen linken Fuß betrachtete.

»Ich habe das vorher noch nie probiert, aber eigentlich nicht. Es dürfte auch nicht weh tun!«

Die Schmerzen schienen sich nun erst richtig zu entfalten, doch da wir weiter wollten, presste ich gewaltsam meinen Fuß zurück in den Schuh. Schwarzenberg erreichte ich humpelnd, doch bis Heitenried waren es noch mal vier Kilometer.

»Ob man in der Herberge kochen kann?«, fragte mich Jens.

»Na sicher, das kann man doch fast überall! Du meinst, weil dort Abendessen angeboten wird?«

»Na ja, wird schon gehen. Da müssten wir schnell noch Nudeln kaufen und paar Zutaten.«

Da wir zu diesem Zeitpunkt privat noch kein Internet nutzten, konnten wir uns über solche Details nicht ausreichend informieren. Ohne Zweifel würde das angebotene Menue gut und reichlich sein, jedoch zugleich ein großes Loch in unsere Pilgerkasse reißen. Aus diesem Grunde hieß es, mit Bedacht zu planen, da wir unsere finanziellen Mittel etwas einteilen mussten. Während Jens im Supermarkt alles für die Nudelmahlzeit einkaufte, erstand ich in der Apotheke unverschämt teures Blasenpflaster. Doch solange es seinen Zweck erfüllte und zur Heilung beitrug, hielt ich diese Anschaffung für gerechtfertigt.

Diese letzten vier Kilometer waren eine Tortour! Ich konnte kaum laufen und meine Stimmung war auf dem Nullpunkt angelangt. Jens durfte mal wieder die Einkäufe den Berg hoch schleppen und bemühte sich dennoch, mich aufzuheitern, was ihm diesmal nicht gelang. Nicht einmal die Details dieses schönen Wegabschnittes interessierten mich. Weder die alten Römerpfade noch die Sodachbrücke nahm ich richtig wahr. Jens, der selbst auch recht erschöpft war, unternahm einen letzten Versuch. Während ich mich auf einer Bank lang machte, nestelte er in seinem Rucksack herum und meinte aufmunternd: »Komm wir teilen uns jetzt mal eine Büchse Bier, das päppelt Dich wieder auf!«

»Gute Idee!«, antwortete ich träge mit einem Blick auf die Uhr, was einen entsetzten Ausdruck in meinem Gesicht entstehen ließ.

»Weißt Du, dass es schon nach halb sieben ist?!«

»Das ist nun auch nicht zu mehr ändern. Ich frage mich, wo Notker abgeblieben ist. Ihn haben wir gar nicht mehr getroffen und er wollte doch auch nach Heitenried.«

Kurz nach neunzehn Uhr erreichten wir besagte Pilgerherberge und öffneten hoffnungsvoll die Tür. Nun standen wir in diesem nett eingerichteten, kleinen Vorraum und sahen keinen Menschen. Es war mucksmäuschenstill, als eine gewaltige Schiebetür sich öffnete und unsere Blicke in den dahinter liegenden, großen Raum wanderten. An einer langen Tafel saßen recht viele Leute beim Essen und von der Stirnseite blickte uns Notker erstaunt entgegen. Eine Frau, welches die Herbergsmutter sein musste, schloss die Tür hinter sich und hieß uns willkommen. Schlag auf Schlag wurden wir von der Realität eingeholt. Wir waren die letzten erwarteten Pilger in der komplett ausgebuchten Herberge. Kochen war nicht möglich, höchstens Tee, welcher im Vorraum bereitlag. Zum Essen könnten wir nach dem Duschen mit in die Küche kommen zu den anderen, falls wir etwas dabei hätten. Wir bejahten, wurden in die Bedienung der Waschmaschine eingewiesen und danach in einen großen hellen Schlafraum mit Doppelstockbetten geführt.

»Wenigstens ist uns ein Bett sicher.«, flüsterte ich Jens zu. Da wir aber so spät ankamen, waren nur noch zwei der oberen Betten frei, was für mich einer Katastrophe gleichkam und das Fass zum Überlaufen brachte. Als die ersten Tränen kullerten, stand die Herbergsmutter mir recht hilflos gegenüber und auf ihre Frage, was denn los sei, kam nur ein Schluchzen als Antwort. Sie konnte ja nicht wissen was in mir vorging.

Nach so einem Tag, mit wunden Füßen und dann noch ein Doppelstockbett! Auf den schmalen Sprossen solcher Leitern kann ich sehr schlecht stehen und schwindelfrei bin ich auch nicht. Bisher konnte ich so etwas erfolgreich umgehen und an diesem Tag kam alles zusammen!

Unter Tränen zeigte ich ihr meine Füße und Jens versuchte, die Situation zu erklären.

»Letztens war ein Pilger hier mit einem ähnlichen Problem. Der Fuß wurde so schlimm, dass er abbrechen musste!«, berichtete sie und ahnte nicht, was damit ausgelöst wurde. Schlimmer konnte es nicht werden und als wir allein waren, sagte ich: »Ich schlafe nicht da oben! Wie soll ich hoch und runter kommen, das geht nicht mit meinen Füßen. Lieber lege ich mich draußen auf die Bank. Am besten gleich! Zu essen haben wir auch nicht mehr viel, nur rohe Nudeln.«

Jens schaffte es irgendwie doch wieder, mich auf den Boden der Tatsachen zurückzuholen. Wie so oft. Nachdem unsere Wäsche in der Maschine vor sich hin rumpelte und wir geduscht waren, gingen wir mit dem Wegeproviant für den nächsten Tag in die Küche und nahmen an der langen Tafel Platz. Freundlicherweise durften wir den restlichen Salat verzehren und so langsam kamen wir auch innerlich an. Es war grad mal zwanzig Uhr dreißig, als es unruhig wurde am Tisch und alle Pilger, außer Notker, sich erhoben, um schlafen zu gehen. Erstaunt sahen wir uns an, ohne sofort zu begreifen, was da vor sich ging. Gemeinsame Abende mit Pilgerkollegen kannten wir bisher anders. Der Herbergsvater, welcher auch das Pilgermenue gekocht hatte, räumte den Tisch ab, während wir nun zu dritt beisammen saßen. Wir erzählten noch lange und es wurde spät, als wir endlich unsere Wäsche aufhängten. Dann schlichen wir uns schlichen uns in das Pilgerzimmer, wo außer Schnarchgeräuschen nichts zu hören war. Alle schliefen. Mit der Hilfe von Jens gelangte ich umständlich in mein Bett und rührte mich nicht mehr, aus Angst, herauszufallen.

Ich schlief fast nicht in dieser Nacht und auch Jens machte kaum ein Auge zu. Dumpfe und kehlige Laute begleiteten den Schlaf einiger Personen, während wir beide in unseren Betten saßen und umherschauten.

Eine weitere Gestalt erhob sich aus der Dunkelheit der oberen Schlafetage und ächzte leise vor sich hin. Notker! Nun waren wir schon zu dritt.

Ein Drama war der Toilettengang, da ich jedes Mal auf die Hilfe von Jens angewiesen war. Es war noch sehr früh, als wir in stillem Einvernehmen der Nacht ein Ende bereiteten, all unsere Habseligkeiten schnappten und den Raum verließen.

4. Tag Heitenried – Freiburg 20 km

Im Flur packten wir fast lautlos die Rucksäcke, sortierten unsere Wäsche, welche noch nicht ganz trocken war und machten uns im Bad etwas frisch. Große Probleme bereitete mir der linke Fuß, der trotz Blasenpflaster immer schlimmer wurde. Normalerweise sollte man diese speziellen Pflaster mehrere Tage auf der Blase kleben lassen können, bis sich dieses von selbst löst. Das war noch nicht der Fall und so harrte ich tapfer aus, obwohl ich nicht mehr so richtig überzeugt war. Als Schutz legte ich eine weiche Mullkompresse darüber und fixierte alles mit einer elastischen Binde, so dass mein Schuh gerade noch so passte.

Gemeinsam mit den anderen Pilgern saßen wir am Frühstückstisch und baten Notker kurz vorm Verlassen der Herberge, uns mit seinem Handy eine Unterkunft für den kommenden Abend organisieren zu dürfen. Für uns war dies einfacher, als mit einer deutschen Prepaidkarte. Leider erfolglos. Wir hatten vor, an diesem Tag nur eine sehr kurze Strecke zu laufen, um einen halben Ruhetag einlegen zu können. Irgendetwas würde sich schon ergeben!

Nach und nach machten sich alle Pilger auf den Weg. Bereits an der ersten Bushaltestelle musste ich anhalten, um meinen provisorischen Verband zu richten, während Jens langsam weiter ging. Wir trafen uns wieder in Sankt Antoni, einer kleinen Gemeinde, die schon zum Kanton Freiburg gehört. In der Kirche Sankt Anton stempelten wir unsere Pilgerpässe und liefen weiter. Immer wieder musste ich stehenbleiben, um meinen

Fuß auszuruhen und wir kamen nur langsam vorwärts. Es war trübe, regnerisch und viel kühler als am Vortag.

Ob wir wohl Notker wieder sehen würden? Wir hatten uns zwar verabschiedet, jedoch keine Adressen ausgetauscht, in der Hoffnung, einander noch einmal zu begegnen. Ja so ist das halt beim Pilgern, Menschen kommen und gehen und so viele Augenblicke möchte man gerne festhalten. Doch der Weg hat eigene Gesetze und immer wieder neue Überraschungen im Gepäck.

Wir hofften, in Tafers übernachten zu können, denn der nächstmögliche Ort wäre dann erst wieder Freiburg, womit wir die französischsprachige Schweiz betreten würden. Ein bisschen vorbereitet waren wir schon, hatten wir doch privat ein paar Stunden Französisch-Unterricht genommen. Eine Art Schnellbesohlung. Viel kann man ja in so kurzer Zeit nicht lernen, jedoch ein paar Grundkenntnisse waren hoffentlich hängen geblieben. Doch zweifelten wir daran, dass diese ausreichen, um ein Zimmer reservieren zu können.

In Tafers angekommen, blieben zahlreiche Bemühungen, eine Unterkunft ausfindig zu machen, erfolglos. Selbst auf dem Postamt baten wir einen Angestellten um Hilfe, der ebenfalls nichts erreichen konnte. So beschlossen wir, nun doch bis Fribourg zu laufen, wie es in französischer Sprache heißt. Und wir trafen Alfons. Dies war ein netter gesprächiger Schweizer, der auch gleich noch ein paar Tipps für uns parat hatte. So nahmen wir auf seinen Rat hin nicht den kürzesten Weg, sondern liefen durch das wildromantische Galterntal. Im Schatten der Bäume schlängelten sich endlose Holztreppchen bergauf und bergab und schmale Stege führten über kleine Bäche, deren Rauschen uns begleitete. Wir bereuten diesen Umweg nicht und gelangten schließlich über die Berner Brücke in die Stadt Fribourg. Endlich! Ein Hauch von Frankreich! Wir waren ja so gespannt! Waren die Menschen hier anders? Na ja zumindest hörten wir ab diesem Moment kein deutsches Wort mehr. Uns wurde bewusst, dass wir uns nun ausschließlich in Französisch verständigen müssen.

Fribourg ist eine riesige Stadt mit etwa 38.500 Einwohnern und sie besteht aus zwei Ebenen. Den Höhenunterschied kann man zu Fuß oder mittels einer Standseilbahn überwinden. Im Zentrum angelangt, suchten wir zunächst die Touristinformation auf, denn irgendwo hier inmitten dieses riesigen Häusermeeres würde es doch wohl zwei freie Betten für uns geben. Und so war es auch! Eine sehr nette und geduldige Angestellte organisierte für uns im Kloster *Monastère de Montorge* ein Zimmer. In einem großen COOP – Markt kauften wir ein und mussten nochmals durch die halbe Stadt laufen, um zur Standseilbahn zu gelangen. Diese brachte uns in den unteren Teil von Fribourg, zum Kloster.

Dieser mächtige Bau wurde im Jahre 1626 errichtet und noch heute leben hier 17 Kapuzinerinnen, die sich ihren Lebensunterhalt mit einer Hostienbäckerei sowie einer Paramentwerkstatt verdienen. Sie stellen also Kirchentextilien aller Art her und backen Hostien aus reinem Wasser und Mehl. Der Ausdruck Hostie kommt aus dem Lateinischen und wird übersetzt mit Vergeltung oder Opfergabe. Meist werden aus Sauerteig, Mehl und Wasser Gebäckstücke hergestellt, was sinnbildlich für den Leib Christi stehen soll.

Es war noch nicht einmal sechzehn Uhr, als wir im Kloster ankamen und von einer älteren Nonne empfangen wurden. Die Verständigung klappte hier schon mal recht gut, wenn auch mit nur wenigen Worten. Unser Zimmer war sehr geräumig und wir hatten genug Zeit, um auszupacken, auszuruhen und Fußpflege zu betreiben. Noch immer war ich mir nicht schlüssig, ob ich das Blasenpflaster von meinem geschundenen Fuß entfernen sollte, da sich darunter noch immer die schmerzende Blase befand. Ich entschied mich dagegen. Der rechte Fuß war etwas weniger in Mitleidenschaft gezogen und mit nur drei kleinen Blasen versehen.

Zum Abendessen suchten wir den Speisesaal auf, wo eine einzelne Frau mittleren Alters am Tisch saß und uns erwartungsvoll entgegen sah. Sie schien schon länger hier zu sein, denn sie half beim Auftragen des Essens und schwatzte ununterbrochen mit der Nonne am Tresen.

Gemeinsam nahmen wir das Mahl ein, welches aus Suppe, Omelette und Pflaumendessert bestand. Dazu wurden Wasser und Rotwein gereicht. Unsere Tischgenossin sprach hauptsächlich französisch und dies die ganze Zeit. Letztendlich unterhielten wir uns in fünf verschiedenen Sprachen und erfuhren, dass sie schon längere Zeit im Rahmen von Schweigeexerzitien hier weilte. Vielsagend schauten wir uns an.

Auf einem Spaziergang rund um das Kloster ließen wir den Abend ruhig ausklingen und schauten lange noch auf die Lichter der Stadt.

5. Tag Freiburg – Chavannes sus Orsonnens 22 km

Als Abschluss unseres schönen und erholsamen Aufenthaltes im Kloster bekamen wir ein reichhaltiges Frühstück vorgesetzt, welches wir gemeinsam mit der zum Schweigen verdammten Dame Abend einnahmen. Auch an diesem Morgen wusste sie wieder viel zu erzählen. Beim Abschied schenkten wir der älteren Nonne am Empfang unsere Nudeln, welche wir vorerst nicht brauchen würden. Sie freute sich sehr darüber und entließ uns mit Gottes Segen.

Die Standseilbahn brachte uns zurück in den oberen Teil der Stadt, von wo aus wir unseren Weg fortsetzen wollten. Wieder hatte ich beide Füße an der Innenseite abgepolstert und verbunden. Besserung war nicht in Sicht. Mittlerweile war es schon zehn Uhr dreißig, was bedeutete: Endlich raus aus der Stadt! Bei der Größe von Fribourg dauerte das natürlich ein Weilchen und als wir schließlich wieder in die Natur gelangten, trafen wir einen Radpilger, der von Koblenz nach Santiago de Compostela unterwegs war. Nach einem netten Gespräch wünschten wir uns gegenseitig einen guten Weg und zogen weiter. Auf der kleinen, steinernen Brücke *Saint-Apolline* aus dem 16. oder 17. Jahrhundert überquerten wir die *Glâne* und standen nun vor der gleichnamigen Kapelle. Diese wurde im Jahre 1147 das erste Mal erwähnt und nach einem Brand 1566 neu erbaut.

Es dauerte nicht lange und wir befanden uns mal wieder vor einer Kuhweide, die es zu queren galt. Das war ja eigentlich nichts Neues für uns, doch hier war die Situation anders als sonst. Die laut blökenden Kühe gebärdeten sich außerordentlich aggressiv, so dass wir uns nicht über die Weide trauten, sondern diese in einem riesigen Bogen umgingen. Seit unserem Striererlebnis im letzten Jahr sind wir zuweilen etwas vorsichtiger geworden.

Dafür erwartete uns in Posieux eine besondere Überraschung. Auf dem Hof eines Mehrfamilienhauses hatten die Besitzer eine Pilgeroase eingerichtet, in der man sich ausruhen sowie an Keksen und Getränken laben konnte. Pilgerstempel und Kasse des Vertrauens inklusive. Ein Gästebuch lag bereit mit unwahrscheinlich vielen positiven Einträgen und guten Wünschen. Ein Willkommensspruch der Gastgeber sollte die Pilger ermuntern, hier etwas zu verweilen und innezuhalten:

Willkommen Freund Pilger

*Sie sind auf dem Weg nach Santiago de Compostela, profitieren
Sie von dieser kleinen Pause zum Entlasten vom Rucksack.
Beruhigen Sie Ihre Füße und stillen einen kleinen Durst oder erwärmen
Sie sich mit einem Kaffee oder Tee.
Falls Sie nicht wissen, wo Sie heute Abend schlafen, klingeln Sie an der
ersten Tür links der Treppe.
Wenn es möglich ist, beherbergen wir Sie gerne (1-2 Personen).
Wir wünschen Ihnen schöne Tage voller Freude und Freundschaft
Auf dem Weg in der Schweiz.
Servez-vous
Bedienen Sie sich!*

Nach einer guten halben Stunde mussten wir uns mit Gewalt aufraffen, um weiterzugehen. Schön, dass es am Weg solche netten Menschen gibt!

An diesem Tag wollten wir bis Chavannes sus Orsonnens gehen, wo freundlicherweise eine der Nonnen aus Fribourg ein Zimmer für uns im dortigen Kloster organisiert hatte. Über schöne Wald- und Feldwege gelangten wir zur Wallfahrtskapelle *Posat*. Meine Füße fühlten sich an wie Klumpen und ich staunte, dass ich trotz allem immer noch irgendwie vorwärts kam. Besagte Kapelle besitzt einen Brunnen, dessen Wasser eine besondere Heilkraft nachgesagt wird. Wer von diesem Wasser trinkt, wird Überlieferungen nach vor allem von Augenleiden geheilt. Nach Besichtigung der Kapelle begaben wir uns zum Brunnen und zelebrierten den Genuss des heilenden Wassers, von welchem wir reichlich tranken.

»Vielleicht muss man auch die Augen damit benetzen …«, überlegte ich laut und beide setzten wir dieses prompt in die Tat um.

»Ach weißt Du was? Schlimmer können doch meine Füße davon auch nicht werden …«, sagte ich kurz darauf und hatte nichts Eiligeres zutun, als Schuhe und Strümpfe auszuziehen, um beide Füße mit jenem kostbaren Wasser zu benetzen.

Voller Hoffnung verließen wir diesen Ort und gingen durch einen lichten Wald leicht bergab, überquerten noch einmal die *Glâne*, um über Wiesen und Felder die kleine Gemeinde Autigny zu erreichen. Besonders an die Besichtigung der Pfarrkirche *Saint-Maurice* denken wir noch heute gerne zurück. Diese Kirche wurde im Jahre 1228 zum ersten Mal erwähnt und in den Jahren 1830/31 neu errichtet.

Im Innenraum dominieren blaue, goldene und weiße Farben, was uns ganz besonders gut gefiel. Lange ließen wir diesen wunderschönen Anblick auf uns wirken.

Nun war es nicht mehr weit bis Chavannes sus Orsonnens, jedoch verstanden wir die Beschilderung nicht so ganz und liefen erst einmal bis zum Ortsausgang, um dort schließlich ratlos am Straßenrand zu sitzen. Mit unseren mageren Sprachkenntnissen unternahmen wir mehrere Anläufe, Bewohner nach dem Weg zu fragen, was beim dritten Versuch schließlich glückte. Punkt achtzehn Uhr erreichten wir das Kloster *Monastère Notre-Dame de Fatima*. Welch ein geheimnisvoller Name! Wir standen hier vor einem von vietnamesischen Mönchen geführten Kloster und waren sehr gespannt. Ein kleiner, freundlich lachender Vietnamese empfing uns und stellte sich als unser persönlicher Betreuer vor. Er zeigte uns das Zimmer und fragte, vor sich hin kichernd, wann wir denn essen wollten. Wir einigten uns auf neunzehn Uhr und hatten somit noch genug Zeit für uns.

Nach dem Duschen musste ich dringend meine Füße versorgen, denn mittlerweile hatte sich das Blasenpflaster gelöst. Was darunter zum Vorschein kam, sah nicht gut aus und sorgfältig behandelte ich alle Wehwehchen, um erneut am linken Fuß ein Pflaster aufzukleben.

Das von den Mönchen zubereitete Abendbrot war einsame Spitze. Es gab Suppe, gebratenen Fisch, geschmorte Zucchini, Reis und Pilze. Zum Trinken standen Wasser, Saft und Rotwein bereit, von welchem wir diskret einen Anstandsschluck übrig ließen. Lange saßen wir in der geräumigen Küche und machten uns Gedanken über das Kloster und seinen Namen.

»*Notre-Dame de Fatima*, nach wem wird wohl dieses Kloster benannt sein?«, fragte ich Jens naiv.

»Vielleicht finden wir was zum Nachlesen! Hier wohnen ja nur Männer, doch vorhin habe ich eine Vietnamesin im Garten gesehen. Möglicherweise ist das ja *Fatima*!«, lautete seine These.

Während wir uns weiterhin so einiges zusammenspannen, schaute ab und zu unser kleiner Betreuer grinsend durch die Tür, um zu sehen, ob wir noch etwas bräuchten. Eine Unterkunft dieser Art kannten wir bisher noch nicht und waren gerührt von der Fürsorge der kleinen, geschäftigen Mönche, die emsig herumwirtschafteten. Der weitläufige Klostergarten war eine Augenweide und vorbildlich gepflegt. Alles wurde hier selbst angebaut und verwertet. Von hochgewachsenen Zucchinipflanzen hingen jede Menge ansehnliche Früchte herunter. Gurkengewächse und vollreife Tomaten leuchteten zwischen dem Grün der Blätter hervor. Der würzige Duft ließ einen Kräutergarten vermuten und verschlungene Wege führten uns an exotisch aussehenden Pflanzen vorbei. Ich kam mir vor wie im Paradies! Vor einem großen Goldfischteich machten wir halt und bestaunten die stattlichen Exemplare, wobei Jens mich nachdenklich ansah.

»Ich glaube, wir haben zum Abendbrot Goldfisch gegessen!«

»Ach bestimmt nicht, die kann man doch nicht essen. Oder? Aber ziemlich groß sind die hier schon!«

»Die Farbe stimmt zumindest.«

Dieser Gedanke gefiel mir überhaupt nicht und ich versuchte, diesen schnellstmöglich zu verdrängen. Dieses Rätsel konnten wir nie lösen, doch zumindest hatte der servierte Fisch prima geschmeckt!

In unserem kleinen Zimmerchen hätten wir sicher auch ganz gut geschlafen, wären nicht ständig Mücken über uns hergefallen, was zur Folge hatte, dass wir mehrmals auf die Jagd gehen mussten.

Übrigens war *Fátima* nicht die Frau aus dem Klostergarten, sondern ist jener bedeutende Wallfahrtsort in Portugal, benannt nach den drei Geheimnissen *Fátimas*. Natürlich wussten wir von diesem Wallfahrtsort, hätten ihn aber niemals in Zusammenhang mit dem Kloster gebracht.

6. Tag Chavannes sus Orsonnes – Bressonanz 25 km

Müde saßen wir am nett gedeckten Frühstückstisch, während unser persönlicher Betreuermönch sich abermals rührend um uns kümmerte. Er stempelte unsere Pilgerausweise und erzählte ein bisschen über sich und das Kloster. Noch lange hätten wir ihm zuhören können, jedoch drängte die Zeit. Mit vielen guten Wünschen wurden wir vom ihm sowie einigen seiner Glaubensbrüder verabschiedet und waren im Nachhinein noch sehr dankbar für diese wunderbare Erfahrung, die wir hier machen durften. Und für die lecker zubereiteten »Goldfische«!

Mit sorgfältig verpflasterten und abgepolsterten Füßen ging es los, doch schon nach den ersten fünfhundert Metern musste ich pausieren. Dies setzte sich die kompletten acht Kilometer bis Romont fort. Vor allem mein linker Fuß schmerzte unaufhörlich. Wir kamen nur sehr langsam voran und ich hatte so gar keinen Blick übrig für die herrliche Landschaft und das schöne, auf einem Hügel gelegene, kleine Städtchen.

Endlich angekommen in Romont, was von »runder Berg« abgeleitet wird, machten wir Pause auf einer Bank vor der Kirche, wo ich einen notwendigen Entschluss fasste.

Kurzerhand schnitt ich mit meinem kleinen Taschenmesser die Fersenpartie beider Schuhe einfach ab und hatte so etwas Ähnliches wie Pantoletten. So konnte nichts mehr reiben. Trotz allem wurde es nicht sehr viel besser und wir entschieden, dass ich mit dem Bus die sechs Kilometer bis zum nächsten Ort fahren und Jens unterdessen alleine weiter laufen würde. Er winkte mir zum Abschied zu und verschwand sodann aus meinem Blickfeld. Nun war ich ungewohnterweise auf mich allein gestellt.

Mit dem Bus fuhr ich bis zum Bahnhof von Romont und war recht stolz darauf, dass ich mich dem Fahrer in Französisch verständlich machen konnte. Ich ergatterte einen Fensterplatz, beobachtete die anderen Fahrgäste und staunte, wie weit es doch bis zum Bahnhof war. Dort angekommen, checkte ich erst einmal alle wichtigen Dinge ab wie Abfahrtszeit und Haltestelle. Nun hatte ich also fast noch eine ganze Stunde Zeit, bis der Bus nach Lovantes abfahren würde. Im Bahnhofsgelände auf einem der Bahnsteige fand ich eine in der Sonne stehende Bank, auf der ich mich niederließ. Wieder schaute ich den Menschen zu, wie sie hin und her hasteten oder ungeduldig auf ihren Zug warteten. Ein älterer Herr im Anzug telefonierte lautstark mit seinem Handy, während die neben ihm stehende Frau sich noch schnell eine Zigarette anzündete. Zwei Mädchen im Teenageralter mit sehr kurzen Röckchen erzählten kichernd miteinander und zogen so die Aufmerksamkeit eines jungen Mannes auf sich, welcher am Bahnsteig gegenüber stand. Von Weitem war Kinderlachen zu hören und über den Lautsprecher wurde die Einfahrt eines Zuges bekanntgegeben.

Meine Gedanken entfernten sich allmählich und ich fragte mich, wie sich wohl die nächsten Tage entwickeln würden.

In diesem Tempo machte es eigentlich keinen Sinn, weiterzupilgern. Irgendetwas Entscheidendes müsste passieren. Könnte ich in jedem herkömmlichen Schuh laufen, wäre das ganze Problem gar nicht erst zustande gekommen. Doch meine speziell geformten Füße benötigten spezielles Schuhwerk. Aber es müsste ja bald besser werden! Schade, dass wir uns Romont nicht ausgiebig ansehen konnten! Und für Fribourg war auch nicht all zuviel Zeit. So ist das halt manchmal. Irgendwann einmal wird es vielleicht die Möglichkeit geben, ein bisschen nachzuholen. Wenn wir beide älter und nicht mehr so gut zu Fuß sind, wollen wir uns die schönsten und eindruckvollsten Stellen entlang des Jakobsweges noch einmal anschauen. Aber bis dahin würde hoffentlich noch sehr, sehr viel Zeit vergehen.

Das Quietschen von Zugbremsen riss mich aus meinen Träumen. Ich sah auf die Uhr, packte meinen Kram zusammen und ging zur Haltestelle. Der Bus kam pünktlich, nur wenige Leute stiegen ein und gespannt folgte ich dem Verlauf der Fahrt, um ja Lovantes nicht zu verpassen. Ein paar Minuten später stand ich nun mutterseelenallein in diesem Ort mitten auf der Strasse und überlegte, wo ich am besten warten könnte, damit Jens mich findet. Ohne ein Ziel zu haben, bog ich um die Ecke und steuerte eine kleine Holzbank vor einem Brunnen an, auf der schon jemand saß. Ein Pilger! Mario!! Nanu, was machte er denn hier? Ich setzte mich zu ihm und wir plauderten etwas miteinander. Es dauerte nicht lange und ein weiterer Pilger kam um die Ecke. Jens!!

Froh, nun wieder beisammen zu sein, unterhielten wir uns noch ein wenig und gingen kurz darauf unserer Wege. Es war glühend heiß und das Laufen fiel mir schwer. Mario, den wir bald wieder einholten, wunderte sich über meine abgeschnittenen Schuhe und so erzählte ich ihm die ganze Geschichte. Einträchtig schritten wir zu dritt der *Broye* entlang bis Moudon hinein. Dort verabschiedeten wir uns endgültig von Mario, der an diesem Tag hier übernachten würde. Wir tauschten Adressen aus, kauften im Supermarkt ein und schleppten uns die letzten drei Kilometer bis Bressonanz. Am Ortseingang auf einem Brückengeländer saß, mit einem Buch in der Hand, ein junger Mann, den wir als einen der Pilger aus Heitenried wiedererkannten. Er übernachtete ebenfalls in der Nähe und da er sich mit *Tapen* auskannte, bot er mir an, am nächsten Tag meinen Fuß zu verarzten. Jedoch trafen wir keine weiteren Absprachen, da wir uns ja sicher auf dem Weg begegnen würden. Meine Füße schmerzten furchtbar, als wir endlich die Unterkunft erreichten. Unsere Gastgeberin wartete bereits und wies uns schnell ein, da sie in Eile war. Kurz darauf verließ sie die Pilgerwohnung, welche wir nun für uns allein hatten. Eigentlich wollten wir an diesem Abend kochen, jedoch suchten wir vergeblich einen Herd. Doch auch hierfür gab es eine Lösung und so bereiteten wir die Nudeln in der Mikrowelle und die Soße im Backofen zu. Es wurde ein sehr interessantes Mahl, dessen Menge wir nicht bewältigen konnten.

Meine Füße sahen nicht gut aus, das Blasenpflaster saß fest über der schmerzenden Stelle, doch einen Tag noch wollte ich abwarten, bevor ich dieses entfernen würde. Lange noch schrieb ich Tagebuch, während Jens las.

7. Tag Bressonanz – Lausanne 18 km

An nächsten Morgen schliefen wir sehr lange und gönnten uns trotz allem noch ein ausgiebiges Frühstück. Die Reste der Nudelmahlzeit vom Vorabend füllten wir in abgeschnittene Wasserflaschen, da wir keine anderen Gefäße zur Verfügung hatten. Kurz noch erzählten wir mit unserer Gastgeberin, die soeben eintraf, um die Wohnung für die nächsten Gäste vorzubereiten. Es war schon fast zehn Uhr dreißig, als wir Bressonanz verließen! Natürlich würden um diese Zeit auch schon alle anderen Pilger an uns vorüber gezogen sein. Die Sonne knallte erbarmungslos vom Himmel herab und trieb uns den Schweiß auf die Stirn. Mit meinen abgeschnittenen Schuhen kam ich vorerst ganz gut voran und so beschlossen wir, nur noch kurze Tagesetappen zu laufen, um wenigstens die Grenze zu Frankreich erreichen zu können. Das war immer noch besser, als abbrechen zu müssen. Jedoch würde Le Puy en Velay als Ziel für dieses Jahr unerreichbar bleiben.

Wir gelangten nach Vucherens, wo wir die kleine Kapelle aufsuchten, um auszuruhen. Auf einem Höhenweg mit Blick auf die französischen Alpen ging es weiter und wir waren froh, unserem Tagesziel schon so nahe zu sein. Dafür hatten wir das von Bressonanz fünfzehn Kilometer entfernte *Chalet à Gobet* in Betracht gezogen, jedoch nichts vorbestellt. Und wir hatten unsere ganz ureigene Vorstellung.

»Bald müssten wir doch in *Chalet à Gobet* sein, da machen wir es uns so richtig gemütlich!«

»Sicher ist es nicht groß, aber es wird schon ein Zimmer für uns frei sein ...«

Wir stellten uns vor, auf einer kleinen Anhöhe in einem schlossähnlichen Gebäude zu nächtigen. Davor würden sich Sitzgruppen und Liegestühle im Freien befinden, von wo aus man die herrliche Aussicht genießen könnte.

Mittlerweile liefen wir endlos über schlecht begehbare Wege, welche als solche zum Teil nicht mehr erkennbar waren. Um uns herum nur noch Gestrüpp und Bäume. An einer kleinen Lichtung machten wir halt und ließen uns auf die dort stehenden Bänke fallen. Jens fluchte, da er sich mit etwas undefinierbarem beschmiert hatte und begann, sich an dem kleinen Brünnlein zu waschen, während ich in meinem Rucksack kramerte.

»Nun schleppe ich schon kilometerlang diese Bierbüchse durch die Gegend, komm lass uns das trinken, mittlerweile ist mir alles egal.«

So vernichteten wir unsere letzten Vorräte und nur die Nudeln blieben eiserne Reserve. In unserer Unterkunft, welche wir bald erreichen müssten, würden wir ja zumindest Getränke bekommen. Die Realität war mehr als ernüchternd.

Chalet à Gobet stellte sich als unattraktiver Ortsteil von Lausanne heraus, an dessen Hauptstrasse sich ein Golfhotel befand. Nach ewigem Überlegen machte Jens einen Vorschlag.

»Lass uns die drei Kilometer noch bis nach Epalinges laufen und von dort aus mit der U-Bahn nach Lausanne fahren. Und dann sehen wir weiter.«

Gesagt, getan! Da meine Füße mittlerweile wieder schmerzten, nahm Jens nach einiger Zeit meinen Rucksack an sich.

»So kommst Du besser voran, Du müsstest nur meinen Stock nehmen. Ich warte weiter vorne irgendwo auf Dich.«

Zwei Rucksäcke schleppend, eilte er zügig voraus, um etwas Vorsprung zu gewinnen. Bald schon entschwand er meinen Blicken und ich hatte mit nur zwei Stöcken weniger Schwierigkeiten beim Laufen, was mich etwas beschwingter vorankommen ließ. Es ging durch ein Wäldchen mit gut markierten Wegen. An einer kleinen Kreuzung blieb ich auf dem ausgeschilderten Jakobsweg und lief weiter geradeaus. Irgendwo da vorn schien ein Rastplatz zu sein, auf welchem ich Jens vermutete. Etwas verblüfft musste ich ein paar Minuten später feststellen, dass es nicht an dem war. Na dann würde er sicher an der Baumgrenze auf mich warten .... Jedoch nur ein kleines Kätzchen, welches versuchte, meine Aufmerksamkeit zu erlangen, spielte auf der Strasse am Rande des Wohngebietes. Wo war Jens? Und wohin sollte ich jetzt gehen? War das hier schon Epalinges?

Fragen über Fragen taten sich auf und ich erinnerte mich an unsere Abmachung, im Zweifelsfall immer die Kirche als Treffpunkt aufzusuchen. Es gab keinen Wegweiser und das Kartenmaterial befand sich in unseren Rucksäcken, wie auch Geld und Ausweispapiere. Mit mulmigen Gefühl, zwei abgeschnittenen Schuhen, keinerlei Gepäck, in jeder Hand einen Wanderstock und nur sechs Schweizer Franken in der Hosentasche ging ich unentschlossen im Wohngebiet entlang. Nicht einmal ausweisen könnte ich mich im Notfall!

»Vous parlez allemand?«, fragte ich ein mir entgegenkommendes älteres Ehepaar, was bedeutete: »Sprechen Sie deutsch?«

Leicht verwirrt schüttelten beide die Köpfe und sahen mich abschätzend von oben bis unten an. Freundlicherweise konnten sie mir aber die Grobrichtung zum Zentrum von Epalinges weisen. Jedoch kam ich nicht weit, da vor einer riesigen Brücke sich die Straße nochmals gabelte. Einen jungen Mann, der des Weges kam und im Begriff war, die Straße zu überqueren, sah ich als Rettung.

»Vous parlez allemand?«, rief ich ihm entgegen.

»Ein bisschen.«, antwortete er mit stark französischem Akzent. Er konnte mir zumindest die Richtung zur Kirche zeigen und als ich auf seine Frage, ob ich wohl nach Santiago laufen wollte, mit einem freudigen »Ja« antwortete, schaute er mich recht seltsam an.

Dankend lief ich schnell weiter und überlegte, ob er mich vielleicht für verrückt hielt. Ich drehte mich kurz um und registrierte, dass er mir noch immer nachschaute. Mehrere Leute fragte ich nach dem Weg, bis eine nette ältere Dame, der ich mein Problem schildern konnte, mich sogar bis zur Kirche begleitete. Sicher würde ich Jens dort treffen …

Erwartungsvoll öffnete ich die Tür und entdeckte …nichts!

Leicht panisch suchte ich alles ab und musste erkennen, dass er wirklich nicht hier war. Was nun? Ob etwas passiert war? Die Kirche war doch immer unser Treffpunkt! Sollte ich doch lieber die U-Bahn-Station aufsuchen, um dort zu warten?

Wieder fragte ich mich durch, nicht ohne weniger erstaunte Blicke zu ernten. Die Metro-Station erreicht, suchte ich in den Etagen des großen Gebäudes, lief die Bahnsteige ab und konnte auch hier Jens nirgendwo entdecken. Ratlos und verzweifelt setzte mich auf eine der Bänke im Außenbereich, um zu warten was geschieht. Mit sechs Schweizer Franken würde ich nicht all zu weit kommen, jedoch glaubte ich nicht daran, dass Jens Epalinges ohne mich verlassen würde. Gespannt beobachtete ich alles, was um mich herum geschah. Es war später Nachmittag und viele Leute waren unterwegs, von denen die meisten sicherlich Feierabend hatten und nach Hause wollten. Immer wieder schaute ich auf die Uhr. Nun saß ich schon eine Stunde hier! Wie konnte bloß diese verfahrene Situation entstehen? Ich wusste schon gar nicht mehr, was ich überhaupt denken sollte und stierte verzweifelt auf die Menschen, welche die Straße auf und ab hasteten. Doch was war das? Täuschte ich mich? Mitten in diesem Gewusel lief eine schwerbepackte Person, die sich immer wieder umsah. Das war Jens! Hastig stand ich auf und winkte ihm so lange zu, bis er mich entdeckte. Groß war die Wiedersehensfreude!

Es stellte sich heraus, dass wir irgendwo im Wäldchen verschiedene Richtungen eingeschlagen hatten. Wo genau und wohin, das müssten wir später noch mal in Ruhe rekonstruieren. Auch Jens hatte unterwegs zwei Frauen, von denen eine sehr gut deutsch konnte, um Hilfe gebeten. Beide suchten bereitwillig das komplette letzte Wegstück mit ihm gemeinsam ab. Er zog sogar in Erwägung, eine Suchmeldung aufzugeben, sobald die Polizeidienststelle öffnen würde. Welch eine Odyssee!

Ein vorbeifahrendes, laut hupendes Auto erlangte unsere Aufmerksamkeit und Jens erkannte eine der beiden hilfsbereiten Frauen wieder. Wir winkten ihr so lange hinterher, bis sie nicht mehr zu sehen war. Mit der U-Bahn fuhren wir nach Lausanne, um auf schnellstem Wege, nachdem wir noch ein paar Getränke erstanden hatten, zur Jugendherberge zu gelangen. Dort erhofften wir uns eine preisgünstige Übernachtung sowie ein paar Tipps für die Unterkünfte der nächsten Tage. Unter anderen Umständen hätten wir uns gern die Stadt angesehen, jedoch war es schon recht spät und unser einziges Ziel an diesem Tag war nur noch ein Bett für die Nacht. Dieses bekamen wir auch! Und zwar für stolze einhundert Schweizer Franken in der Jugendherberge, welche eigentlich mehr dem Charakter eines Hotels entsprach. Das Zimmer ausgeschlossen.

Viel passierte an diesem Abend nicht mehr, wir verzehrten unsere Nudeln, teilten die Getränke auf und endlich rang ich mich dazu durch, das Blasenpflaster zu entfernen. Dies war ziemlich schmerzhaft, da es schon leicht mit der Haut verwachsen und die Blase darunter recht groß war. Nun behandelte ich sie doch mit der Nadel-Faden-Methode, was ich lieber schon eher hätte tun sollen. Und wir kamen endgültig zu dem Schluss, dass auf den kommenden Etappen mehr als fünfzehn Kilometer pro Tag nicht zu realisieren wären. Mit vielen offenen Fragen gingen wir an diesem Abend zu Bett.

Lausanne ...

Am frühen Morgen baten wir den Mann an der Rezeption, uns beim der Organisation der nächsten beiden Unterkünfte zu helfen. Was dieser letztendlich tat, jedoch nicht ohne zu demonstrieren, wie beschäftigt er doch eigentlich war.

Entlang des Genfer Sees gab es zurzeit keine Möglichkeiten, einigermaßen preiswert zu übernachten. Vieles war schon reserviert und alles andere viel zu teuer. Bei Strecken von nur fünfzehn Kilometern pro

Tag müssten wir logischerweise öfter übernachten und dabei die Kosten so niedrig wie möglich halten. Den Wasserweg über den Genfer See zu nehmen, stand für uns auch nicht zur Debatte, da wir gern die gesamte Strecke zu Fuß zurück legen wollten.

Der Entschluss, abzubrechen, fiel uns wahrlich nicht leicht!

Doch es war unabwendbar und traurig packten wir an diesem Sonntag unsere Rucksäcke für die Heimreise. Die Zugfahrt war lang und immer weiter entfernten wir uns von den Ortschaften der letzten Wochen. Aufgrund von Unwettern und auf den Gleisen liegenden Bäumen musste die Fahrt mehrmals unterbrochen werden, was zur Folge hatte, dass wir mit einem von der Bahn zur Verfügung gestellten Taxi zwei Uhr nachts zu Hause ankamen.

Viele Dinge beschäftigten uns auch noch die Tage danach. Vor allem stellte ich mir die Frage, wie belastbar ich zukünftig wegen meiner Füße sein würde und welche Alternativen es gäbe.

Jedoch waren wir beide überzeugt, dass unser Jakobsweg eine Fortsetzung haben sollte …

13.9. – 03.10.2014 • Epalinges – Le Puy en Velay

Anreise

Endlich!!
Nach wochenlangen Recherchen und einer superstressigen Arbeitswoche rückte das Abenteuer Jakobsweg in greifbare Nähe und wir durften endlich wieder unsere Rucksäcke packen. Für den erneuten Anlauf, die ersten Etappen am Genfer See entlang zu bezwingen, waren etliche Vorbereitungen, sowie knifflige Denkaufgaben zu bewältigen. Zwischen dem letzten gescheiterten Versuch und diesem Tag lagen die Operation meiner Füße, sowie ein unfreiwillig verschobener Jahresurlaub.
So lange hatten wir auf diesen Augenblick gewartet!
Es war Freitag. Unser letzter Arbeitstag vor der wohlverdienten dreiwöchigen Pause neigte sich dem Ende entgegen und nach einem schnellen Kaffee mit den Kollegen eilte ich nach Hause, wo Jens schon dabei war, die letzten Dinge zu verstauen. Es konnte also losgehen. Eine letzte Thüringer Bratwurst an unserem Lieblingsimbiss sollte bis zum Abendbrot reichen.
Unser Tagesziel war ein Wohnmobilstellplatz im schwäbischen Emmendingen im Breisgau. Dort würden wir im Auto schlafen, um am nächsten Tag recht bald in Morges in der französischsprachigen Schweiz anzukommen. Denn um den Weg entlang am Genfer See diesmal bewältigen zu können, hatte Jens einen ganz besonderen Plan ausgeklügelt.

Wir saßen schon eine ganze Weile im Auto, als mir einfiel: »Oh nein, die kleinen Brote haben wir vergessen!«
Da Jens diese schon lange vorher besorgt hatte, bedauerte er ausgibig deren Verbleib im heimischen Tiefkühlfach. Sie sollten die Verpflegung der nächsten beiden Tage absichern. Schweren Herzens wurde beim

nächstbesten Bäcker ein Ersatz in Form von Brötchen und Baguette gekauft. Die Fahrt war mühsam, denn seit Tagen herrschte Dauerregen, welcher uns auch auf der Autobahn, gemischt mit Nebel und schlechter Sicht, begleitete. Dazu kamen vielfache Staus, meist hervorgerufen durch Unfälle. Oftmals ging es kaum vorwärts und unser Plan, am zeitigen Abend in Emmendingen anzukommen, löste sich alsbald in Luft auf. Gegen neunzehn Uhr steuerten wir die nächstbeste Autobahnraststätte an und suchten in dem völlig überfüllten Areal nach einem trockenen Plätzchen, um etwas essen zu können. Fündig wurden wir an der Rückseite des Gebäudes, wo ein paar überdachte Sitzgruppen standen. Dort bauten wir unser »Buffet« auf.

Immer noch Dauerregen!

Frisch gestärkt nahmen wir die weitere Fahrt in Angriff. Das Erreichen der Autobahn gestaltete sich äußerst schwierig, denn völlig chaotisch und ohne jegliches System bewegten sich unzählige PKW's in Richtung Ausfahrt. Endlich befanden wir uns wieder auf Kurs, um nach ein paar Metern erneut im Stau zu stehen. Diese Spielchen wiederholten sich einige Male und brachten uns fast zur Verzweiflung. Eine recht kurze Nacht stand bevor.

Ein paar Minuten nach dreiundzwanzig Uhr kamen wir in Emmendingen an. Was wir erwartet hatten, traf nicht zu, denn der gesamte Stellplatz war gut gefüllt mit teils überdimensional großen Wohnmobilen. An einer freien Stelle unter Bäumen richteten wir uns schließlich ein. Das hieß, sämtliches Gepäck auf die Fahrersitze räumen und die Matratzen im Kofferraum ausbreiten. Bettfertig lagen wir im Auto, als wir ein Geräusch wahrnahmen.

»Hörst Du das auch?«, fragte mich Jens ungläubig. »So kann ich nicht schlafen!«

»Tropf-tropf-tropf …!« Hartnäckig prallten schwere Regentropfen von den Bäumen herunter auf das Autodach. Genervt stiegen wir aus, räumten wir die Vordersitze frei und fuhren mehrere Runden über den Platz. Ohne etwas Besseres gefunden zu haben, landeten wir Minuten später wieder an der gleichen Stelle und fanden uns letztendlich mit den tropfenden

Bäumen ab. So saßen wir im Kofferraum, an die Rückseite der Autositze gelehnt und gönnten uns als Tagesabschluss einen »Absacker«.

Der erste Schritt war getan, die nervige Fahrt überstanden und in ein paar Stunden schon würden wir in der herrlichen Schweiz ankommen. Als wir schließlich müde in unseren Schlafsäcken lagen, trommelten die Regentropfen nur noch ganz leise aufs Autodach und begleiteten uns in den Schlaf.

Irgendwann in den frühen Morgenstunden wurde ich munter und fand neben mir einen aufrecht sitzenden, total aufgewühlten Jens vor, der mich unglücklich ansah und ganz aufgebracht hervorstieß: »Es hat reingeregnet, alles ist nass!«

Sogleich hellwach, betastete ich den unteren Teil unseres Lagers und stellte fest, dass Matratzen sowie Schlafsäcke wirklich feucht waren. Meine Seite war nicht ganz so schlimm betroffen, doch die andere Hälfte hatte sich bis fast zur Mitte mit Wasser vollgesogen. Für uns war an Weiterschlafen nicht zu denken und somit die Nacht zu Ende.

»Wie sollen wir das bloß alles trocken bekommen?«, fragte ich mich laut und Jens meinte bloß: »Wir können unmöglich drei Wochen lang die nassen Sachen im Auto liegen lassen. Ich weiß auch nicht, wie wir das alles hinkriegen sollen …« Ein Gedanke, den keiner auszusprechen wagte, beschäftigte uns beide. War unsere Pilgerreise zum Scheitern verurteilt?

Es war stockdunkel und in der Stille des frühen Morgens schienen all die anderen Camper noch fest zu schlafen. Ratlos und ohne viel sehen zu können, schmissen wir wahllos alles in den Kofferraum und noch immer in Schlafbekleidung fuhren wir langsam vom Stellplatz. Nach einer Irrfahrt quer durch Emmendingen hatten wir endlich die entsprechende Richtung gefunden. Wir würden irgendwo, wenn es hell werden würde, das Auto aufräumen, uns umziehen und die Lage checken.

Siedend heiß durchfuhr uns beide fast zeitgleich ein Schreck: »Die Stöcke!!!«

»Hattest Du nicht die Stöcke aufs Autodach gelegt?«

»Ja!«, entgegnete Jens aufgeregt. »Damit wir sie nicht vergessen. Die liegen mittlerweile bestimmt irgendwo in Einzelteilen auf der Straße herum.«

Am Abend hatte er unsere neu erworbenen Pilgerstöcke auf diese Weise in Sicherheit gebracht. Keiner hatte in dem Moment des überstürzten Aufbruchs noch daran gedacht.

»Na vielleicht haben wir sie schon auf dem Stellplatz verloren!«
»Die finden wir doch in der Dunkelheit niemals!«

An der nächstmöglichen Stelle stoppten wir und einem Wunder gleich, entdeckten wir die Stöcke noch immer auf dem Autodach liegend.

Beruhigt fuhren wir weiter, verpassten jedoch die Autobahnauffahrt und mussten so auf Landstraßen in Richtung Basel unzählige Kreisverkehre queren. Kurz nach sechs Uhr fanden wir einen Supermarkt, auf dessen noch leerem Parkplatz wir die Gelegenheit nutzten, um uns im Auto ein wenig frisch zu machen, umzuziehen und beim Bäcker etwas Gebäck fürs Frühstück zu kaufen. Wir waren hundemüde und fuhren kurz darauf weiter durch die Dunkelheit.

Als endlich die Dämmerung einsetzte, hielten wir noch einmal an, um das Auto aufzuräumen. Da wir sogar eine Möglichkeit fanden, die durchtränkte Matratze zu entsorgen, zögerten wir nicht lange und hatten damit auch dieses Problem gelöst. So langsam kam unsere Welt wieder in Ordnung und wir konnten nun unserer Freude auf die bevorstehende Pilgerreise Ausdruck verleihen. Mittlerweile hatten wir auch die Autobahn gefunden, es wurde langsam hell und der neue Tag zeigte sich mit nur noch leichtem Nieselregen. Kurz vor Basel hielten wir an einem Parkplatz an, um Pause zu machen. Wir wählten die nächstgelegene der Sitzgruppen aus, welche durch den Regen recht sauber war und packten den Proviant auf den Tisch. Da wir stets einen kleinen Wasserkocher extra fürs Auto mitführen, konnten wir sogar Kaffee kochen. Gemütlich frühstückten wir auf dem um diese Zeit noch wenig befahrenen Rastplatz und fühlten uns so allmählich fit genug für diesen angebrochen Tag.

Entspannt fuhren wir durch Basel, es regnete nicht mehr und die Sonne brach durch die Wolken. Die Berge ließen uns nicht übersehen, dass wir in der Schweiz angekommen waren. Schließlich steuerten wir Morges an und fanden recht schnell den Campingplatz. Da unser Französisch nur aus ein paar zusammen gestammelten Brocken bestand, waren wir sehr erfreut, dass die Dame an der Rezeption der deutschen Sprache ein wenig mächtig war. Es gab einiges zu klären, schließlich sollten wir trotz geplanter Übernachtung im Auto den Preis für ein Zelt extra bezahlen. Da es sowieso ohne Matratze recht unbequem werden würde, entschieden wir uns kurzerhand, im Zelt zu schlafen. Erfreulicherweise wurde uns zehn Prozent Pilgerrabatt gewährt.

Auf dem Campingplatz gab es eine große Grünfläche und recht schnell fanden wir einen netten Platz. Nachdem das Zelt aufgebaut und alles für unsere Rückkehr am Abend vorbereitet war, machten wir uns mit Tagesrucksäcken auf den Weg in Richtung Bahnhof. Von dort aus würden wir mit dem Zug nach Lausanne zu fahren und weiter mit der Metro nach Epalinges, wo wir zuletzt unsere Pilgerreise beenden mussten. Ein Muss war die Besichtigung jener niedlichen, kleinen Kirche, in welcher ich Jens damals vergeblich suchte, sowie ein schöner Ausgangspunkt für unsere Pilgerreise.

1. Tag Epalinges – Morges 20 km

Es war schon vierzehn Uhr, als wir losliefen und ein abwechslungsreicher und gut beschilderter Weg führte uns in das charmante Lausanne. Als wir vor drei Jahren nur hindurch eilten, waren wir zudem in anderer Verfassung und auch auf diese Stadt nicht gut zu sprechen, was mehrere Gründe hatte. Zum Glück konnten wir unsere Meinung von damals widerrufen.

Man sollte sich genügend Zeit nehmen, um durch die vielen verwunschenen Gässchen zu schlendern und vielleicht in einem der zahlreichen kleinen Cafés zu pausieren, um dieses Flair zu genießen. Sehr sehenswert ist die Kathedrale *Notre-Dame*, von der aus man eine herrliche Aussicht auf die Stadt genießen kann. Sie wurde ab dem Jahre 1165 im gotischen Stil errichtet und ist der größte Kirchenbau der Schweiz. Die Kirchenfenster zählen zu den schönsten von Europa.

Aus der Stadt heraus, führte uns der Weg am Genfer See entlang, gesäumt von kleinen belebten Stränden, Wiesen und Sportplätzen, die bevölkert waren von Menschen unterschiedlicher Generationen. Ein jeder ging seinen Interessen nach, es wurde Volleyball gespielt, Jogger rannten an uns vorüber, viele saßen beim Picknick und der Duft von Gebratenem zog herüber, um uns Appetit zu machen. Hier und da war Musik zu hören und unterstrich das quirlige Treiben.
    Nach einiger Zeit trafen wir auf unseren ersten Mitpilger. Er lief ein ziemliches Stück vor uns und das Auffälligste an ihm war sein riesengroßer Rucksack. Er hatte das Aussehen eines Italieners und schien noch ziemlich jung zu sein. Beim Überholen wünschte ich ein »Buen Camino.«, und Jens fragte »Eres Italiano?«, was bedeutete »Bist du Italiener?« Er antwortete auf Spanisch und wir mussten herzlich lachen, als sich herausstellte, dass er aus Bayern kam und Max hieß. Er war grade mal achtzehn Jahre alt und verwendete das für den Führerschein ersparte Geld, um damit bis nach Santiago de Compostela zu pilgern. Seit einer Woche unterwegs, übernachtete er aus Kostengründen manchmal im Freien und legte am Tag um die dreißig bis vierzig Kilometer zurück, um recht schnell durch die teure Schweiz zu gelangen. Wir fanden dies sehr bewundernswert und vor allem mutig!

Gemeinsam legten wir ein Stück des Weges zurück und er erzählte ein bisschen von sich. Am meisten vermisste er seine Freundin, für die er jeden Abend in sein Tagebuch schrieb, welches er ihr irgendwann als Geschenk überreichen wollte. Das berührte uns sehr und die Achtung vor diesem jungen Mann wuchs. Da er selbst keine Kamera dabei hatte, knipsten wir ein paar Bilder, welche wir ihm später schicken wollten. In Morges trennten sich unsere Wege. Max, der noch kein Nachtlager in Aussicht hatte, wollte sich irgendwo außerhalb der Stadt umsehen. Irgendwie tat er uns leid und vielleicht hätten wir ihn ja mit zum Campingplatz nehmen sollen, was uns erst später einfiel. Leider verpasste ich auch, ihm Lebewohl zu sagen und viel Glück zu wünschen. Wir hofften sehr, dass er es schaffen würde!

Es war bereits neunzehn Uhr dreißig, als wir uns mit letzten Kräften bis zum Zelt schleppten. Hungrig stellen wir Campingtisch und Stühle bereit und saßen bis kurz vor dem Dunkelwerden beim Abendbrot. Nach dem obligatorischen Pilger-Rotwein zogen wir uns ins Zelt zurück. Zum Glück erkannte ich noch rechtzeitig, dass dieses dunkle Etwas vor dem Auto nicht etwa mein Schuh war, welchen ich grad suchte, sondern ein kleiner zusammengerollter Igel.

2. Tag Morges – Rolle 17 km

Die Nacht war erholsam und nur ab und zu hörten wir im Halbschlaf das laute Krächzen der Krähen. Sieben Uhr begannen wir den Tag, erstanden unverschämt teure Backwaren am Kiosk, frühstückten in Ruhe und packten zusammen. Nachdem alles verstaut war, fuhr Jens nach Tannay, um dort einen geeigneten Platz zu suchen, auf dem das Auto die kommenden drei Wochen stehenbleiben könnte. Danach würde er mit dem Zug zurück nach Morges fahren, von wo aus wir weiterlaufen würden. An diesem Tag sollte es bis Rolle gehen und am darauffolgendem bis Tannay. Ich blieb zurück auf dem Platz mit unserem Gepäck, welches aus beiden Rucksäcken, den Pilgerstöcken und einem Mini-Zelt bestand. Auf der Bank einer Sitzgruppe machte ich es mir bequem und beobachtete das Treiben um mich herum, während die Sonne mir den Rücken wärmte. Ich nutzte die Zeit, um die Aufzeichnungen in meinem Pilgertagebuch zu vervollständigen. Kinder spielten auf der großen Wiese gegenüber, vor so manchem Wohnwagen wurde noch gefrühstückt und auf dem Grillplatz nebenan bereiteten zwei Männer die kleine Feuerstelle schon für den Abend vor. Der strahlend blaue Himmel zog mich in seinen Bann und ich gab mich meinen Tagträumen hin.

Gegen Mittag kam Jens abgekämpft um die Ecke, ich holte unsere Kamera-Akkus wieder ab, welche der Mann an der Rezeption freundlicherweise aufgeladen hatte und schon bald konnten wir losmarschieren. Auf schönen und abwechslungsreichen Wegen ging es noch ein kleines Stück am Genfer See entlang, bis wir so langsam ins Hinterland abdrifteten. Mittlerweile brannte die Sonne unbarmherzig vom Himmel herab und die Füße taten mir schon jetzt weh. Ich spürte genau, dass sich an verschiedenen Stellen Blasen zu bilden begannen. Aber wie heißt es so schön? Man soll mutig in den Schmerz hineinlaufen. Der Weg führte uns weiter entlang an einem Bachlauf, vorbei an riesigen Maisfeldern und einem Gatter mit niedlichen Eseln, welche sich uns gern als Fotomodelle zur Verfügung stellten. Endlose Kiwiplantagen, wie wir sie noch nie zuvor gesehen hatten, brachten uns zum Staunen. Ein schöner Platz, um eine Pause zu machen. Wie froh waren wir, nicht einfach mit dem Schiff über den Genfer See gefahren zu sein! Es war im Vorfeld zwar viel Organisation notwendig, doch es hat sich gelohnt, denn wir hätten so viel verpasst.

Die letzten Kilometer führten uns durch langgezogene Weinberge, von wo aus wir herrliche Ausblicke ins Tal hatten. Die Weinstöcke mit ihren prallen Trauben verführten uns immer wieder zum Naschen, sodass wir mit klebrigen Händen und Bauchgrummeln auf dem Campingplatz von Rolle ankamen. Dieser war schön am See gelegen und vermittelte sogleich Urlaubsstimmung.

Die Preise waren natürlich nicht mit denen von Deutschland vergleichbar, jedoch immer noch die günstigste Variante zum Übernachten. Der Platz für die Zelte befand sich, sehr idyllisch, gleich vorn am Wasser. Eine Stunde später liefen wir, frisch geduscht, hungrig und etwas planlos, mit unserem Abendbrot im Beutel zum dritten Mal zwischen den Sitzgruppen hin und her. Schließlich erbarmten sich zwei an einem Tisch sitzende Männer und boten uns an, bei ihnen Platz zu nehmen. Dankend nahmen wir an, unterhielten uns ein bisschen in deutsch-französischem Kauderwelsch und genossen dabei unser Abendmahl.

Den Tag ließen wir auf einer Bank am See mit einem Schluck Rotwein ausklingen. Es war dunkel, nur die Lichter der Häuser auf der anderen

Uferseite funkelten zu uns herüber. Stille breitete sich aus, der See glänzte golden im Schein des Mondes und Fledermäuse rasten durch die Nacht. Es wurde Zeit, schlafen zu gehen.

3. Tag Rolle – Tannay 28 km

Das Klingeln des Weckers riss uns aus dem Schlaf. Es war zwar erst sechs Uhr, jedoch hatten wir eine lange Strecke vor uns. Auf dem Campingplatz war es um diese Zeit noch ganz ruhig, nur ab und zu durchbrachen Schnarchgeräusche aus unterschiedlichsten Richtungen die morgendliche Stille. Da es stockdunkel war und wir rein gar nichts sehen konnten, grübelten wir, wie wir auf diese Weise unsere Rucksäcke packen sollten. Zumal auch das Zelt von innen ziemlich beschlagen war. Doch wir hatten eine blendende Idee.

»Der Waschmaschinenraum! Dort gibt es bestimmt Licht!«

So schlichen wir mit unserem gesamten Hab und Gut ganz leise über den Platz und beschlagnahmten besagten Raum. Die Lampe war recht hell und wir konnten uns so richtig schön ausbreiten. Im Waschraum verrichteten wir unsere Morgentoilette, packten die Rucksäcke zwischen den Waschmaschinen und verzehrten nebenbei unser Frühstück, welches aus Müsliriegeln und Wasser bestand.

Das Zelt war in der Zwischenzeit noch nicht getrocknet, so dass wir es erst einmal nur provisorisch zusammenwickelten. Mit der Absicht, in Gland einen ordentlichen Kaffee zu trinken, liefen wir los.

Von Anfang an ging es etwas schleppend vorwärts und auch mein linker Fuß schmerzte aus unerfindlichen Gründen.

Wieder mal entwickelte sich aus der Dunkelheit heraus ein wunderschöner Tag und am Wegesrand gab es viel Obst zum Probieren. Wir kamen vorbei an mehreren nebeneinander stehenden gewaltigen Bäumen, deren Stämme einen Durchmesser von mindestens zwei Metern hatten. Wie alt sie wohl waren? Gewiss haben sie schon Jahrhunderte ins Land gehen sehen sowie viele vorüber ziehende Pilger. Die Temperaturen schossen gnadenlos nach oben, Gland war noch weit und da wir eine Pause brauchten, ließen wir uns auf einem Grünstreifen am Straßenrand nieder.

Zwei Pilgerinnen mittleren Alters zogen mit einem »Buen Camino!« an uns vorüber. Als diese nicht mehr zu sehen waren, nutzte ich die Gelegenheit, um mal kurz zu verschwinden. Bis zum Waldrand begab ich mich, der an einem Grundstück endete, welches von einer großen Hecke umgeben war. Ich wähnte mich in Sicherheit, als plötzlich wütendes Hundegebell die Stille durchbrach und ein großes Tier direkt an mir vorbeipreschte. Ich stand aufrecht und mein Herz klopfte bis zum Hals. In meiner Vorstellung würde mich dieses unbekannte Etwas sogleich angreifen. Nichts dergleichen geschah! Noch immer kläfften die Hunde hinter dem Zaun. Jenes große, undefinierbare Tier war ein Reh, welches grad noch mal die Kurve gekriegt hatte und in der Ferne im Wald verschwand. Total aufgewühlt begab ich zum Rastplatz, um Jens von meinem Abenteuer zu berichten.

Etwas später begegneten wir noch einmal den beiden Frauen. Sie stammten aus Wien und ihr Weg würde in Genf nach zweieinhalb Wochen Pilgern enden. Auf einen Kaffee hofften wir vergebens, da wir den Ort Gland bloß streiften. Nach vielen Sitzpausen kamen wir nur noch schleichend und dehydriert in Prangins, einem Vorort von Nyon, an. Der kleine Laden, den wir fanden, wollte soeben schließen, als wir schnell noch hineinstürzten, um uns mit dem Nötigsten zu versorgen. Glücklich saßen wir Minuten später auf einer kleinen Bank, im Besitz einer großen eiskalten Cola und registrierten, dass der Ladenbesitzer seine Warenkörbe wegräumte, um selbst auch Mittagspause machen zu können. Wieder einmal waren wir zur richtigen Zeit am richtigen Ort! Hinter Nyon rasteten wir auf einer Wiese und breiteten unser noch feuchtes Zelt aus, damit die Sonne es trocknen konnte.

Um nach Céligny zu gelangen, verfehlten wir einen Abzweig und der Weg endete an einer tiefen Schlucht vor einem alten und dunklen Friedhof. Das etwas geöffnete Tor hing schon aus den Angeln und knarrte bei jeder Bewegung. Umgestürzte Kreuze und verschobene Grabplatten machten den Eindruck, als seien die Toten auferstanden, um von diesem gruseligen Ort zu fliehen. Manche Gräber waren gar ohne jegliche Abdeckung, nur karg mit Gras bewachsen. Schon sehr lange musste hier kein Mensch mehr gewesen sein. Mich fröstelte bei dem Gedanken, diesen Friedhof queren zu müssen, doch es schien die einzige Möglichkeit. Beklemmt gingen wir durch das Tor, um nach ein paar Schritten festzustellen, dass wir nicht weiterkommen würden. Totenstille hing über uns, durchbrochen vom raschelnden Laub zwischen den Gräbern. Vielleicht Mäuse?? Fluchtartig verließen wir die unheimliche Stätte und wurden erst langsamer, als diese außer Sichtweite war. Schon längst auf dem richtigen Weg, hatte ich noch immer Gänsehaut.

Der kleine, etwa 700 Einwohner zählende Ort Céligny gefiel uns recht gut und strahlte etwas Mediterranes aus. In einem Biergarten saßen Karten spielende Männer und durch Tore und Maueröffnungen hatten wir wunderschöne Ausblicke auf den Genfer See. An einem kleinen Brunnen ließen wir uns nieder, um zu trinken und die Füße auszuruhen. Meine Schuhe hatte ich gegen Trekkingsandalen ausgetauscht, da zu den vorhandenen Blasen neue hinzu gekommen waren. Auch Jens fühlte sich nicht so gut und klagte über unwahrscheinlich schwere Beine. Es waren weiterhin viele Pausen notwendig an diesem Tag. In Tannay angekommen, freuten wir uns, schon von Weitem unser Auto auf dem Parkplatz stehen zu sehen. Wir waren uns allerdings überhaupt nicht darüber im Klaren, wie die kommende Nacht verlaufen sollte. Eigentlich war geplant, im Auto zu schlafen, doch das hieß wieder mal Umräumen! Dazu sahen wir uns absolut nicht mehr in der Lage. Planlos und in der Hoffnung, eine preisgünstige Variante zu finden, begaben wir uns auf den Campingplatz gegenüber. Weder sahen wir Bungalows noch Wohnwagen und der Mann hinter der Bar verstand uns auch nicht! Unschlüssig schlichen wir herum und unser Hoffnungspegel sank auf Null. Was nun??

Ein Engel in Gestalt des Platzwartes kam auf uns zu und sprach uns freundlich in Französisch und Italienisch an. Als er sah, dass wir ihn nicht verstanden, gab er uns ein Zeichen, ihm zu folgen. Neugierig liefen wir hinterher und konnten nicht glauben, was wir sahen. Ein riesengroßes Pilgerzelt, für das wir letztendlich nur vier Schweizer Franken zahlen brauchten. Er kümmerte sich mit einer ausgesprochenen Herzlichkeit um alles, was uns sehr berührte. Nun suchten wir nur noch eine Möglichkeit, die Kamera-Akkus aufzuladen, aber auch hier, als ob er Gedanken lesen könnte, war unser Engel zur Stelle. Bevor uns so richtig bewusst wurde, was geschah, war er schon mit seinem Motorrad davongefahren. Verblüfft und sprachlos sahen wir hinterher.

Manchmal könnte man wirklich glauben, dass gewisse Dinge von einer höheren Macht gelenkt werden. Es gibt auch ein sehr schönes Sprichwort, welches sich wieder mal bewahrheitet hat.

Immer wenn Du denkst es geht nicht mehr,
kommt von irgendwo ein Lichtlein her!

Was für ein Tag!! Noch lange saßen wir bei Kerzenschein und Rotwein vor unserem Zelt.

4. Tag Tannay – Neydens 29 km

Der neue Tag begann mit einem herrlichen Sonnenaufgang. Die anderen Campinggäste schliefen sicher noch, denn rundherum war es ganz still. Wir frühstückten an dem kleinen Tisch vorm Zelt und die Ruhe genießend, sahen wir der Sonne zu, wie sie langsam am Horizont emporstieg.

Nun hatten wir all die Vorräte, welche wir von daheim mitgebracht hatten, aufgebraucht und dadurch die Kosten in der teuren Schweiz recht niedrig halten können. Bald würden wir dieses kleine sympathische Land verlassen und französischen Boden betreten. Wir freuten uns darauf und waren schon unheimlich gespannt.

Vergebens hielten wir Ausschau nach einem Müllbehälter, als auf einmal unser hilfsbereiter Engel mit einer großen Tüte erschien und uns zu verstehen gab, dass wir hier die Abfälle entsorgen können. Mit einem Staunen im Gesicht und ohne Worte leisteten wir dem Folge.

Sonnenaufgangsstimmung

Pilgerzelt auf dem Campingplatz von Tannay

Nach ein paar gemeinsamen Fotos verabschiedeten wir uns, nicht ohne noch einmal Danke zu sagen für alles. Wir verließen den Campingplatz und räumten das Auto ein, welches die nächsten zweieinhalb Wochen hier auf uns warten sollte. Da wir für die Tage am Genfer See komplett Extra-Rucksäcke benutzten, ging alles sehr schnell. Für Frankreich war alles fertig gepackt, das Auto gesichert und wir waren bereit für den weiteren Weg. Statt die offizielle Jakobswegroute zu nehmen, liefen wir auf dem Fußgängerweg an der Straße entlang in Richtung Genf. Jens klagte über Schmerzen im rechten Unterschenkel, deshalb wollten wir die Anstrengung etwas in Grenzen halten. Bestimmt war es nur eine Überlastung.

Wir kamen gut voran, der Gehweg war recht breit und stellenweise konnten wir einen Blick auf den See erhaschen. Kurz vor Genf führte der Weg uns durch einen wunderschönen großen Park und schon bald konnten wir das Wahrzeichen der Stadt, den *Jet d'Eau* sehen. Dies ist ein Springbrunnen im See mit einer bis zu 140 Meter hohen Wasserfontäne und wahrscheinlich eines der meistfotografierten Objekte in Genf.

Direkt an der Strandpromenade machten wir eine Pause und tauchten in das bunte Treiben ein. Wir saßen auf einer der zahlreichen Bänke, Spaziergänger flanierten vorüber, Jogger rannten hechelnd den Weg entlang und Hundebesitzer führten ihre Vierbeiner aus. Viele Familien genossen einfach das schöne Wetter. Mittlerweile war es schon wieder glühend heiß.

Bevor wir weiter gingen, versorgte Jens sein Bein mit Voltaren, in der Hoffnung, die Schmerzen würden nachlassen.

Da wir wenig Lust auf die Hektik und den Lärm der Großstadt hatten, wollten wir das Zentrum weitestgehend meiden und nur die Kathedrale besichtigen. Im Nachhinein bedauern wir diese Entscheidung, da uns einiges entgangen ist. Wir würden jedem raten, egal ob Pilger oder Tourist, sich ausreichend Zeit für Genf zu nehmen.

Lebhaftes Getümmel agierte in dieser großen Stadt. Menschen hasteten geschäftig durch die Straßen und die Cafes wurden belagert von elegant gekleideten Frauen mit im Haar steckenden Sonnenbrillen, Männern in Anzügen und Grüppchen von älteren Damen. Sehen und gesehen werden lautete hier die Devise.

Wir besichtigten die katholische Basilika, welche wir zuerst für die Kathedrale hielten. Sie war sehr schön anzuschauen und im Inneren herrschte eine friedliche, beschauliche Stimmung. Ich ließ es mir nicht nehmen, auch hier wie in jeder anderen Kirche, eine Kerze für meine Lieben anzuzünden und in Gedanken bei ihnen zu sein.

Ich wünschte mir für sie Gesundheit, Genesung und denen die nicht mehr unter uns weilten, schickte ich Grüße in die Unendlichkeit!

Eine nette Dame stempelte unsere Pilgerpässe und erläuterte verschiedene Details dieses Bauwerkes. Die *Notre-Dame de Genéve* ist die römisch-katholische Hauptkirche der Stadt Genf. Der Grundstein dafür wurde im Jahre 1852 gelegt. Die Stadt selbst beherbergt circa 195.000 Einwohner und ist nach Zürich die zweitgrößte Stadt der Schweiz. Etwa vierzig Prozent der Bevölkerung sind Ausländer. Inmitten der Vielfalt verschiedenster Nationen arbeiteten wir uns weiter durch Genfs Straßen. Die Kathedrale sahen wir uns schließlich nur noch von außen an, da es schon recht spät war. Leider verpassten wir auch, das *Sissi*-Denkmal zu besichtigen, von dessen Existenz wir damals noch nichts wussten, sondern erst zu Hause darüber lasen. Die österreichische Kaiserin Elisabeth, genannt *Sissi*, wurde hier am 10.September 1898 von einem Attentäter mit einer spitzen Feile hinterrücks erstochen.

Durch Straßen und Gässchen gelangten wir in den Genfer Vorort Carouge, wo wir in einer kleinen Verkaufsstelle zwei Riesen-Tomaten und zwei Cola erstanden, die uns Frische und Energie spenden sollten. Nur eine kurze Rast gönnten wir uns noch, um die Füße auszuruhen, denn wir konnten es nicht erwarten, Frankreich zu erreichen.

Es war schon nach fünfzehn Uhr, als wir von Weitem die Burg und die Kirche von Compesières sahen. Die Besichtigung der aus dem zwölften Jahrhundert stammenden Malteserkirche wurde uns mehrfach sehr empfohlen. Und es lohnte sich! Das im Inneren schlicht gehaltene Gotteshaus empfing uns mit einer angenehmen Kühle und gedämpfte, festliche Musik im Hintergrund verleitete uns zu einer erholsamen Pause. Wir setzten die Rucksäcke ab und nahmen Platz auf einer der schmalen Holzbänke. Die uns umgebenden Mauern strahlten Geborgenheit und Frieden aus und die leisen gregorianischen Mönchsgesänge entführten uns für ein paar Augenblicke zu uns selbst.

Beflügelt und frohen Mutes zogen wir weiter. Nur noch etwa eineinhalb Stunden war unser Tagesziel Neydens entfernt.

Auf einer kleinen Anhöhe in Grenznähe stand eine Bank mitten in der Sonne. Auf ihr saß eine alte Frau, mit der wir ein paar freundliche Worte wechselten. Sie ist früher auch sehr viel gelaufen, erzählte sie, doch nun wollten die Beine nicht mehr. Seit ihr Mann gestorben ist, kam sie regelmäßig hierher. Die vorüber ziehenden Pilger zu sehen und ein wenig mit ihnen zu schwatzen, machte sie glücklich. Bevor sie uns einen guten Weg wünschte, gab sie uns noch ein paar hilfreiche Tipps zum Umgang mit der französischen Sprache.

Als wir die Grenze erreichten, waren wir erstaunt, nur eine einfache Schranke vorzufinden. Irgendwie hatten wir etwas anderes erwartet, ohne eine genaue Vorstellung davon zu haben. Wir liefen an der Schranke vorbei und waren in Frankreich! So unspektakulär war das also.

Nun war es nicht mehr weit und in einer halben Stunde könnten wir locker in Neydens sein. Voller Enthusiasmus schritten wir, miteinander plaudernd, nebeneinander her, ohne nach links und rechts zu schauen. Es lief sich ja gerade so schön. Plötzlich standen wir vor einem Zaun! Nichts ging mehr! Ungläubig fixierten wir das Hindernis vor uns, als ob es sich davon in Luft auflösen würde. Ernüchtert erkannten wir, dass es keine andere Alternative gab, als umzukehren und bewusst nach einem Hinweis zu suchen, welcher uns in die richtige Richtung führen würde. Und wir wurden fündig!

Wir hatten es fertig gebracht, einen sehr schönen, recht deutlichen und großen Wegweiser, welchen man eigentlich wahrnehmen musste, einfach zu übersehen. Und hätte der Zaun uns nicht aufgehalten, dann wären es mehr als nur eineinhalb Kilometer Umweg geworden.

Um noch rechtzeitig einen Laden zu finden, mussten wir uns ziemlich beeilen. Während ich voranspurtete, um den Campingplatz zu suchen, probierte Jens unterdessen, telefonisch eine Übernachtungsmöglichkeit schon für den nächsten Abend klar zu machen. Auch auf diesem Pilgerweg ist es erwünscht, sich in Herbergen oder anderen Unterkünften mindestens einen Tag vorher anzumelden.

Fluchend stolperte ich den extrem steinigen Weg entlang und stand Punkt achtzehn Uhr vor der geschlossenen Verkaufsstelle des Campingplatzes. Mittlerweile war auch Jens in Sicht, genauso erfolglos wie ich. Nebenan war gleich die Rezeption, in der eine französisch sprechende Dame uns bediente. Noch heute sind wir ihr dankbar für die Engelsgeduld die sie uns entgegenbrachte. Nicht das letzte Mal an diesem Tag. Doch wir schafften es, mit unseren mageren Sprachkenntnissen ein Pilgerzimmer zu ergattern und gekühlte Getränke aus dem Kühlschrank der Rezeption zu erwerben.

Mit einem ungewöhnlichen Fahrzeug, einem Zwischending aus Traktor und PKW, transportierte sie uns mitsamt Gepäck über den weitläufigen Campingplatz zu unserer Bleibe. Diese befand sich genau über den Waschräumen und bestand aus einem großen Zimmer mit insgesamt acht Schlafplätzen. Als einzige Pilger an diesem Tag genossen wir den Luxus, den gesamten Platz für uns beanspruchen zu dürfen. Es gab einen Kühlschrank für die Aufbewahrung unserer kärglichen Essensreste und in der Mikrowelle würden wir Tee für den nächsten Tag kochen können.

Jens hatte noch immer Beschwerden im rechten Knöchel, der mittlerweile rot und geschwollen war. Doch wir waren nicht in der Lage, richtig einzuschätzen, was dies für uns bedeuten könnte.

Auch die Suche nach einer Übernachtungsmöglichkeit für den kommenden Abend verlief erfolglos. Eine sehr angepriesene Adresse in Contamine-Sarzin hielt nicht was sie versprach. Nach unzähligen Versuchen hatte Jens den Sohn der Familie am Telefon, der etwas deutsch sprach und uns freudig mitteilte, dass ein Zimmer frei wäre. Kurz darauf wurde dies vom Vater im brummigen Tonfall widerlegt. Warum auch immer! Dies blieb allerdings die einzig negative Erfahrung in dieser Richtung.

5. Tag Neydens – Chaumont 28 km

Nach einer durchwachsenen Nacht bekamen wir ein Superfrühstück vorgesetzt. Wir waren überhaupt sehr zufrieden! Diesen Campingplatz können wir wärmstens weiterempfehlen.

Da wir ausgiebig tafelten, kamen wir erst nach neun Uhr los und wieder lag eine Hammeretappe vor uns. Ungewollt, aber aufgrund der wenigen in Frage kommenden Unterkünfte unumgänglich. Das abseits vom Weg liegende Chaumont war unser Tagesziel, wo es eine Gîte gab. Das ist das französische Wort für Pilgerherberge.

Der Himmel war von einer fast vollständigen Wolkendecke überzogen und die Temperatur recht angenehm. Am Ortsausgang von Neydens sollte es einen Supermarkt geben, die letzte Einkaufsmöglichkeit vor Frangy. Diese fanden wir nicht gleich und liefen stattdessen einfach drauflos, bis wir nach etwa zweihundert Metern merkten, dass etwas nicht stimmen konnte. Ein Blick in den Pilgerführer machte uns klar, dass wir schon wieder in der falschen Richtung unterwegs waren. Wir nahmen es mit Humor und ermahnten uns gegenseitig, zukünftig aufmerksamer zu sein.

Der Weg war vielseitig und führte stetig bergauf. Entlang auf Teerstraßen, zwischen Feldern und Wiesen wurden wir immer wieder aufs Neue mit herrlichen Ausblicken ins Rhônetal belohnt. Wir konnten uns gar nicht satt sehen!

Dankbar für jede Wasserquelle am Wegesrand, nutzte Jens diese, um sein noch immer schmerzendes Bein zu kühlen.

Wir rechneten nicht damit, vor zwanzig Uhr in Chaumont anzukommen.

Es ging über den *Col du Mont-Sion*, wunderschöne Landschaften machten den Weg abwechslungsreich und die Sonne gab sich alle Mühe, die Wolkendecke zu durchdringen.

Es wurde Zeit, Ausschau zu halten nach einem netten Fleckchen beziehungsweise einer schön gelegenen Bank für eine Rast. Spätestens im nächsten Dorf namens Charly wollten wir eine Pause einzulegen. Kaum angelangt in diesem kleinen Ort, tönte uns von allen Seiten und in den verschiedensten Tonlagen das Bellen von Hunden entgegen. Einige dieser Vierbeiner sprangen zähnefletschend an Zäunen empor, andere wieder saßen in Käfigen und sahen uns traurig an. Ansonsten begegneten wir weit und breit keiner Menschenseele, was uns schon recht unheimlich vorkam. Alles wirkte verlassen. Erschöpft, aber auch erleichtert verließen wir Charlie, ohne uns die erhoffte Rast gegönnt zu haben. So schlichen wir die Landstraße entlang, in der Hoffnung, abseits des Weges eine windstille Ecke zu finden. Alles andere war uns mittlerweile einerlei. Ein paar Minuten später, inmitten einer großen Wiese auf Isomatten sitzend, befreiten wir uns von Schuhen und Strümpfen und genossen die Ruhe. Neugierige weiße Kühe, welche wiederkäuend auf der gegenüberliegenden Fläche standen, betrachteten uns interessiert.

Tatsächlich hatten sich Blasen an den Füßen gebildet, welche wir schnellstens mit der *Nadel-Faden-Methode* behandelten. Bloß kein Blasenpflaster! Von einer sehr netten Mitarbeiterin der Paderborner Jakobusgesellschaft hatten wir vor unserem Aufbruch einen supertollen Tipp zur Blasenbekämpfung bekommen. Spitzwegerich! Und es hilft wirklich. Einfach die frischen Blätter etwas zerreiben, auf die betroffenen Stellen auftragen und abdecken. Ein kleiner Vorrat von diesem Wunderkraut wanderte für den Abend in unsere Rucksäcke.

Da der Nachmittag schon fortgeschritten war und wir noch gute dreizehn Kilometer vor uns hatten, beschlossen wir, abermals vom eigentlichen Weg abzuweichen. Wir gingen auf der Straße weiter und würden dadurch fünf Kilometer sparen. Guter Dinge kamen wir zügig voran. Immer wieder richteten wir unsere Blicke nach links, wo man bei guter Sicht sogar den *Mont Blanc* in der Ferne erblicken kann.

Wir sahen nichts!

Da wir uns nicht schon wieder verlaufen wollten, achteten wir sehr akribisch darauf, die kleine Teerstraße, auf welche wir rechterhand abbiegen mussten, nicht zu verpassen. Ach da war sie ja schon! Genauer gesagt, ein Weg, von Teer war nicht viel zu sehen. Einträchtig und herumblödelnd liefen wir nebeneinander her und passierten immer schlechter werdende, geröllige Wege. Irgendetwas stimmte hier scheinbar mit der beschriebenen Wegführung nicht überein, bis wir mit Schrecken erkannten, dass dies gar nicht der richtige Weg war! Zu voreilig waren wir abgebogen.

Wir kämpften uns zwischen Bäumen und Gestrüpp hindurch, bis wir wieder auf Kurs waren. Unser Tagesziel Chaumont lag nicht direkt auf dem Jakobsweg, deshalb mussten wir uns wohl oder übel auf unseren eigenen Instinkt verlassen. Es ging entlang zwischen Wiesen und Feldern und schon bald erblickten wir in beträchtlicher Entfernung auf einem hohen Berg die Umrisse eines scheinbar sehr interessanten Ortes. Doch unser Tagesziel konnte dies nicht sein, denn solch ein Anstieg stand nicht mehr auf dem Plan. Chaumont war sicher eines der hübschen kleinen Ortschaften in unmittelbarer Sichtweite.

Diese Illusion nahm uns ein Bauer, der mit seinem Traktor heranfuhr und Hilfe anbot. Freudig überrascht versuchten wir, mit dürftigem Französisch-Wortschatz sowie Händen und Füßen zu kommunizieren. Und schnell begriffen wir, dass jener auf dem Berg gelegene Ort wider Erwarten Chaumont war!

»Chaumont« klingt auf Französisch ähnlich wie »Chemin« was »Weg« bedeutet, worauf eine heiße Diskussion zwischen dem Bauern und uns entstand. Er versuchte, uns zu verdeutlichen, dass wir direkt nach Chaumont laufen sollten und nicht nach Prevy. Wir aber wollten wissen, ob der Weg über Prevy ebenfalls nach Chaumont führt. Der arme Mann war völlig durcheinander von unserem Geplapper und wir sahen ein, dass uns das nicht weiterbringen würde. Artig bedankten wir uns und warteten bis er außer Sichtweite war. Zufrieden und fröhlich grüßend tuckerte er mit seinem Traktor davon.

Da standen wir nun und hatten nichts Eiligeres zutun, als den ausgeschilderten Weg nach Prevy einzuschlagen. Irgendwie würden wir schon in Chaumont landen. Die meiste Zeit liefen wir auf einer Landstraße stetig bergauf. Es zog sich fürchterlich, ich kam ans Ende meiner Kräfte und hatte auch keine Lust mehr. Jens klagte nicht, doch ich ahnte, dass ihm sein rechtes Bein zu schaffen machte. Nicht mal einen Schluck Wasser hatten wir noch in unseren Trinkflaschen. Das Schlimme daran war, dass laut Pilgerführer in Chaumont kein Laden existierte. Das Ziel vor Augen, ging es noch mal richtig steil bergan, bevor wir endlich das Ortseingangsschild erblickten. Geschafft! Im doppelten Sinne.

Die französische Gemeinde Chaumont befindet sich etwas abseits vom Jakobsweg, hat nicht ganz 450 Einwohner und verfügt über eine Pilgerherberge. Oberhalb des mittelalterlich wirkenden Ortes thront die Ruine der im 11.Jahrhundert erbauten Burg, welche um 1630 während des Dreißigjährigen Krieges zerstört wurde.

Die langgezogene Hauptstraße führte immer noch leicht ansteigend durch den Ort, der von kleinen, einfachen, im savoyischen Stil erbauten Häuschen geprägt ist. Vereinzelt standen prächtig bepflanzte Blumenkübel vor winzigen Fenstern und Haustüren und die bunten Blüten bildeten einen interessanten Kontrast zu den teils rissigen Hausmauern.

Bald schon erblickten wir die Kirche, in deren Nähe sich auch die Pilgerherberge befinden sollte. Wir standen direkt vor einem großen Brunnen und staunten nicht schlecht über das, was wir auf der linken Straßenseite erblickten.

»Sieh mal!«, sprach ich freudig »Ist das wirklich ein Laden? Davon stand ja gar nichts im Pilgerführer. Jetzt können wir uns ja doch Getränke kaufen!«

Ein paar Minuten später, im Besitz von Wasser, gekühltem Bier und Rotwein, liefen wir auf die Herberge zu, wo zwei Frauen in Badepantoletten herumstanden.

»Ach du liebe Zeit, da kommen ja noch zwei …«, sprach die eine zur anderen.

»Oh was wird uns wohl hier erwarten …«, bemerkte ich beiläufig zu Jens.

Eigentlich waren wir auf andere Pilger noch gar nicht so richtig eingestellt. Neugierig betraten wir die Herberge und wurden von der Leiterin, die es recht eilig hatte, kurz eingewiesen. Zwei junge Frauen aus Fribourg, welche die deutsche Sprache recht gut beherrschten, erklärten uns alles was wir sonst noch so über die Herberge wissen mussten. Mit den beiden etwas älteren Pilgerinnen aus Graz konnten wir jedoch nicht so gut kommunizieren, da deren Deutschwortschatz unseren Französischkenntnissen ähnelte.

Die Küche war sehr gut ausgerüstet, im Kühlschrank befand sich kaltes Bier sowie das Frühstück für den nächsten Tag und in der Mitte stand ein langer Holztisch zum gemütlichen Beisammensitzen. Auch staunten wir über die Sanitäranlagen, die sich im Außenbereich befanden und mehr zweckmäßig als einladend waren.

Da wir noch etwas Zeit brauchten, begaben sich die vier Pilgerinnen schon zur Gaststätte, welche sich direkt an der Hauptstraße befand. Etwa eine Stunde später saßen wir dort alle gemeinsam an einem großen runden Tisch, auf welchem mit Wasser und Rotwein gefüllte Karaffen standen. Auf das Pilgermenue warteten wir ziemlich lange, was auch der Grund dafür war, dass Jens nur eine kleine Portion bestellte. Seit einer Gallenoperation bekommt ihm das späte Essen nicht mehr so gut.

Das Menue war eine interessante Kombination aus Salat, Pastete, Pommes mit fast rohem Rindfleisch, sowie Käsehäppchen, Joghurt und einem Dessert. Nur aufgrund meines riesigen Hungers verzehrte ich die Pastete mit gemischten Gefühlen, denn eigentlich wollte ich zu diesem Zeitpunkt nicht wirklich wissen, welche Zutaten sich darin befanden. Da Frankreich ja bekannt ist für seine spezielle und kreative Küche, hatte ich so meine Vermutungen. Es wurde ein langer, gesprächsintensiver Abend, an dem reichlich Rotwein floss und wir so einiges dazulernten.

Rechnungen werden für einen Tisch immer komplett bezahlt und der Betrag später untereinander aufgeteilt.

Das Trinkgeld, welches auch hier circa zehn Prozent betragen sollte, schlägt man nicht auf sondern hinterlässt es separat auf dem Tisch.

Von der Käseplatte, welche ab dem dritten Gang serviert wird, probiert man maximal drei Sorten. Der Käse sollte nicht an der Spitze angeschnitten werden.

Später in der Herberge nach den pilgerüblichen Verrichtungen verarzteten wir unsere Füße mit dem restlichen Spitzwegerich, was großes Interesse bei unseren Pilgerkameradinnen hervorrief. Kameras wurden gezückt.

Gegen zweiundzwanzig Uhr dreißig kehrte langsam Ruhe ein.

Unsere Schlafplätze befanden sich unter zwei Hochbetten, die aber leider nicht hoch genug waren, sodass wir beim Aufsetzen jedes Mal unsanft Bekanntschaft mit dem Holz machen mussten. In dem Raum war es stickig und wir waren froh, als die Nacht vorüber war.

6. Tag Chaumont – Seyssel 19 km

Nach einem gemeinsamen Frühstück verließen alle nach und nach die Pilgerherberge. In Frangy, dem nächsten Ort, welchen wir über schmale aber ungefährliche Wiesenpfade erreichten, zogen zwei weitere Pilgerinnen aus Chaumont in hohem Lauftempo an uns vorüber.

Trotz Einreiben und Kühlen ließen die Schmerzen in Jens' Bein nicht nach und so langsam zweifelten wir daran, dass diese von selbst verschwinden würden. Die Notwendigkeit eines Arztbesuches erkennend, sinnierten wir, was dies so nach sich ziehen könnte.

Das Wetter ließ nicht zu wünschen übrig, der Himmel war noch von einer mehrfarbigen Wolkenschicht bedeckt und die Temperaturen trieben uns schon jetzt Schweißperlen ins Gesicht. Der Weg führte stetig bergauf. Auf einer sehr alten Steinbrücke, der *Grand Pont*, überquerten wir den Gebirgsbach *Usses* und standen auf einmal vor einer Pferdekoppel. Unter äußerster Anspannung betrat ich diese, da unmittelbar vor mir zwei unternehmungslustig wirkende, rabenschwarze Pferde standen und uns interessiert entgegensahen. Da wir aber nun mal dort entlang mussten, schritt ich mit klopfendem Herzen an den Tieren vorbei, welche von mir keinerlei Notiz zu nehmen schienen. Erst als ich die Straße wieder betrat, sah ich mich um und konnte mich von dem sich mir bietenden Anblick nicht lösen. Jens mitten auf der Koppel und neben ihm das größere der beiden Pferde, dessen Kopf sich ihm zuwandte, so dass sich beide fast berührten. Es glaubte wohl, einen Freund gefunden zu haben und begleitete Jens im Galopp bis zum Zaun.

Auf steinigen Pfaden erreichten wir Desingy, wo wir in unmittelbarer Nähe der schön aussehenden Kirche eine kleine Pause einlegten. Sehr pilgerfreundlich empfanden wir, dass sich gleich neben der Kirche eine öffentliche Toilette befand und in deren Vorraum kleine Klebeetiketten für den Pilgerpass auslagen.

Müde von der wenig erholsamen letzten Nacht schleppten wir uns weiter. Besonders mir fiel der Weg an diesem Tag schwer und es war, als ob eine unsichtbare Hand mir permanent beide Augenlider herunterdrückte. Jeder von uns lief, wie schon so manches Mal, sein eigenes Tempo und zusehends wurde ich langsamer. Kurz vor Curty wartete Jens auf mich und ich nutzte die Gelegenheit, um meine Isomatte auf dem winzigen Rasenstück vor einem kleinen Häuschen auszurollen. Ungeachtet dessen, was wohl die Hausbewohner davon halten würden, lag ich wo ich lag. Jens bewachte indessen, auf einer Bank sitzend, unsere Rucksäcke und meinen Schlaf.

Bis Les Còtes waren es noch zwei Kilometer und von da aus wollten wir nicht den Hauptweg, sondern die Variante nach Seyssel nehmen. Bald trennten sich beide Routen, von denen wir die rechte nahmen, wo der schöne, breite Weg nach und nach in einen endlosen, steil bergab führenden, geröligen Pfad überging.

Jedoch wurde der schwierige Abstieg mit einer herrlichen Aussicht belohnt. In der Ferne erblickten wir Seyssel, geteilt von der Rhone, die dort im Sonnenlicht türkis schimmerte. Nur wenige Schäfchenwolken zierten den Himmel und auf dem staubigen Weg lugten zwischen Steinen vorwitzig einzelne Blümchen hervor. Bald wieder festen Boden unter den Füßen, schien unser Tagesziel nicht mehr weit. Seyssel war in das unmittelbare Blickfeld gerückt und ließ uns vermuten, es fast geschafft zu haben. Welch ein Trugschluss! Der Weg zog sich noch recht lang und erst eine knappe Stunde später erreichten wir den Campingplatz.

Willst du mein Freund sein?

Vielleicht geht ja auch fliegen?

Mit Seyssel befanden wir uns nun in zwei verschiedenen, durch die Rhône getrennten Dèpartements. Der westlich vom Fluss gelegene Stadtteil gehört zum Dèpartement Ain und das östlich gelegene zum Dèpartement Haute-Savoie. Beide Stadtteile werden durch eine wunderschöne Hängebrücke aus dem Jahre 1838 miteinander verbunden. Auf dieser befindet sich auch die monumentale Statue *Notre-Dame-du-Rhône*. Eine weitere im Jahre 1987 erbaute Brücke befindet sich südlich von Seyssel. Die Gesamteinwohnerzahl beider Stadtteile erstreckte sich im Jahre 2013 auf etwa 3.250 Einwohner.

In nördlicher Richtung befand sich der Campingplatz *Le Nant Matraz*, welchen wir auch aufgrund unserer mangelnden Sprachkenntnisse lange suchen mussten. Die Rezeption war zu diesem Zeitpunkt unbesetzt, sodass wir uns etwas umsahen.

Der sehr weitläufige, direkt an der Rhône liegende Platz gefiel uns sehr gut und viele kleine Domizile in Form von Mobilhomes, Wohnwagen, Hütten und Zelten ließen uns hoffen, hier bleiben zu dürfen.

Während ich mich zum gegenüberliegenden Supermarkt begab, wollte Jens sich um eine Unterkunft kümmern. Beschwingt, ja fast fliegend verließ ich den Campingplatz ohne Gepäck, schritt leichtfüßig über die Hauptstraße, um kurz darauf unschlüssig vor überfüllten Supermarktregalen zu stehen. Hunger, Durst und auch das Angebot waren riesengroß! Angenehm war die konstant kühle Temperatur im Markt. Mit einem Beutel voller auserwählter Dinge von diversen Getränken über Marschverpflegung bis hin zu den Zutaten für die geplante Nudelmahlzeit, kehrte ich auf den Campingplatz zurück. Jens saß vor einem Wohnwagen, während das schlimme Bein in einem Eimer mit kaltem Wasser steckte. Er sah mir schon erwartungsvoll entgegen, um mir unsere Behausung präsentieren zu können.

Es war herrlich dass wir so viel Zeit hatten an diesem Tag, denn es war noch nicht einmal sechzehn Uhr. Wenig später hing unsere Wäsche in der Sonne, während wir an dem kleinen Tisch saßen und dem Treiben auf dem Campingplatz zusahen. Wir genossen es, einfach auszuruhen, Tagebuch zu schreiben und dabei den Tag Revue passieren zu lassen. Auch die beiden Frauen aus Fribourg übernachteten hier in einem Mobilhome, vor welchem sie ebenfalls entspannt in der Sonne saßen. Ein Mobilhome ist eine Mischung aus Wohnwagen und kleiner Wohnung. Für Straßen nicht zugelassen, besitzt es aber eine einfache Achse, um über den Campingplatz transportiert werden zu können. Einfach und zweckmäßig ausgestattet, sind diese Unterkünfte für Pilger schon wahrer Luxus.

Etwas später bekamen wir Besuch von einem kleinen Mischlingshund, der volle Aufmerksamkeit einforderte und uns auch beim Kochen nicht mehr aus den Augen ließ. Das Nudelgericht war köstlich, was auch unser kleiner Gast bestätigen konnte. Ein Spaziergang in der Abendsonne führte uns am Rhôneufer entlang in den idyllisch gelegenen Ort hinein. Durch kleine Gässchen gelangten wir zu der bemerkenswerten Hängebrücke, auf welcher die riesige Marienstatue über der Stadt und deren Bewohner wachte. Leider hatten wir keine Gelegenheit, die Kirche *Saint-Blaise* zu besichtigen, was aber auf jeden Fall lohnenswert sein soll. Langsam verschwand die Sonne hinter den Bergen und die Stadt mit ihren Sehenswürdigkeiten erschien in einem geheimnisvollen Licht. Bei einer Flasche Rotwein besprachen wir den nächsten Pilgertag und saßen noch lange an diesem Abend gemütlich beisammen.

7. Tag Seyssel – Chanaz 22 km

Da es schon am Vorabend leicht geregnet hatte, mussten wir unsere noch feuchte Wäsche in den Rucksäcken verstauen, wodurch diese deutlich schwerer wurden. Unser gestriger Gast, der kleine Campingplatzhund hinterließ uns als Dank für das Essen ein Häufchen in der Nähe des Wohnwagens, in das unglücklicherweise Jens während seines nächtlichen Toilettenganges trat. Doch dies soll ja angeblich Glück bringen!

Es regnete noch immer ziemlich stark, als die beiden Fribourgerinnen in Regenkluft den Campingplatz verließen. Etwa eine Stunde später, gegen neun Uhr dreißig, gaben auch wir das Warten auf. Im Regen und ohne nochmals auf die Karte zu schauen, liefen wir einfach los. Ein unbehagliches Gefühl beschlich uns, als wir die Wegweiser sahen und erkannten, dass wir schon wieder einmal die falsche Richtung eingeschlagen hatten.

Wieder auf Kurs, ließen wir beide Brücken hinter uns, kamen an den Fribourger Mädels vorbei, die lautstark diskutierend mit ihren Regenmänteln kämpften und erreichten die *Pont de Fier*, eine Brücke über den Fluss Le Fier. Hier verließen wir den Jakobsweg, um der Straße zu folgen und somit etwas schneller voranzukommen. Es regnete unaufhörlich, das Wasser bahnte sich Wege durch Kleidung und Schuhe und tropfnass erreichten wir Mathy, wo wir eine Kirche vermuteten, in der wir Schutz suchen konnten. Aber es gab keine Kirche! Unter dem Dach einer kleinen offenen Scheune warteten wir, bis das Schlimmste vorüber war.

Bei nur noch leichtem Nieselregen setzten wir unseren Weg fort. Aufsteigende Nebelschwaden kündigten besseres Wetter an und siehe da, kurz darauf brachen erste Sonnenstrahlen zaghaft durch die Wolkendecke. Etwa fünf Kilometer vor Chanaz überwanden wir kletternd eine Fläche mit großen, holprigen Steinen und machten gleich am Rande des Weges eine ausgiebige Pause, während unsere Kleidung zum Trocknen ausgebreitet in der Sonne lag. Kurz danach zog eine regelrechte Pilgerkarawane an uns vorüber. Die beiden Fribourgerinnen, denen wir immer wieder begegnet waren, liefen ihren vorletzten Tag, da in Yenne vorerst Schluss sein sollte. Sie würden zu ihren Familien nach Hause fahren und planten, im kommenden Jahr den Weg fortzusetzen. Ein französisch sprechendes, sympathisches Paar, das wir aber leider nicht verstanden, wünschte uns ein *Buen Camino* und zwei Frauen schlugen, für uns unverständlich, die falsche Richtung ein. Als diese kurz darauf gestikulierend und auf uns einredend zurückkamen, wurde uns bewusst, dass Jens der Urheber war, denn er hatte sein Shirt über den Wegweiser gehängt.

Beim Pilgern ist nie voraussehbar, ob, wann und unter welchen Umständen man sich wieder begegnet. Irgendwie wächst man zu einer großen »Pilgerfamilie« zusammen, läuft sich ständig über den Weg, verliert sich für einige Tage aus den Augen, um sich dann wieder freudig überrascht in irgendeiner Herberge begrüßen zu können. Meist kennt man sich nur mit Vornamen, wenn überhaupt, denn so wichtig ist das nicht. Was verbindet, ist die Liebe zum Pilgern, zur Natur und die gegenseitige selbstverständliche Hilfsbereitschaft. Manchmal ist es auch traurig, wenn die Pilgerkameraden davonziehen, weil man selbst andere Pläne oder ein anderes Tempo hat. Auch diese speziellen Erfahrungen macht man beim Pilgern.

Bei strahlendem Sonnenschein legten wir das letzte, sehr schöne Wegstück bis Chanaz zurück. Auf schmalen Wegen zwischen blühenden Wiesen sahen wir von Weitem schon unser Ziel. Schmetterlinge untermalten die Schönheit der Natur und flatterten neben uns her, als ob sie die Richtung weisen wollten. Rechterhand ließen wir den Campingplatz liegen und passierten etwas später auf einer interessanten und sehenswerten Bogenbrücke den *Canal de Savières,* um Chanaz zu erreichen. Die Bauart dieser Brücke faszinierte uns dermaßen, dass wir sie auf zahlreichen Fotos festhielten. Angekommen im historisch wirkenden Zentrum, verliebten wir uns sogleich in diesen niedlichen kleinen Ort. Wir hatten anderes erwartet. Chanaz wurde in einem unserer Bücher als Touristenhochurg bezeichnet, besonders während der Saison.

Der etwa 500 Einwohner zählende Ort bezaubert durch mittelalterliches Flair. Schmale, verwinkelte und kopfsteinbepflasterte Gässchen führen leicht bergauf und viele der kleinen, altertümlichen Häuschen, von denen etliche noch aus dem 15.und 16.Jahrhundert stammen, waren liebevoll geschmückt mit zahlreichen Blumen.

Auf einer kleinen Bank saß ein Mütterchen, das uns freundlich zuwinkte. Es herrschte eine friedliche und gemütliche Stimmung. Zum Einkaufen gab es einen Dorfladen und von der netten Dame im Tourismusbüro bekamen wir alle Auskünfte die wir benötigten. Wir liefen zum dritten Mal im Kreis, als wir rufende Stimmen vernahmen und erblickten in einem Gässchen zwei junge, uns zuwinkende Frauen. Hier musste die

Pilgerunterkunft sein! Ramona und Isabell, beide auch auf dem Jakobsweg unterwegs, empfingen uns vor der Herberge. Wir teilten uns zu viert ein schönes, geräumiges Zimmer und ich war gar nicht böse, dass die beiden sich schon im Doppelstockbett eingerichtet hatten und wir die zwei Liegen für uns beanspruchen durften.

Wir schwatzten etwas miteinander und erfuhren, dass der Pilgerurlaub von Isabell am nächsten Tag enden würde, während Ramona weiterlaufen wollte. Sie hatte ein Sabbatjahr genommen und damit alle Zeit dieser Welt. Schade, dass solch eine Auszeit bei uns in den sogenannten »neuen« Bundesländern wenig bekannt und schwer durchführbar ist. Wann sonst hat man denn als Arbeitnehmer die Möglichkeit, den kompletten Jakobsweg zu gehen? Nicht alle Rentner sind dann noch fit genug.

Die beiden Mädels wollten im Ort eine Gaststätte aufsuchen, während wir den schönen Abend mit einem Spaziergang durch das bezaubernde Chanaz ausklingen ließen.

8. Tag Chanaz – Yenne 16 km

Der Tag begann mit einem gemeinsamen Frühstück in der wohnlichen Küche der Herbergseltern. Außer ihnen, Isabell, Ramona und uns, saßen die beiden Frauen am Tisch, welche Jens am Vortag unbeabsichtigt in die Irre geführt hatte. Eine angeregte Unterhaltung, der wir nur bedingt folgen konnten, begleitete das üppige Frühstück. Nur ab und zu kam auch von uns mal ein Kommentar in holprigem Französisch. An die leckere, selbst hergestellte Orangenmarmelade sowie die netten Gastgeber erinnern wir uns heute noch gern. Jeder ging seiner Wege und die beiden Frauen, welche zuerst los spurteten, sahen wir nicht wieder. Ramona und Isabell beabsichtigten, irgendwo noch einen Abschiedskaffee zu trinken und auch wir machten uns gemütlich auf den Weg. Es sollte eine kurze Etappe werden, denn an diesem Tag wollten wir es etwas beschaulicher angehen lassen. Sicher würde dann immer noch genug Zeit sein, um in Yenne eine passende Unterkunft zu finden. Gleich am Ortseingang sollte es einen Campingplatz geben mit Zelten und Tipis. Was brauchten wir mehr?

Hinter den letzten Häusern von Chanaz führten uns steil bergauf führende Waldpfade zurück in die Natur. Wir erreichten die aus dem 19.Jahrhundert stammende Ölmühle mit ihrem überdimensional großen Wasserrad. Ein sehr beeindruckendes Bauwerk.

Schon in den Vormittagsstunden war es recht warm, jedoch immer noch erträglich. Sicher würden die Temperaturen im Tagesverlauf wieder in die Höhe schnellen, nicht so zu Jens' Freude, dessen Bein immer mehr Probleme machte. Er vertrug die Wärme gar nicht so gut und nutzte jede Gelegenheit zum Kühlen. Wir fragten uns, ob es nicht unvernünftig war, in dieser Situation weiterzupilgern. Alles deutete auf eine Entzündung hin und ein Arztbesuch wurde unumgänglich.

Nichtsdestotrotz nahm uns die wunderschöne Landschaft gefangen. Schmale, idyllische Wege, herrlichste Ausblicke in das Rhônetal und unzählige Weinstöcke mit reifen Trauben, von denen wir unsere Finger nicht lassen konnten, begleiteten uns fast den ganzen Tag. Immer wieder lief uns Ramona über den Weg. Um die Mittagszeit war die Hitze schon fast unerträglich, deshalb löste das Erreichen des Dorfbrunnens in Vraisin eine wahre Euphorie in uns aus. In Windeseile legten wir die Rucksäcke sowie alle überflüssigen Kleidungsstücke ab und erfrischten uns ausgiebig unter dem eiskalten Wasserstrahl. Körper und Geist wurden zugleich belebt und glücklich vor uns hin sinnend saßen wir auf dem Rand des großen steinernen Brunnens. Die Dorfstraße zog sich sehr lang und nur wenige Häuser waren zu sehen. Die Farben der Natur überwogen und gerne hätten wir diesen idyllischen Moment ein bisschen länger festgehalten.

»Oh, sieh mal dieses süße kleine Wollknäuel da«, sagte ich belustigt zu Jens und meinte damit ein kleines weißes Hündchen, welches soeben, gefolgt von seinem Herrchen, aus einer Haustür heraussprang und in unsere Richtung purzelte.

Schnell zückte ich meine Kamera, welche mir im nächsten Moment vor

Schreck fast aus der Hand glitt. Fassungslos und mit heruntergeklappter Kinnlade registrierte ich, was vor unseren Augen passierte. Dieses vermeintlich süße Wesen hob einfach das Bein und pinkelte an meinen Rucksack. Es verschlug mir die Sprache. Während Jens seine Erheiterung nur mühsam verbergen konnte, stürzte ich auf den Hund zu, um ihn zu verscheuchen. Dieser jedoch begriff rechtzeitig die Situation und raste davon. Geneigten Kopfes schritt dessen Besitzer, eine Entschuldigung auf Französisch murmelnd, geschäftig an uns vorüber. So wurde aus der Erfrischungspause auch eine Waschpause, denn außer dem Rucksack waren auch Isomatte sowie mein Tuch betroffen. Als letztendlich alles in der Sonne ausgebreitet zum Trocknen lag, konnten wir gemeinsam herzlich über diesen Zwischenfall lachen.

Ein herrlicher Weg setzte sich fort mitten durch riesige Weinanbaugebiete, wo wir auch ab und zu Ramona zwischen den Rebstöcken verschwinden sahen. Stetig bergauf ging es bis zu Kirche von Jongieux le Haut, von welcher leider nur der Vorraum geöffnet war. Die Pfarrkirche wurde von 1883 bis 1885 unter dem Schutzpatron *Saint-Maurice*, dessen Namen sie auch trägt, erbaut. Dieser Schutzpatron war Überlieferungen nach gegen Ende des 3.Jahrhunderts Anführer der *Thebaischen Legion* und wird seit dem 4.Jahrhundert in der römisch-katholischen Kirche als Heiliger verehrt.

Am Ortsausgang sahen wir mit einem Blick nach rechts die kleine Kapelle *Saint Romain* auf einem Hügel thronen.

Mehrere davor stehende Blechpilger begrüßten uns etwa fünfzehn Minuten später, mittendrin die uns zuwinkende Ramona. Wir wurden mit vielfältigen Ausblicken in alle Richtungen belohnt und freuten uns auch sehr über das Wiedersehen mit dem Franzosenpaar und den Mädels aus Fribourg. Nach etwas Geschnatter und etlichen Gruppenfotos rückte ich mit einer Frage heraus, die mich schon länger beschäftigte.

»In der Pastete, die wir in Chaumont aßen, waren da Schnecken drin?«, fragte ich eine der Fribourgerinnen.

Nachdem das allgemeine Gelächter verebbt war, wurde ich aufgeklärt.

Terrine ist eine französische Spezialität, sozusagen eine Variante der Pastete ohne Teig, welche mit verschiedenen Zutaten hergestellt wird. Keinesfalls aber mit Schnecken, wurde ich beruhigt.

Wieder folgten Abschiede, die Fribourgerinnen würden wir nicht wiedersehen, da ihre Abreise kurz bevor stand und Ramona sowie auch die beiden Franzosen waren zügiger unterwegs als wir.

Nachdem wir unseren Proviant verzehrt hatten, stand uns ein langer, sehr steiler Abstieg bevor, den man bei Nässe gar meiden sollte. Und wirklich wurde für uns beide aus den dafür angegebenen fünfzehn Minuten eine geschlagene Stunde, welche wir uns bergab quälten. Das aber lag eher an mir. Aufgrund meiner unförmigen Füße können die Zehen nicht richtig arbeiten und so ihre Funktion beim Bergablaufen nicht erfüllen. Das bedeutet immer wieder eine große Einschränkung.

Wir folgten wir der ebenen Wegführung durch Lagnieu und am Ufer der Rhône entlang erreichten wir den Campingplatz am Ortseingang von Yenne. Verlassen lag er da, das kleine Pförtnerhäuschen war unbesetzt und die daran angebrachten Zettel und Plakate konnten wir leider nicht lesen. Suchend irrten wir über den Platz, wo wir auf das Franzosenpaar stießen. Jack und Nadine saßen in einem Pavillon, schrieben Tagebuch und hatten die letzten beiden Plätze in der Jurte bekommen, die somit voll belegt war. Vergeblich hielt ich Ausschau nach Ramona, von der weit und breit nichts zu sehen war. Hilfsbereit standen Nadine und Jack uns bei der Suche nach einem geeigneten Schlafplatz zur Seite, was sich schwierig gestaltete, denn die Auswahl war nicht groß. Schließlich standen wir vor einem offenen Zelt, bestehend aus einer großen Plane unter der sich vier Doppelstockliegen befanden. Kein Tisch, kein Stuhl und unter den Füßen die blanke Wiese. Es wirkte nicht sehr sauber und scharf zog die Luft zwischen den Ritzen der Zeltplanen hindurch. Wie es aussah, hatte hier wohl lange keiner mehr übernachtet. Kameradschaftlich inspizierte Jack mit uns gemeinsam die staubigen Schlafplätze und verlieh seinem Bedauern Ausdruck, uns nicht helfen zu können.

Hier wollten wir nicht bleiben und verabschiedeten uns abermals von den beiden.

Auf der Suche nach dem Tourismusbüro wurde ich von Jens aus meinen Gedanken gerissen. Abrupt blieb er am Wegesrand stehen, schwang nervös seinen Rucksack von den Schultern und schien fieberhaft nach etwas zu suchen.

»Meine Gürteltasche ist weg!!«, stieß er aufgeregt hervor » …ich muss zurück, kannst Du auf meine Sachen aufpassen, da geht es schneller. Ich hoffe nur, dass sie irgendwo auf diesem Campingplatz liegt.«

Noch bevor ich antworten konnte, war er schon außer Hörweite und ihm hinterher blickend, stand ich ratlos mitten auf dem Weg.

»Wir haben keine Unterkunft und ich stehe sinnlos hier rum.«, murmelte ich in mich hinein und ging voll bepackt in Richtung Stadtzentrum. Unwahrscheinlich stolz war ich, mit meinen dürftigen Sprachkenntnissen einem jungen Mann den Standort des Tourismusbüros entlockt zu haben. Und viel stolzer noch verließ ich fünfzehn Minuten später jenes mit einem Stadtplan, auf dem unsere Unterkunft sowie die Einkaufsmöglichkeiten von Yenne eingezeichnet waren.

Das Tourismusbüro konnte man leicht übersehen, da es sich in einem unscheinbaren und verrosteten Blechgebäude direkt an der Straße befand. Von innen jedoch machte es einen sehr modernen Eindruck und selbst ein Pilgerstempel war vorhanden.

Ich fragte mich, wo Jens gerade war, denn vom Campingplatz müsste er allemal zurück sein. Hoffentlich hat er seine Gürteltasche gefunden! Oder war er immer noch auf der Suche? Das war er tatsächlich, aber nach mir! Irgendwie hatten wir uns verfehlt und nach seinem Anruf fand ich ihn mitten in der Fußgängerzone von Yenne auf dem Boden sitzend, während er das schmerzende Bein im Kanal badete, der sich durch den Ort zog. Die Gürteltasche hatte er glücklicherweise auf dem Campingplatz wiedergefunden und über die bereits organisierte Unterkunft freute er sich wie ein König.

Auch Ramona hatte sich in Yenne eingefunden. Sie saß in einem kleinen Straßencafé und gönnte sich ein großes Bier. Einen Moment bei ihr verweilend, nahm ich gerne den angebotenen Schluck aus ihrem Glas an und bedauerte, dass wir noch einkaufen mussten. Es wäre schön gewesen, etwas beisammen zu sitzen mitten im lebhaften Treiben dieses kleinen Ortes.

Im Hintergrund die Kirche von Jongieux le Haut

Willkommene Abkühlung

In der Nähe gab es einen winzigen Laden, der aber nur ein mageres Sortiment führte, deshalb zogen wir den etwas weiter entfernten Supermarkt vor. Wir wollten am Abend kochen und luden Ramona, die währenddessen unsere Rucksäcke hütete und kurioserweise sogar dieselbe Unterkunft hatte, zu Essen und Rotwein ein. Am Stadtrand von Yenne fanden wir das Haus unserer Gastgeber und wurden herzlich von Janine und Micha aufgenommen. Wir hatten ein Zimmer für uns alleine und zur allgemeinen Nutzung gab es ein Bad sowie eine große Küche. Wie vorgesehen kochten wir reichlich Nudeln mit Tomatensoße und Ramona leistete uns ein wenig Gesellschaft. Sie zog sich beizeiten zurück, während wir noch lange an diesem Abend in der gemütlichen Küche saßen.

9. Tag Yenne – Saint-Génix-sur-Guiers 25 km

Am Morgen frühstückten wir gemeinsam mit unseren Gastgebern in deren Küche am reich gedeckten Tisch. Mithilfe von Wörterbüchern, Händen und Füßen konnten wir prima kommunizieren und Micha war so nett, uns eine Bleibe auf dem Campingplatz von Saint-Génix-sur-Giers zu organisieren. Es war ein wirklich angenehmer Aufenthalt bei diesen netten Menschen! Auch hier konnte man im Rahmen einer Spende den Betrag geben, welchen man für angemessen hielt. Während Ramona noch ihren Rucksack packte, wurden wir von Janine zur Tür begleitet und herzlich verabschiedet.

Wir hatten vor, die Variante über La Tuilière zu nehmen, um in Botozel wieder auf den Jakobsweg zu gelangen. Der Himmel war wolkenverhangen und die Wiesen noch feucht vom Tau. Vor uns lagen 600 Höhenmeter und die beträchtlichste Erhebung dieser Etappe war der *Mont Tournier*. Hinter dem Ortsausgang holten wir Nadine und Jack ein, mit denen wir gemeinsam ein kleines Stück des Weges liefen. Jedoch ließen unterschiedliche Geschwindigkeiten größere Lücken zwischen uns entstehen und schon bald wieder verloren wir uns aus den Augen. Der Weg war recht steil.

Die auf 560 Metern Höhe liegende Jagdhütte bei Botozel verfügt über Trinkwasser sowie Rastmöglichkeiten, jedoch keine Sanitäranlagen. Zumindest aber darf man dort das eigene Zelt aufstellen.

Wir gingen weiter, um gleich darauf einen langen steinigen Pfad durch dunklen Wald empor zu steigen. Der Weg war gut beschildert und nach circa zwei Kilometern erreichten wir rechterhand den Aussichtspunkt *Recorba*, welchen man keinesfalls verpassen sollte. Denn von hier aus, hoch oben über der Rhône, hat man einen spektakulären Ausblick ins Tal. Riesige Nebelschwaden zogen vorüber und verdeckten uns zeitweise die Sicht. Weit konnte man dem Verlauf der Rhône folgen und schon bald würden wir diese und somit auch das Département Savoyen verlassen. Genau gegenüber, inmitten der Berge liegt die kleine Gemeinde Izieu, wo sich gegen Ende des zweiten Weltkrieges eine dramatische Geschichte abgespielt hatte.

Von Mai 1943 bis April 1944 wurden auf einem Hofgut von Izieu 44 jüdische Kinder im Alter zwischen drei und siebzehn Jahren, deren Eltern von Nationalsozialisten deportiert worden waren, versteckt gehalten. Sie lebten dort abgeschieden gemeinsam mit ihren Betreuerinnen bis zu jenem schicksalhaften Tag. Am 6. April 1944 wurde durch Verrat auf Befehl des Gestapo-Chefs Klaus Barbie das Versteck gestürmt und alle Kinder sowie deren Betreuerinnen nach Auschwitz verschleppt und dort ermordet. Ein Junge und eine Betreuerin konnten jedoch fliehen.
 Diese traurige Begebenheit hat ein berühmter Liedermacher in einem seiner Titel sehr gut aufzuarbeiten gewusst und somit der Öffentlichkeit nahebringen können. Durch seine guten Recherchen und die Erwähnung aller Namen der Opfer trug er dazu bei, deren Würde wiederherzustellen. Auch wir sind durch dieses Lied auf die Geschichte gestoßen, welche uns seitdem sehr beschäftigt.
 Heute befindet sich an diesem Ort eine Gedenkstätte, welche wir an dem geplanten Ruhetag unbedingt besuchen wollten, um Blumen in Gedenken an die Opfer niederzulegen.

Auf steinigen Pfaden ging es sehr steil das letzte Stück bergauf, bis wir den höchsten Punkt des *Mont Tournier* erreichten. Diese Stelle hatten wir uns jedoch etwas anders vorgestellt, da nichts wirklich darauf hinwies, nicht mal ein Gipfelkreuz. Jedoch überzeugten uns die Angaben aus Wanderführer und Wegweisern von der Richtigkeit, sodass wir unser obligatorisches Gipfelfoto halt mitten im Wald machen mussten.

Schmale Wege führten uns wieder hinab und an einem weiteren Aussichtspunkt machten wir endlich eine ausgiebige Pause. Auf steiler werdenden Waldwegen ging es weiter und die Schatten der Bäume schützten uns vor der Sonne, deren Wärme sich zu einer unerträglichen Schwüle entwickelte. Das Bein von Jens schmerzte sehr und es waren immer noch gut vierzehn Kilometer bis zum Campingplatz von Saint-Génix-sur-Giers. Wir erreichten den kleinen Ort Saint-Maurice-de-Rotherens und waren schon fast am Ortsausgang angelangt, als ich aus der Ferne meinen Namen hörte. Es war Ramona, die uns durch lautes Rufen vor dem Verlaufen rettete, denn gedankenlos steuerten wir eine total falsche Richtung an.

Diese verschlafene kleine Gemeinde zählte zu jenem Zeitpunkt etwa 200 Einwohner und versetzte uns irgendwie in eine andere Zeit. Es war friedlich still hier und die kleinen Häuschen hinterließen einen verwunschenen Eindruck. Die hohen Temperaturen ließen Menschen und Tiere in ihren Behausungen verschwinden und nur im Schatten eines Strauches, kaum zu erkennen, blinzelte uns verschlafen ein kleines Kätzchen entgegen.

Aufgrund des noch vor uns liegenden Weges hatten wir keinen Sinn mehr dafür, die kleine, aus dem 19.Jahrhundert stammende *Église Saint-Maurice* zu besichtigen. Diese ist dem *Heiligen Mauritius* gewidmet und soll sehr sehenswert sein. Ein kleiner handgeschnitzter, auf einem Sockel stehender Jakobus blickt ins Innere dieser Kirche.

Der Weg führte uns abwärts über Wiesen und staubige Pfade. Die Sonne versteckte sich jetzt immer öfter hinter Wolken, welche vor kurzer Zeit noch gar nicht zu sehen waren und ganz aus der Ferne war leichtes Donnergrollen zu hören.

Die Wetteränderung ignorierend liefen wir in gleichbleibendem Tempo weiter und wurden erst aufmerksam, als aus dem zusehends dunkler werdenden Himmel grelle Blitze zuckten. Wir rannten, so schnell es bergab möglich war, begleitet von riesengroßen Regentropfen, die sich binnen Sekunden in Starkregen verwandelten, der schwallartig auf uns niederprasselte. Unter einem Bäumchen schutzsuchend, legten wir unter Schwierigkeiten die Regenponchos an, was uns aber mehr aufhielt als schützte. Durch Bäche, welche kurz zuvor noch Wege waren, hetzten wir in Richtung Grésin, in der Hoffnung, Unterschlupf zu finden. Völlig durchnässt erreichten wir die Kirche, die uns Zuflucht bot. Glücklich, ein Dach über dem Kopf zu haben, hielten wir einen Moment still dankend inne, bevor wir uns umzogen. Nachdem es aufgehört hatte zu regnen, verließen wir in unserer letzten trockenen Kleidung diese heilige Stätte. Als ob nichts gewesen wäre, strahlte die Sonne mit unseren Herzen um die Wette und fast fröhlich verließen wir den Ort über eine abwärts führende Asphaltstraße. Wäre Jens nicht durch sein schmerzendes Bein so beeinträchtigt gewesen, hätten wir uns unschlagbar fühlen können. Mit keinerlei Überraschungen mehr rechnend, standen wir plötzlich vor einer kleinen, sich auf der rechten Seite des Weges befindenden Scheune, die sich als Pilgeroase entpuppte.

Es gab alles, was das Herz begehrte. Getränke und heißes Wasser für Kaffee, kleine Snacks und vieles mehr. Für einen geringen Obolus stand eine Kasse des Vertrauens bereit, deren Gebrauch uns Pilgern eine Selbstverständlichkeit ist. Und mittendrin auf einem der Stühle saß Ramona, die ihre Sachen zum Trocknen in der Sonne ausgebreitet hatte. Wir freuten uns, sie zu sehen und verbrachten dort eine ganze Weile gemeinsam.

Wir hoffen sehr, dass diese Pilgeroase auch heute noch existiert, denn wenn man auf Jakobswegen unterwegs ist, nimmt man so etwas gern an. Das Auffinden solcher liebevoll hergerichteten Rastmöglichkeiten löst bei uns immer große Dankbarkeit und Glücksgefühle aus. Ich denke, dies im Sinne aller Pilger sagen zu können. Mein Respekt gehört den Menschen, welche sich am Rande der Wege in irgendeiner Weise für Pilger engagieren!

Das ständige Zusammentreffen mit Ramona war für uns zu einer lieben Gewohnheit geworden und wie jedes Mal, liefen wir unabhängig voneinander weiter. An diesem Tag waren unheimlich viele Pausen notwendig. Mittlerweile unerträglich waren die Schmerzen in Jens' Bein, welches seit kurzer Zeit prall und heiß war. Am späten Nachmittag befanden wir uns etwa vier Kilometer vor Saint-Génix, als Jens sich auf eine kleine Bank am Wegesrand setzte.

»Ich kann nicht mehr weiter. Lass mich einfach ein bisschen hier ausruhen, ich komme dann langsam hinterher. Vielleicht schaffst Du es, etwas eher am Campingplatz zu sein, damit wir wenigstens eine Unterkunft sicher haben.«

»Kann ich Dich hier wirklich alleine sitzen lassen? Wohl ist mir dabei nicht, aber es ist ja echt schon spät! Ruf mich an wenn irgendwas ist …«

Nun lag die Organisation in meinen Händen und da die Zeit fortgeschritten war, eilte ich zügigen Schrittes voraus.

Diese vier Kilometer hinab würde ich schnell schaffen, war ich mir sicher. Doch was war nun? Wieso zeigte der Wegweiser nach links in den Wald hinauf? Das konnte nicht stimmen, denn unser Zielort lag doch geradeaus fast vor meiner Nase! Widerstrebend schlug ich dann doch den linken Weg ein, der mich steil bergauf durch den Wald führte. Ein Gefühl der Angst beschlich mich. Wo waren die Schilder und was, wenn ich mich jetzt total verlaufe und ganz woanders herauskomme? Nun gab es kein Zurück mehr! Den Tränen nah stieg ich den endlos wirkenden Pfad nach oben und stand plötzlich im Hellen vor einer weiten großen Blumenwiese. Ich fühlte mich wie in eine andere Welt hineinversetzt und lief einfach drauf los. Hoffnung durchflutete mich und ich war mir auf einmal sicher, dass alles gut ausgehen würde.

Schon bald bestätigte mir die Jakobsmuschel die Richtigkeit des Weges. Dieser führte an der Kapelle von Pigneux aus dem 19. Jahrhundert vorbei und folgte dem Verlauf der Straße immer geradeaus. Ich bog links ab, durchschritt ein steinernes Tor und erreichte Saint-Génix-sur-Guiers. Ohne die Brücke überqueren zu müssen, direkt am Fluss Guiers entlang, erreichte ich den Campingplatz *Les Bords du Guiers* am Ende des Ortes.

Mit den holländischen Besitzern Ria und Ludo, die beide etwas deutsch sprachen, konnte ich schnell und unkompliziert alles klären. Ich hatte ein Mobilhome gemietet, vier kalte Biere erstanden und sogar eine zweite Übernachtung klargemacht, nachdem ich ihnen unsere Lage geschildert hatte. Das Besondere daran war, dass der Campingplatz eigentlich nur noch diesen einen letzten Tag geöffnet war. Wir vergessen den beiden nie, dass wir trotzdem länger bleiben durften!

Etliche Mobilhomes standen nebeneinander und ich staunte nicht schlecht, als ich entdeckte, dass Ramona links sowie Jack und Nadine rechts von uns wohnten. Etwa eine Stunde später kam Jens angehumpelt, glücklich darüber, dass alles schon geklärt war. Später, während die Waschmaschine lief, saßen wir an einem der kleinen Tische vor der Rezeption und blödelten mit den anderen in verschiedenen Sprachen herum. Mit unserer frisch gewaschenen Wäsche traten wir den Rückzug an und verlebten einen ruhigen Abend.

10. Tag Ruhetag in Saint-Génix-sur-Guiers

Natürlich waren wir froh über den allgemeinen organisatorischen Verlauf, trotz allem sahen wir unseren Pilgerkameraden wehmütig hinterher, als diese den Platz verließen, um ihren Weg fortzusetzen. Niemanden von ihnen würden wir scheinbar wiedersehen, denn der Vorsprung wäre dann zu groß. Falls wir überhaupt weiterlaufen dürften! Jack und Nadine waren zeitlich gebunden und wollten an einem ganz bestimmten Tag Le Puy en Velay erreichen. Ramona hatte noch kein Tagesziel und war sich nicht mal ganz sicher, ob sie den Jakobsweg überhaupt bis zum Ende gehen mochte. Vielleicht würde sie mit ihrem angebrochenen Sabbatjahr auch etwas ganz anderes anfangen.

Ebenso das etwa fünfzehn Kilometer entfernte Izieu blieb vorerst ein Traum, da es ausschließlich nur zu Fuß erreichbar und für die momentane Situation zu weit war.

Doch irgendwann würden wir es unbedingt nachholen!

Ludo hatte für Jens einen Termin bei einem Arzt in der Stadt organisiert. Dort angekommen, lieferte ich ihn ab und inspizierte den nicht allzu großen Ort. Da ich genügend Zeit hatte, war nichts vor meiner Kamera sicher und ich fand richtig viele schöne Fotomotive. Etwas später saß ich in einem Straßencafé direkt neben der Kirche bei einem Espresso und hing meinen Gedanken nach. Die Sonne strahlte, als ob sie versuchen wollte, mich zu erheitern. Doch das rief in diesem Augenblick eher eine melancholische Stimmung in mir hervor. Ich dachte über unsere Pilgerkameraden nach.

Unter normalen Umständen wären wir jetzt auch irgendwo da draußen und würden uns vielleicht gerade schwitzend wieder mal bergauf quälen. Klar hätten wir sowieso einen Ruhetag eingelegt. Doch egal wie anstrengend es manchmal auch ist, Pilgern macht süchtig. Welche Nachricht würde Jens mitbringen? Würde es so schlimm sein, dass wir abbrechen müssten?

Ob daheim alles in Ordnung war? Sogleich sah ich auf dem Handy nach, ob vielleicht eine Nachricht von meinen Töchtern angekommen war. Ich würde dann auch gleich noch ein paar Ansichtskarten kaufen, um Grüße an unsere Lieben in die Heimat zu schicken.

Jens kam mit der Diagnose *Erysipel* und einem Rezept über Antibiotika zurück. Weiterlaufen war unter Vorbehalt möglich, jedoch sollte er erstmal nur kürzere Strecken in Angriff nehmen und Anstrengungen weitestgehend vermeiden. Der Arzt war sehr nett, berichtete Jens, und beherrschte sogar etwas die englische Sprache. Aufgrund der Verständigungsbarriere kam es zu einem lustig-peinlichen Missverständnis.

Wir, immer auf das Wohl unserer Füße bedacht, behandelten diese regelmäßig mit Spitzwegerich. Der Nachteil dieser erfolgreichen Prozedur ist die dunkle Verfärbung der Haut, welche auch durch hartnäckiges

Schrubben nicht zu beseitigen ist, aber mit der Zeit nachlässt. Der Arzt registrierte die schwarz gefleckten Füße von Jens und gab ihm großherzig den wohlgemeinten Rat: » …und immer schön die Füße mit Seife waschen!«

Jens, der peinlich berührt war und weder das englische noch das französische Wort für Spitzwegerich wusste, verließ fluchtartig und erleichtert das Behandlungszimmer.

Saint-Génix ist ein nicht allzu großer Ort mit wenigen Einkaufsmöglichkeiten, jedoch entdeckten wir gleich neben dem Campingplatz einen Supermarkt, welcher aber auch, wie fast alle Geschäfte in den französischen Gemeinden, in der Mittagszeit geschlossen war. Als wir dort am Nachmittag ein paar Einkäufe tätigten, erstanden wir auch ein Buch mit dem Titel: »*Les enfants d´Izieu 6 avril 1944*«. Es war in französischer Sprache geschrieben und handelte von der Geschichte der Kinder von Izieu. Ich musste es einfach haben, auch wenn mein Rucksack dadurch schwerer werden würde.

Der Campingplatz, offiziell schon geschlossen, war menschenleer und wirkte ziemlich verlassen. Wir zogen uns in unser Mobilhome zurück und ließen diesen Ruhetag mit einem leckeren Nudelgericht, Rotwein und Spitzwegerichumschlägen ausklingen. Auch galt es viele neue Eindrücke zu verarbeiten. Die Ansichtskarten waren geschrieben und unsere Pilgerrucksäcke warteten auf ihren Einsatz. Wie wir auch!

11. Tag Saint-Génix–sur-Guiers – Le Pin 27 km

Nach dem Frühstück konnten wir es kaum erwarten, unseren Weg fortzusetzen. Zufrieden unsere Rucksäcke auf den Rücken spürend, warfen wir noch einen letzten Blick in das hübsche kleine Mobilhome, unseren Rückzugsort der letzten beiden Tage. Wir lieferten den Schlüssel bei Ludo ab und verabschiedeten uns, nicht ohne noch einmal Danke zu sagen für die ganz besondere Gastfreundschaft. Nach einem gemeinsamen Erinnerungsfoto schlichen wir bedächtig und mit gemischten Gefühlen in Richtung Ausgang. Der Campingplatz wirkte herbstlich und wartete nur darauf, endlich Winterschlaf halten zu dürfen. Für den Abend hatten wir noch keine Unterkunft und folglich kam Valencogne als Etappenziel nicht mehr infrage, da unsere bisherigen telefonischen Bemühungen erfolglos blieben.

Wir verließen Saint-Génix über die Brücke und schwenkten links ab, um ein langes Stück geradeaus zu gehen. Die Landschaft war wenig reizvoll. In der Ferne sahen wir drei Pilger vor uns laufen, die wir aber schnell wieder aus den Augen verloren, da wir kurz vor Romagnieu den Jakobsweg verließen. Eine waghalsige Entscheidung, denn viele Straßen durchzogen den Ort und wir schlugen natürlich zuerst die falsche Richtung ein. Also hieß es wieder mal zurücklaufen. Wir gingen links an der Kirche vorbei und verließen auf gerader Strecke Romagnieu. Irgendwann holte uns eine Pilgerin ein, mit der wir uns eine ganze Weile unterhielten. Sie war seit fünf Wochen unterwegs, sehr nett und sehr gesprächig. Was wir total verstanden! Denn wenn man alleine unterwegs ist, dann freut man sich sicher auch ab und zu über ein wenig Gesellschaft. Ihren Namen wussten wir nicht und es war absolut nicht böse gemeint, dass wir sie ab diesem Zeitpunkt die »Schnattrige« nannten.

Die Beschwerden in Jens' Bein waren schwächer geworden und es sah auch schon viel besser aus, als noch vor zwei Tagen.

Gnadenlos brannte die Sonne auf uns herab, als wir am frühen Nachmittag in Les Abrets ankamen. Dieser etwa 3.000 Einwohner zählende Ort gefiel uns nicht besonders gut, aber zumindest gab es eine Touristinformation, in der wir uns um eine Unterkunft kümmern konnten. Die Dame dort beherrschte ein wenig die englische Sprache und konnte nach vielen Bemühungen in Le Pin ein *Chambre d'hotes* für uns auftreiben. Einzige Bedingung der Gastgeber war, auf dem Zimmer keine Speisen zu verzehren. Damit konnten wir leben, Hauptsache ein Dach über dem Kopf!

Chambre d'hotes ist eine Unterkunftsart, welche es in Deutschland in dieser Weise nicht gibt. Hierbei handelt es sich um Gästezimmer in privaten Haushalten meist mit Frühstück. Je nach Persönlichkeit der Gastgeber werden die Gäste mehr oder weniger individuell betreut. Oftmals herrscht auch hier eine familiäre Atmosphäre. Manchmal wird für die Gäste gekocht. Es bestehen feste Preise.

Da wir vorhatten, in Valencogne Lebensmittel einzukaufen, verließen wir Les Abrets auf kürzestem Weg. In Le Pin gab es nämlich laut Pilgerführer keinen Laden. Nach einer kurzen Pause zwischen Maisfeldern führte uns der Weg stetig bergauf, aber auch die Landschaft empfanden wir nun wieder als schöner. Irgendwann tauchte die »Schnattrige« nochmals auf und begleitete uns ein Stück. Miteinander plaudernd hielten wir mit unseren Kameras ein paar der vielen interessanten Fotomotive am Wegesrand fest und irgendwann lief jeder wieder für sich alleine.

Am Ortseingang von Valencogne wartete Jens auf mich und wir gingen gemeinsam in den Ort. Was wir dort vorfanden, gefiel uns nicht. Es herrschte Totenstille, kein Vogel zwitscherte und weder Tiere noch Menschen waren zu sehen. Diese unheimliche über dem Ort schwebende Ruhe brachte uns dazu, nur noch miteinander zu flüstern. Den im Pilgerführer angepriesenen Laden suchten wir vergebens, obwohl wir die Straßen mehrfach abliefen. Wo waren bloß die angeblich hier lebenden fünfhundert Einwohner?

Wir waren sehr froh, die »Schnattrige« zu entdecken, die soeben die Dorfkirche *Église Saint-Jean L'Evangèliste* verließ und so schnell wie möglich weiter wollte. Wenigstens diese Kirche wollten wir besichtigen, da sie aufgrund eines aus dem Jahre 2001 stammenden Triptychon über den Jakobsweg sehr bekannt sein sollte. Wenig später verließen wir hungrig, durstig und frustriert Valencogne. Unsere dürftigen Reste würden wir für den Notfall aufheben und wegen Getränken und einem Stück Baguette könnten wir notfalls irgendwo klingeln.

Am Rande eines Maisfeldes ließen wir uns nieder und knabberten an ein paar der Kolben herum. So würden wir die letzten Kilometer auch noch schaffen. Ein vorbeirasender Radfahrer schreckte uns auf, was wir als Anlass zum Weitergehen nahmen. Die Bemühung, Vorräte zu beschaffen, scheiterte und stattdessen hatten wir mehrfach mit der Abwehr von freilaufenden und kläffenden großen Hunden zutun, was unsere Adrenalinspiegel in die Höhe schnellen ließ. Daraufhin verdoppelte sich das Lauftempo und im Nu standen wir in Le Pin auf dem Marktplatz, wo es erfreulicherweise auch wieder Menschen gab. Mit seinen etwa 1.250 Einwohnern war dieser Ort schon etwas größer als Valencogne. Und somit war es auch schwieriger für uns, die organisierte Unterkunft zu finden, ohne nochmals auf Abwege zu geraten.

In der Nähe des Marktplatzes vor einer Häuserfront stand ein Mütterchen mit Kittelschürze. Wir erreichten sie, noch bevor sie in einem der Häuser verschwinden konnte und fragten stolz mit unseren bescheidenen Französisch-Kenntnissen nach dem Weg, ohne zu ahnen was wir damit heraufbeschwörten. Sie verstand scheinbar nur Bruchteile, interpretierte diese falsch und lächelte uns höchst erfreut an. Freundlich redete sie auf uns ein und gab uns einen Wink, ihr ins Haus zu folgen. Wir lehnten ab und teilten ihr mit, dass wir schon ein Quartier hatten, dieses jedoch nicht fanden. Das liebe Mütterchen verstand nicht und fuchtelte verzweifelt mit ihren Armen herum. Wie von einem Gedankenblitz ereilt, rannte sie im nächsten Moment entschlossen in den sich nebenan befindenden Friseursalon und bedeutete uns, mitzukommen. So standen wir nun verschwitzt und staubig mit Rucksäcken und Stöcken in dem piekfeinen Laden, wo die beiden Friseusen uns entsetzt anstarrten. Zielperson des aufgebrachten Mütterchens war ein Kunde, der soeben frisiert wurde. Aufgeregt sprach sie mit ihm und während alle Blicke sich auf uns richteten, fing er an, englisch mit uns zu reden. Zu keinem Ergebnis gelangend, verließen wir den Laden, gefolgt von dem Mütterchen und dem noch nicht fertig frisierten Kunden. Die Diskussion setzte sich vor der Tür fort. Der Mann, dessen nasse Haare mittlerweile wirr ins Gesicht hingen, wirkte überfordert und begab sich, seinem Bedauern Ausdruck verleihend, hastig zurück in den Salon. Die arme verzweifelte Frau, nun mit einem Telefon bewaffnet, redete noch immer. Wir hatten eigentlich keine Ahnung was hier vor sich ging. Ob sie uns eine Unterkunft beschaffen wollte oder uns nur zum Essen einladen, erfuhren wir leider nicht mehr. Die Zeit drängte und dankend verabschiedeten wir uns von dem Mütterchen, welches völlig durcheinander wirkte, und uns noch lange nachwinkte.

Nach längerem Suchen fanden wir unsere Zieladresse, welche sich direkt am Ortsausgang befand. Da wir den Eingang nicht sofort entdeckten, drehten wir auch gleich mal zwei Ehrenrunden um das gesamte Grundstück.

Ein Mann mittleren Alters, in dem wir den Radfahrer vom Nachmittag wiedererkannten, erwartete uns schon. Er beherrschte recht gut die deutsche Sprache, bot uns an, auf der Terasse Platz zu nehmen und fragte, ob wir Durst hatten. Das Bier, welches er uns verkaufte, stammte aus der ortseigenen Brauerei und schäumte beim Öffnen so sehr, dass letztendlich mehrere schaumgefüllte Gläser auf dem Tisch standen, was allgemeines Schmunzeln auslöste. Es wurde ein kurzer Abend, unser mitgebrachtes Essen durften wir auf der Terasse verzehren, während zwei wollknäuelartige Hunde um unsere Beine herumwuselten. Natürlich hätte Beatrice auch etwas gekocht, jedoch begnügten wir uns mit den eigenen Reserven. Das angebotene Glas Rotwein nahmen wir gern an und Pierre bemühte sich vergebens, die für den nächsten Tag ausgewählte Herberge für uns zu kontaktieren. Da nicht nur wir, sondern auch unsere Gastgeber ziemlich müde waren, zogen uns wir uns bald zurück.

12. Tag Le Pin – Balbins 29 km

Das von Beatrice zubereitete Frühstück nahmen wir gemeinsam mit Pierre ein, der gerade von einem Arztbesuch zurückkam.

Er bedauerte sehr, uns bei der Reservierung einer Unterkunft nicht helfen zu können, denn zahlreiche Versuche blieben ergebnislos. An diesem Tag hatten wir vor, La Côte-Saint-André zu erreichen und hofften einfach darauf, dass sich etwas ergeben würde. Der Tag hatte bereits mit Regen begonnen und es nieselte noch immer, deshalb blieben Gürteltaschen und Kameras in den Rucksäcken. Über nasse Wiesen ging es ein kurzes Stück bergauf und schleichend arbeitete sich die unangenehme, feuchte Kälte durch die Kleidung hindurch. Jens hatte nun endlich keine Schmerzen mehr im Bein, doch er fühlte sich nicht sonderlich wohl, da er mit den Nebenwirkungen der Antibiotika zu kämpfen hatte. Wir besaßen auch keinerlei Vorräte mehr und frühestens in Le Grand-Lemps würden wir laut Pilgerführer einkaufen können.

Wir liefen straffen Schrittes und querten Blaune, L'Adret, sowie die Autobahnunterführung in Richtung Quetan. Auf einem schmalen Weg gewannen wir an Höhe, während die Intensität des Regens ständig wechselte. Unter dem Vordach eines Häuschens hatte ein kleiner Waschbär Schutz gesucht und saß eng an einen Holzstapel gedrängt, um nicht nass zu werden. Mit großen gelben Augen beobachtete er uns fast mitleidig.

Linkerhand ließen wir den Hof *Ferme du Cret* liegen und arbeiteten uns kurze Zeit später durch einen unaufgeräumten Wald weiter bergauf. Dieses Wegstück wirkte so unheimlich, dass ich froh war, nicht allein zu sein. Es war düster und die Wege bestanden nur noch aus Pfützen und Steinen. Endlich auf einer baumlosen Anhöhe angelangt, hätten wir hier bei schönerem Wetter garantiert eine wundervolle Aussicht gehabt.

Ein Fahrweg führte bergab, doch die Freude über das stressfreie Gehen währte nicht lange. Schon bald endete die Strasse und ging in einen mit großen Steinen übersäten Hohlweg über, welcher sich langsam in einen steil abfallenden Bach verwandelte. Rutschend und fluchend arbeiteten wir uns in entsprechendem Tempo hinab nach Le Grand-Lemps, wo vorrausichtlich in zwanzig Minuten die Läden schließen würden. Somit war Eile angesagt und wir schafften es gerade noch rechtzeitig, das einzige für uns auffindbare Lebensmittelgeschäft zu erreichen. Das Angebot war recht dürftig und preisintensiv, sodass wir nur mit dem nötigsten Proviant ausgestattet den Laden verließen. Da es jedoch in La Côte-St-André einen großen Supermarkt gab, könnten wir dort alles andere einkaufen.

Währendessen wir die Lebensmittel verstauten, wurde hinter uns mit einem Rasseln die Ladentür abgeschlossen.

Le Grand-Lemps ist mit seinen etwa 3.000 Einwohnern schon ein etwas größerer Ort am Jakobsweg, jedoch nicht sehr attraktiv. Auch soll es angeblich dort zwecks Übernachtungsmöglichkeiten recht dürftig aussehen.

Die nächsten Kilometer liefen wir ganz bewusst an der Hauptstrasse entlang, um einen trockenen und überdachten Platz für unsere Mittagspause zu finden. Zum Beispiel würde es auch eine Bushaltestelle tun. Wir begegneten keinem Menschen, nur knurrende Mägen, kläffende Hunde und Nieselregen waren unsere Wegbegleiter. Die Ansprüche waren bereits auf Null gesunken, als wir uns nach einer Stunde erschöpft auf den Isomatten am Rande eines kleinen Wäldchens niederließen. Die Pause war von kurzer Dauer, da wir endlich ankommen und ein Dach über dem Kopf haben wollten. So ging es weiter, bis wir kurz vor Gillonay auf eine Pilgerstele aufmerksam wurden. Genau hier zweigt links die *Via Rhodana* ab, eine seltener begangene Variante des Jakobsweges, welche nach Arles führt.

Wir ließen Gillonay links liegen, erreichten endlich La Côte-Saint-André, wo wir linkerhand von der Strasse abzweigten und über etliche Stufen nach unten in den Ort gelangten. Als erstes passierten wir die historische Markthalle *Les Halles* aus dem 13. Jahrhundert. Bevor wir uns aber der Stadtbesichtigung widmeten, wollten wir auf schnellstem Weg die Touristinformation finden, um eine Unterkunft zu organisieren.

Wir fragten mehrere Passanten nach dem Weg und wurden dabei von einem jungen Mann erstmal in die falsche Richtung geschickt. Nach langem Umherirren bei mittlerweile stark einsetzendem Regen erreichten wir schließlich den Busbahnhof und standen dort vor einem bungalowähnlichen Gebäude mit der Aufschrift *Office de Tourisme*. Es war geschlossen!

Das konnte ich nicht glauben! Wo sollten wir denn jetzt noch hin? Augenblicklich kam ich mir vor wie in einem schlechten Film. Jens hingegen war etwas gefasster und meinte: »Dann lass uns erstmal hier im Supermarkt einkaufen, bevor der auch noch schließt und dann suchen wir uns was zum Übernachten. Notfalls müssen wir halt noch weiterlaufen«.

»Was, bei dem Regen? Und wohin? Es ist schon nach um sechs!«, stieß ich entsetzt hervor.

Wir verständigten uns darauf, dass Jens telefonisch nochmals versuchen würde, eine Unterkunft zu ordern, während ich mich um den Einkauf kümmere. Nach endlosen Telefonaten konnte er ein *Accueille jacquaire* in dem etwas abseits gelegenen Balbins organisieren. Was genau das war, sollten wir später noch erfahren.

Erst einmal hieß das für uns, nochmals vier Kilometer mitsamt unseren Einkäufen zu laufen. Die Stadtbesichtigung von La Côte-Saint-André fiel logischerweise aus. Es regnete in Strömen und nur geradeaus schauend, eilten wir voran, ohne nachzudenken. Das letzte Stück durften wir dann einen extrem gerölligen Weg passieren, welcher eigentlich schon ein Bach war, natürlich bergauf.

Durchnässt und frierend kamen wir am Haus der *Renées* an und wurden herzlichst empfangen. René und Renée, ein Ehepaar so um die sechzig, bemühten sich sehr um uns. Im Nu wurden unsere nassen Jacken irgendwo zum Trocknen aufgehängt und Renée, die Dame des Hauses führte uns in das Gästezimmer.

Verständigungsschwierigkeiten und Unwissenheit unsererseits verursachten sogleich große Aufregung. Renée war bemüht, mit uns eine Uhrzeit für das Abendessen abzusprechen. Wir aber hatten doch extra Proviant besorgt, jedoch kein Essen bestellt. Eine Diskussion entfachte und sie war ganz aufgebracht, weil wir das gemeinsame Mahl verschmähten und lieber unser Mitgebrachtes verzehren wollten. Ratlos stürzte sie die Treppe hinunter und holte ihren Mann, der die Wogen glätten sollte. Dieser klärte uns auf und wir einigten uns schließlich darauf, das Abendessen gemeinsam einzunehmen.

Alle waren zufrieden, wir breiteten unser Hab und Gut zum Trocknen aus und aus der Küche unten hörten wir das Klappern von Geschirr und Musik aus dem Radio, zu der Renée fröhlich und laut mitsang.

Was wir nicht wussten, *Accueil jacquaire* bedeutet, dass private Gastgeber Pilgern eine Übernachtung bieten, inklusive Frühstück und Abendbrot, welches selbst zubereitet und gemeinsam verzehrt wird. So kann man als Pilger in das Familienleben mit einbezogen werden und oftmals findet ein reger, interessanter Gedankenaustausch statt. Die Gastgeber verlangen keinen festen Betrag für diesen Service, sondern man gibt eine Spende, also das, was man für angemessen hält.

Pünktlich neunzehn Uhr dreißig erschienen wir, bewaffnet mit Wörterbüchern, in der Wohnstube unserer Gastgeber. Als Aperitif wurde uns ein schmackhafter Nusslikör gereicht. Renée hatte ein hervorragendes Menü gezaubert, das aus Salat, Kartoffel-Quiche, gebackener Pute sowie Baguette, Obst und Käse bestand. Der Rotwein schmeckte und es wurde ein langer und lustiger Abend. Zu späterer Stunde bekamen wir einen selbstzubereiteten Likör angeboten, welcher mit Blüten und hochprozentigen Schnaps angesetzt wurde. Diese Blumen, deren Namen ich nicht mehr weiß, wachsen nur in der Chartreuse, einem einzigartigem Gebirgszug. Hierbei handelt es sich um ein voralpines Gebirgsmassiv aus Kalkstein in den nördlichen französischen Alpen, also gar nicht so weit weg. Renée und René, die dort oft wandern gehen, sammeln diese Blumen und verwenden ausschließlich nur die Blüten für den Likör.

Die Verständigung klappte mittels Wörterbüchern, Fetzen unterschiedlichster Sprachen, sowie Händen und Füßen ganz gut. Wir lachten sehr viel. Das markanteste Wort des Abends war *Kieselsteine*, welches Renée hocherfreut im Wörterbuch fand, als wir uns über die Wegbeschaffenheit unterhielten. Es war schon dreiundzwanzig Uhr, als wir zur Nachtruhe übergingen.

13. Tag Balbins – Moissieu-sur-Dolon 28 km

Unausgeschlafen begannen wir den Tag. Gemeinsam mit unseren Gastgebern saßen wir am liebevoll gedeckten Frühstückstisch bei lustigen Gesprächen und strahlendem Sonnenschein. Das Wort *Kieselsteine* brachte uns auch an diesem Morgen erneut zum Lachen. Statt Stempel bekamen wir von René ein eigens für uns angefertigtes kleines Gemälde in unseren Pilgerpass, worauf wir auch heute noch besonders stolz sind. Nach einem herzlichen Abschied verließen wir, mit dem Versprechen, aus Le Puy en Velay eine Karte zu schreiben, gegen neun Uhr dreißig Balbins in Richtung Ornacieux.

Hier fanden wir einen recht eigenwilligen und interessanten Baustil vor, welcher typisch für diese Region ist. Fischgrätenförmig angeordnete Steine verleihen diesen Bauwerken einen ganz besonderen Charakter. Derartiges sahen wir noch nie. Ein paar Kilometer vor Faramans kamen wir an der Wassermühle *Pion Gaut* vorüber, welche von einem stattlichen Exemplar der Rasse *Golden Retriver* bewacht wurde. Mit leichten, federnden Schritten kam er auf uns zu gelaufen, blieb in ein paar Metern Abstand stehen und schaute unschlüssig von einem zum anderen. Schließlich entschied er sich, Jens sympathischer zu finden und setzte sich ganz dicht neben ihn, um ein paar Streicheleinheiten abzuholen. Dies genoss der Hund sichtlich und wich nicht mehr von Jens' Seite. Doch wir mussten unseren Weg fortsetzen und der zutrauliche Wächter der Mühle begleitete uns ein Stück, um uns schließlich noch lange traurig hinterher zu schauen. Am liebsten hätten wir ihn als Wegbegleiter mit uns genommen.

Die Beschilderung auf den folgenden Kilometern in Richtung Faramans verwirrte uns etwas, da einige Wegweiser in unterschiedliche Richtungen zeigten, wobei es sich teilweise um Rundwege handelte.

Vorbei an einem Sportgelände und dem See *Étang du Marais*, ließen wir Faramans hinter uns liegen, um nach einem langen Abschnitt bergauf Pommier-de-Beaurepaire zu erreichen.

Oh Frankreich Deine Steine …

Sympathie auf Anhieb

Besonders erwähnenswert in diesem kleinen, sechshundert Einwohner zählenden Ort ist die Steinkirche *Saint-Romain-et-Antoine*. Sie wurde in den Jahren 1088 bis 1102 im romanischen Baustil errichtet.

Die Romanik bezeichnet einen sehr alten Baustil, welchen man an klaren geometrischen Formen, Kompaktheit sowie nur wenigen Verzierungen erkennt. Ihren Höhepunkt erreichte sie im 12.Jahrhundert. Ein markantes Merkmal der romanischen Kirchen sind die Rundbögen über den Fenstern. Die Größe und Mächtigkeit dieser Gotteshäuser im romanischen Stil sollte die Allmacht des Herrn sowie die Stärke des Christentums ausdrücken.

Pommier-de-Beaurepaire wirkte wie ausgestorben, nur Windböen fegten durch die Strassen und ließen uns zügig weiterziehen. Nach fast fünf Stunden Laufen machten wir kurz vor Pisieu unsere erste Pause und waren froh, nach langem Suchen eine Bushaltestelle gefunden zu haben, welche uns vor dem Wind schützten sollte. Auf der kleinen Bank breiteten wir unseren Proviant buffetartig auf und tafelten ausgiebig.

Gestärkt ging es weiter und jeder lief wieder allein, in sich zurückgezogen, seinen Gedanken nachhängend, jeder sein eigenes Tempo. Schweigendes Miteinander, blindes Vertrauen, wortloses Verstehen. Auch das bedeutet Pilgern.

> *Denn nur dem, der den Mut hat,*
> *den Weg zu gehen, offenbart sich der Weg.*
> Zitat von Paulo Coelho

In Revel-Tourdon angekommen, entdeckte ich Jens, der auf einer alten Steintreppe saß und mir entgegenlächelte.

»Die Pilgerpässe habe ich abstempeln lassen und den Ort kenne ich auch schon«, meinte er grinsend. Auch ich war sehr neugierig darauf, da dieser uns von vielen Seiten angepriesen wurde. Doch was ich sah, entsprach nicht den Vorstellungen die ich hatte. Alles hier wirkte ein wenig trostlos und war teilweise recht verfallen. Aber sicher nimmt jeder Mensch äußere Eindrücke anders wahr. Und die Bewohner von Revel-Tourdon werden ihren Heimatort zweifelsohne lieben.

Beim weiteren Wegeverlauf sollte man akribisch auf das Zeichen der Jakobsmuschel achten. Einen am Waldrand stehenden Imkerwagen ließen wir links liegen und überquerten das Bachbett rechterhand. Eine lange Gerade führte uns steil nach oben auf einen steinigen Weg. Von hier an liefen wir parallel zur TGV-Eisenbahnstrecke *Valencia-Paris*, bis eine Unterführung den Weg auf die andere Seite der Bahnschienen leitete.

Die Unterkunft in unserem, sich abseits vom Weg befindendem Tagesziel, Moissieu-sur-Dolon, konnten wir mithilfe der Renées am Vorabend bestellen. Das einzige Problem war, wir fanden es nicht!

Vor der Kirche des Ortes sprachen wir eine junge Frau an, die sich sehr viel Zeit nahm, uns bei der Suche zu helfen. Etwas später kreuzten sich unsere Wege noch einmal. Mit mehreren kleinen Kindern im Auto, stoppte sie und bot an, uns zur Unterkunft zu fahren. Bewegt von so viel Hilfsbereitschaft, lehnten wir trotzdem dankend ab, denn nun war es nicht mehr weit.

Immer wieder sind wir positiv überrascht von dem Entgegenkommen, der Herzlichkeit und der Gefälligkeit der Menschen, welche uns am Weg begegnen. Noch nie hat uns jemand die Hilfe versagt, sei es beim Beschaffen von Unterkünften, bei der Suche nach dem richtigen Weg oder anderen kleinen Problemen. Besonders in Frankreich durften wir viele solcher positiven Erfahrungen machen. Oftmals auch dann, wenn wir selbst nicht mehr weiter wussten, kam uns, wie von einer unsichtbaren Macht gesteuert, Hilfe zuteil, die uns Tränen der Dankbarkeit in die Augen steigen ließ.

Fast am Ortsausgang fanden wir unsere Bleibe, wobei es sich abermals um ein *Accueil jacquaire* handelte. Unsere Gastgeberin, eine quirlige und nette Dame um die sechzig, erwartete uns schon. Bei angenehm kühlen Getränken saßen wir kurz beisammen und es kam eine unkomplizierte Unterhaltung zustande. Wir erfuhren, dass in einer halben Stunde das

Abendessen fertig sein würde und unsere Gastgeberin spätestens neunzehn Uhr dreißig aus dem Haus müsste, um zur Chorprobe zu gehen. Unser Quartier befand sich auf einer Art Dachboden mit zwei Betten, auf denen wir nach dem Duschen zufrieden herumlagen. Pünktlich erschienen wir zum Abendessen, welches auch wieder aus mehreren Gängen bestand und vorzüglich schmeckte. Leider konnte ich der Unterhaltung nicht so gut folgen, da vorwiegend englisch gesprochen wurde. Doch um auch mal einen Kommentar abzugeben und die Freundlichkeit der Franzosen zu würdigen, sagte ich stolz: »Tous Francais sont trés joli!«

Unsere Gastgeberin sah mich mit großen Augen verdutzt an und Jens feixte. Was hatte ich denn nun schon wieder gesagt, was eine solche Reaktion hervorrief? Schnell konnte dies aufgeklärt werden, denn ich hatte soeben offenbart, dass ich alle Franzosen sehr hübsch fand.

Im Wörterbuch hat *joli* die Bedeutung von hübsch und nett gleichermaßen. Richtig hätte es *gentil* geheißen, was nett und freundlich bedeutet. Es sollte nicht die einzige Sprachpanne bleiben.

Kurz darauf verabschiedete sich unsere Gastgeberin, um zur Chorprobe zu gehen und überließ uns beiden das Haus. Wieder einmal überrascht von dem uns entgegengebrachten Vertrauen, wollten wir uns etwas nützlich machen und wuschen wenigstens das Abendbrotsgeschirr ab. Gemütlich bei Rotwein und leichter Lektüre endete dieser Pilgertag.

14. Tag Moissieu-sur-Dolon – Roussilion 15 km

Zeitig standen wir auf und frühstückten gemeinsam mit unserer Gastgeberin. Sie schaffte es auch, mit viel Geduld und Mühe, uns eine Unterkunft für den nächsten Abend zu sichern. Es war wieder ein *Accueil jacquaire* und befand sich in Roussilion, etwas abseits vom Pilgerweg. Wir müssten dafür bis Assieu laufen, von dort aus eine Telefonnummer anrufen und sagen: »Nous sommes arrivé.«, was bedeutet: »Wir sind angekommen.« Daraufhin würden wir abgeholt werden. Um sicher zu gehen, dass es klappt, schrieb sie uns alles genauestens auf ein Stück Papier. Dankbar verabschiedeten wir uns von unserer Gastgeberin, die uns den Zettel sowie das restliche Baguette vom Frühstück zusteckte.

Das nächste Malheur folgte sogleich!

»Meine Socke ist weg, ausgerechnet eine von den guten!«, rief ich verzweifelt, nachdem ich den Rucksack kurz abgesetzt hatte. Sie hing ursprünglich an dessen Rückseite zum Trocknen und war nun nirgendwo zu sehen. Jens erbarmte sich meiner und lief das lange Stück an der Strasse zurück. Glücklich nahm ich kurz darauf meine geliebte Socke in Empfang.

Beschwingt liefen wir durch diesen herrlichen Spätsommermorgen, die Sonne gab ihr Bestes und der Himmel zeigte uns sein schönstes Blau. Unser Weg führte über schmale Pfade zwischen Feldern und Wiesen entlang und unseren Augen wurden bezaubernde Anblicke der Natur geboten. Wie zum Beispiel das kleine Zicklein unter dem krumm gewachsenen Baum, welches sich mit dem danebenstehenden Pony zu unterhalten schien. Oder die vielen krokusähnlichen, gelben Sternbergien, auch Gewitterblumen genannt, welche neugierig aus der Erde eines Vorgartens lugten.

Wir querten den Weiler Bellegarde, gingen ein Stück bergauf und erreichten die, sich auf einem mystisch wirkenden Friedhof befindende, *Chapelle Notre-Dame de la Salette*. Wie magisch angezogen traten wir durch das kleine schiefe Tor und waren von einer geheimnisvollen Stille umgeben, die nur durch das Summen der Insekten durchbrochen wurde. Ehrfürchtig sahen wir uns zwischen den steinernen Zeugen einer längst vergangenen Zeit um, als wir durch sich nähernde Stimmen in die Gegenwart zurückgeholt wurden.

Wir waren überrascht, da wir uns allein auf weiter Flur wähnten. Zwei mit großen Rucksäcken ausgestattete Männer mittleren Alters betraten den Friedhof. Wir kamen ins Gespräch und erfuhren, dass sie aus Stuttgart stammten und so um die siebzig Jahre waren. Wir konnten es kaum glauben, denn sie wirkten recht rüstig. Es war schon lange Zeit ihr Traum, den Jakobsweg zu gehen und um sich ihre Kräfte einzuteilen, liefen sie täglich nur etwa fünfzehn Kilometer. Wir verabschiedeten uns vorerst und gingen den schmalen Wiesenpfad weiter aufwärts. Als wir später an einer windgeschützten Stelle pausierten, liefen die beiden Männer in zügigem Tempo an uns vorüber.

Nach einem abwechslungsreichen Weg erreichten wir das Kloster *Carmel Notre-Dame de Surieu*. Eine Frau mittleren Alters, welche auf dem Parkplatz vor ihrem Wagen stand, kam gleich eilig auf uns zugelaufen und es entwickelte sich ein herzliches Gespräch. Sie interessierte sich für unseren Weg, gab uns ein paar Tipps und eine Übernachtungsadresse für Le Puy en Velay.

Das aus dem 12.Jahrhundert stammende Kloster ist sehr sehenswert und beherbergt noch heute Karmelitermönche. Es liegt aber nicht direkt auf dem Jakobsweg und leider gibt es seit einiger Zeit keine Möglichkeit mehr, hier zu übernachten. Ein Blick hinter die Klostermauern lohnt sich aber durchaus, wie wir feststellen konnten.

Ein interessanter Abwärtspfad führte uns in den Ort Saint-Romain de Surieu, wir erreichten die *Église Saint-Romain* und querten kurz darauf ein kleines Wäldchen. Durch dieses eilten wir hastig hindurch, aus Angst von den wild durcheinander schwirrenden, unzähligen Mücken aufgefressen zu werden. Wir verließen den Jakobsweg und hielten uns links, wo wir irgendwann Assieu erreichen würden.

Da wir es fast geschafft hatten, konnte nichts mehr schiefgehen und Jens lief etwas schneller voraus. In Sicherheit wähnend, schritt ich in besinnlichem Tempo hinterher, während ich meinen Tagträumen folgte. Wieder war nur das Summen der Insekten zu hören, ein paar aufgeschreckte Vögel flogen lautstark schimpfend weiter und die Sonne brannte mir ins Gesicht. Ich fühlte mich rundum gut.

Die ersten Häuser eines Ortes waren zu sehen und ich lief immer weiter, ohne auf die Wegbeschreibung zu achten und folgte dann, alle Abzweigungen ignorierend, der Hauptstraße. Nun fragte ich mich aber schon langsam, warum ich Jens nicht mehr sehen konnte. War irgendwas falsch gelaufen? Am Ortsausgang angelangt, stand ich nun vor einer Art Glasvitrine, hinter der sich eine kleine Jakobusfigur befand. Mir war recht mulmig zumute und mit einem Blick auf den Plan, den ich in der Hand hielt, taten sich viele Fragen auf.

Wo bin ich? Vielleicht ist das hier noch gar nicht Assieu, sondern erst jener Ort den ich in der Ferne sah? Sollte ich dorthin gehen? Welcher Ort aber wäre dann dies hier? Wo ist Jens?

Verständigen konnten wir uns nicht, da sein Handy scheinbar keinen Empfang hatte. Verzweifelt schaute ich den in der Vitrine stehenden, mich fixierenden Jakobus fragend an.

Was hätte ich eigentlich zu verlieren, wenn ich diesen Ort hier näher inspizieren würde? Mein Instinkt trieb mich durch enge Gässchen in Richtung Ortskern, wo ein entgegenkommendes Pilgerpärchen eilig an mir vorbeilief. Den ratlos wirkenden Mann, der an der Bushaltestelle gegenüber der Kirche stand und auf seinem Handy herumtippte, würde ich ansprechen, um herauszubekommen wo ich mich befand. Beim näheren Hinschauen entdeckte ich einen mir bekannt vorkommenden Rucksack auf einem der Sitze stehen und der ratlos wirkende Mann entpuppte sich als Jens. Wie groß waren doch Wiedersehensfreude und Erleichterung!

Wir befanden uns also doch in Assieu und hatten eigentlich beide nicht viel falsch gemacht, jedoch reichte es, um fast zu verzweifeln. Ein paar Meter weiter fanden wir auch den Laden, der aber erst fünfzehn Uhr wieder öffnen sollte. Wir waren sehr zeitig dran und die Viertelstunde Wartezeit verbrachten wir in der Sonne auf dem Parkplatz gegenüber.

Nach dem Einkauf zogen wir los, um den Treffpunkt, von dem aus wir abgeholt werden sollten, zu suchen. Und siehe da, auf einmal standen wir erneut Jakobus in seinem Glaskasten gegenüber. Dass dies eine Pilgerstele sein sollte, war mir vorher nicht bewusst, jedoch freute ich mich, den alten Knaben wiederzusehen.

Nun hieß es, unsere Gastgeber zu kontaktieren und aufgeregt wählte ich die Nummer, die auf dem Zettelchen stand.

Stillleben am Kloster Carmel Notre-Dame de Surieu

Alte Freunde

»Bonjour Monsieur, nous sommes deux Pelerins. Nous sommes arrivés.«, las ich stolz ab.

Bald darauf kam ein Wagen vorgefahren, aus dem ein älterer Herr stieg, der sicher Monsieur Richoud war. Nach einer kurzen Begrüßung verstaute er uns mitsamt Rucksäcken und Stöcken im Auto und fuhr los. Wohin, wussten wir auch nicht so genau.

Es war eine längere Fahrt und Monsieur Richoud versuchte, uns ein bisschen über die Landschaften zu vermitteln, welche an uns vorüber zogen. Auch wir bemühten uns, die Konversation aufrecht zu erhalten, wobei Jens auf dem Beifahrersitz den aktiveren Part hatte. Gelegentlich gab auch ich von hinten meinen Senf dazu, um dann weiter aus dem Fenster zu schauen.

Angekommen in Roussillion, wurden wir von Madame Richoud herzlich an der Haustür in Empfang genommen. Es passte alles und dieses Haus strahlte sehr viel Wärme und Gemütlichkeit aus. Da wir die Terasse nutzen durften, zogen wir etwas später frisch geduscht, in Badelatschen und bewaffnet mit zwei Bier, Spitzwegerich, Nadel und Faden los, um dort unsere Füße zu verarzten. Wir erreichten einen kleinen, liebevoll gestalteten Innenhof, wo Mireille und Michel Richoud gemütlich am Tisch saßen und in die Zeitung vertieft waren. Sofort wollten die beiden das Feld räumen, um nicht zu stören, doch wir baten sie, zu bleiben.

Schnell entwickelte sich eine gewisse Vertrautheit und wieder einmal entstand eine mehrsprachige Gesprächsrunde. Der Spitzwegerich blieb im Beutel und die Füße in den Badelatschen, stattdessen erlebten wir ein paar schöne und angenehme Stunden mit unseren Gastgebern.

Nach einem leckeren, selbst hergestellten Aperitif gab Michel uns ein Zeichen, ihm zu folgen. Ohne zu wissen wohin, schlürften wir ihm in Badelatschen und Schlabberhosen hinterher und machten eine wirklich interessante Stadtbesichtigung.

Roussillon ist eine Gemeinde im Département Isère mit mehr als 8.000 Einwohnern. Enge verwinkelte Gässchen, steinerne Torbögen und sandsteinfarbene Mauern prägen diesen Ort.

Besonders hervorzuheben ist das Renaissanceschloß aus dem 16. Jahrhundert. Michel wusste sehr viel über die geschichtlichen Details seiner Heimat zu erzählen. Wir standen schließlich vor der Kirche oberhalb des Friedhofes und schauten über die breite Mauer in die Ferne, wo man schon einen Blick auf das Zentralmassiv hatte. Sogar den Weg, welchen wir morgen gehen würden, konnten wir von hier aus sehen. Wir traten den Rückweg an und bewunderten die Bauwerke und Mauern, die von der Abendsonne in ein goldenes Licht gehüllt wurden.

Nach einem weiteren Aperitif und kleinen Häppchen im Innenhof unserer Gastgeber, gelang es diesen nach zahlreichen Telefonaten, Übernachtungsmöglichkeiten für den morgigen Abend herauszufinden. Da es sich im Vorfeld recht schwer gestaltete, waren wir überaus dankbar für diese Hilfe. Es handelte sich hierbei um Campingplätze in Le Buisson und Bessey, welche in irgendeiner Art und Weise zusammengehörten. Das Ganze nannte sich *Air-Camping*.

Das gemeinsame Abendessen nahmen wir in der Küche ein. Auch hier wurde uns wieder ein Menue serviert, welches aus Salat mit Baguette, Melone mit frischer Pfefferminze, Ratatouille, Kotelett, Käse und Obst bestand. Ein bisschen unangenehm war es uns schon, dass das Fleisch nur für uns alleine sein sollte. Doch es war so gewollt und die Richouds begründeten dies damit, dass wir als Pilger am nächsten Tag wieder viel Kraft bräuchten, um den Weg zu bezwingen. Wie recht sie doch behalten sollten!

In Frankreich ist es wahrscheinlich auch nicht üblich, so viel Fleisch zu verschlingen, wie wir Deutschen es zum Teil tun. Wir fanden es jedenfalls sehr nett und ließen uns das köstliche Menue richtig gut schmecken. Abermals wurde es wieder ein langer und unvergesslicher Abend.

15. Tag Roussilion – Le Buisson 26 km

Es war sieben Uhr und wir waren erfreut, das Frühstück gemeinsam mit unseren Gastgebern einnehmen zu dürfen. Michel war sehr zeitig schon beim Bäcker, um frisches Baguette und Croissants zu holen.

Entsetzen machte sich auf den Gesichtern der Richouds breit, als Jens wie gewohnt, sein Frühstücksei schwungvoll mit dem Messer köpfte. Fragend sahen wir uns an, während Michel hastig vom Tisch aufstand, um einen Eieröffner zu holen. So etwas kannten wir bisher nicht und hatten wiedermal was dazugelernt!

Nach einer herzlichen Verabschiedung von Mireille und dem Versprechen, uns mal zu melden, wurden wir von Michel zurück nach Assieu gefahren.

»Na, alter Freund, da sind wir wieder!«, murmelte ich leise, als wir erneut Jakobus hinter seiner Glasscheibe gegenüberstanden.

Schon jetzt war uns klar, dass es wiedermal ein heißer Tag werden würde! Wir freuten uns darauf, am Abend in einem Wohnwagen zu übernachten und mal selbst wieder kochen zu können. Bestimmt würde es gemütlich werden. Frohgemut und übermütig marschierten wir drauf los, einfach so, immer geradeaus, ohne auch nur einmal auf die Karte zu schauen. Hatten wir ja nicht nötig! Doch Hochmut kommt vor dem Fall.

Nach fast einem halben Kilometer wurde uns klar, dass wir in die falsche Richtung liefen. Ohne Worte zu verlieren, schauten wir uns vielsagend an! Wieder an der Pilgerstele angelangt, verließen wir unter Jakobus strengen Blick Assieu nun endgültig.

»Machs gut, wir sehen uns!«, sagte ich im Vorübergehen.

Ein wunderschöner Weg führte uns über Wiesen, Feldwege und Apfelplantagen. Die Sonne strahlte und wir freuten uns über den herrlichen Pilgertag. Wir kamen durch den Weiler Les Meuilles, querten die Autobahn und erreichten nach etwa fünf Kilometern Clonas-sur-Varèze. Wir wussten, dass wir irgendwann die Bahn queren sollten und waren doch etwas verdutzt über die Wegführung. Kurz vor den Schienen mussten wir linkerhand eine Böschung hochsteigen, über die Leitplanke klettern, um über eine große, stark befahrene Brücke die andere Seite zu erreichen. Laut Pilgerführer ist dies die einzige Möglichkeit.

Von Weitem war ein am Rhôneufer thronendes Atomkraftwerk zu sehen. Wir legten eine kurze Sitzpause ein und kurz darauf gesellten sich auch die beiden Stuttgarter zu uns. Informationen wurden ausgetauscht, Rucksäcke gerichtet und Schuhe geschnürt, bevor wir gemeinsam die große Rhônebrücke passierten.

Hier ist die Rhône besonders breit und fließt bedächtig in Richtung Süden. Lange Zeit würden wir sie erstmal nicht mehr zu sehen bekommen. Adieu Rhône!

Mit dem Verlassen der Brücke verließen wir auch das Département Isère, um gleichzeitig das Département Loire zu betreten.

Aufmerksam sollte man jetzt der Beschilderung folgen, um in die Altstadt von Chavanay zu gelangen. Von den beiden Stuttgartern, die sich irgendwo hinter uns befanden, war weit und breit nichts mehr zu sehen. Und da es fast schon Mittag war, hieß es, zeitnah einen Laden zu finden.

Das mittelalterlich geprägte Chavanay zählt knapp 3.000 Einwohner und hinterlässt mit unwiederbringlichem Charme einen bleibenden Eindruck bei seinen Besuchern.

Oh wie schön, gleich an der nächsten Ecke entdeckten wir ein kleines Lebensmittelgeschäft! Die Tür stand offen und davor befanden sich Obstkisten und ein Ständer mit Ansichtskarten.

»Ich geh schon mal rein.«, rief Jens mir zu, während er zwischen den Regalen verschwand. Als ich den Rucksack absetzen wollte, passierte das Unabwendbare! Mein Pferdeschwanz verfing sich im Karabinerhaken, der an einer Schlaufe befestigt war. Mitsamt Haken und Haaren landete der Rucksack auf dem Boden und ich in gebückter Haltung, den Stock in einer Hand und eine Ansichtskarte in der anderen, konnte dem Desaster nicht entkommen. Die rettende Hand eines Unbekannten erlöste mich schließlich aus der Rucksackfalle.

»Merci Monsieur!«, sagte ich, wieder in aufrechter Haltung und mit wilder Frisur, zu meinem Retter.

Kurz darauf betraten auch die beiden Stuttgarter den Laden. Sie hatten beschlossen, in Chavanay zu übernachten, mussten sich aber noch um eine Unterkunft bemühen. Mit einem Winken verabschiedeten wir uns voneinander, ohne zu wissen ob wir uns noch einmal begegnen würden. Da es Zeit war für eine Pause, ließen wir uns auf der Bank eines Spielplatzes nieder, verzehrten einen Teil der Vorräte und verteilten die restlichen Einkäufe in unseren Rucksäcken. Das war nicht wenig, da wir am Abend kochen wollten. Auch ein paar Ansichtskarten hatte ich erstanden, welche ich auf dem Campingplatz in aller Ruhe schreiben könnte.

Es war an der Zeit, den Daheimgebliebenen mal wieder ein paar Grüße zu senden. Während des Pilgerns telefonieren wir eher selten und nur ab und zu werden geschriebene Nachrichten durch die Sphären gejagt. Das heißt natürlich nicht, dass wir nicht an die Familie denken, wenn wir unterwegs sind. Im Gegenteil, nur wenn ich weiß dass es allen gut geht, habe ich die notwendige innere Ruhe. Und auch unsere Angehörigen sind in Gedanken bei uns und hoffen, dass alles in Ordnung ist.

Unter glühender Mittagssonne ging es weiter und der Anstieg nach La Ribaudy war mühsam. Oben angekommen, liefen wir erst einmal, wie kann es anders sein, in die falsche Richtung. Wieder auf Kurs, führte uns der Weg zunächst durch den Ort und später dann durch endlose Apfelplantagen und Weingüter. Auf der Strasse nach Morzelas schickte uns ein Wegweiser nach rechts, was dazu führte, dass wir im Kreis liefen und an genau diesem Wegweiser wieder ankamen. Beim zweiten Versuch machten wir alles richtig, doch mittlerweile fehlte mir jeglicher Sinn für die herrlichen, wohlschmeckenden Äpfel am Wegesrand, denn es war glühend heiß und unsere Trinkvorräte fast aufgebraucht. Leicht dehydriert und benommen von der dauerhaften Sonneneinstrahlung schleppten wir uns bis nach Bessey.

Im Schatten der Kirche *Église Saint-Jean-Baptiste* trank ich gierig die letzten Reste aus unseren Wasserflaschen.

Bessey ist ein kleiner heller Ort, der nicht einmal vierhundert Einwohner besitzt. Auch die Kirche soll sehr sehenswert sein, der Schlüssel dafür ist bei Interesse in dem gegenüberliegenden Haus erhältlich.

Kein Interesse! Nein, danke! Ich war noch immer so durstig und litt schon unter leichten Wahnvorstellungen. In Gedanken sah ich eisgekühlte Getränke vor mir, Cola, Bier, alles was das Herz begehrte. Und Eiswürfel! Ein Eiswürfelbad!! Hatte ich etwa einen Sonnenstich?!
 Jens hielt sich tapferer, während ich in Erwägung zog, irgendwo zu klingeln und um Wasser zu bitten. Letztendlich kamen wir irgendwie in Le Buisson an. Endlich!
 Der Campingplatz war ja sicher schnell zu finden.

Eine Stunde später!! Zum dritten Mal befanden wir uns am Ortseingang, ratlos und frustriert. Keiner der Bewohner, die wir fragten, wussten von einem Campingplatz und andere Unterkünfte schien es hier nicht zu geben. Auch als wir nach Monsieur Bourell fragten, dem Betreiber vom Air-Camping, ernteten wir nur Schulterzucken. Wir steuerten auf ein Grundstück weit außerhalb des Ortes zu, wo wir eine Frau erspähten. Sie schien zu verstehen was wir wollten und rief ihren Sohn. Der etwa dreizehnjährige Junge gab uns ein Zeichen, ihm zu folgen und blieb erst wieder an einem Wiesenstreifen links der Straße stehen, wo er ein altes Brett aufhob, welches eigentlich ein Schild war. Darauf stand in großen Buchstaben CAMPING.
 Der Junge bog links ab und grinste unentwegt vor sich hin. Zwischen dem hohem Gestrüpp kamen wir kaum hinterher, indessen er den Eindruck machte, sich hier auszukennen. Wir krochen unter Bäumen hindurch, stiegen über kaum sichtbar gespannte Drahtseile, kreuz und quer durch eine Wildnis, bis wir auf einer großen Wiese herauskamen. Vereinzelt konnte man mehrere Wohnwagen, umgeben von reichlich Buschwerk,

sehen. Auf einer großen freien Fläche stand ein sehr großes Zelt neben einem Auto. Jens folgte dem Jungen noch ein Stück, während ich mit dem Gepäck im hohen Gras wartete.

Wenig später kamen die beiden mit einem Mann zurück, der Monsieur Bourell war. Der Junge verabschiedete sich und ging seiner Wege. Monsieur Bourell überreichte uns den Schlüssel für den Wohnwagen, welcher sich hinter uns befand. Wir staunten, für die Übernachtung nur zehn Euro zahlen zu müssen, erkannten später aber, warum. Nun standen wir also da, mit dem Schlüssel in der Hand und wussten noch nicht, was wir von all dem halten sollten. Ein Blick in den Wohnwagen genügte und ein Ausdruck des Entsetzens breitete sich auf unseren Gesichtern aus. Und das nach solch einem Tag! Ich war enttäuscht und ungewollt stiegen mir Tränen in die Augen, was Jens sofort bemerkte.

»Machen wir das Beste draus, eine andere Wahl haben wir jetzt sowieso nicht. Dafür war es billig und morgen Abend suchen wir uns wieder was richtig Schönes.«

Er schafft es immer wieder, einen klaren Kopf zu behalten und mir in solchen Situationen Mut zu machen, obwohl er sich so manches Mal ähnlich fühlt wie ich.

Ich blieb einsilbig und gemeinsam sahen wir uns im Wohnwagen um, den wir sogleich wieder verließen, um stillschweigend unsere Rucksäcke vor der Tür im Gras abzustellen.

Nun hieß es durchatmen und einen Plan machen! Erstmal duschen und essen müssten wir ja trotzdem auch was. Zumindest war ein kleiner Gaskocher vorhanden und wir hatten ein Dach über dem Kopf. Die Sanitäranlagen waren wenig einladend und während ich duschte, bemühte sich Jens, vorhandenes Geschirr und Besteck zu reinigen. Das Gas reichte genau so lange, bis die Nudeln fast gar waren. Zum Desinfizieren tranken wir zwei kleine Schnäpse, welche für Notsituationen gedacht waren und uns etwas aufheiterten.

Da saßen wir nun an dem kleinen Campingtisch vor dem Wohnwagen und aßen unsere Nudeln aus Töpfen, da es keine Teller gab. Auch der Platz war nicht beleuchtet, sodass wir uns bei einbrechender Dämmerung in das Innere unserer Behausung zurückziehen mussten. Aus dem Rucksack packten wir nur das Nötigste aus, um am nächsten Tag in aller Frühe weiterzuziehen. Wir ignorierten die an Fenstern und Wänden hängenden toten Insekten, die klebrigen Möbel und verkrochen uns bis zu den Nasenspitzen in unseren Schlafsäcken, um bloß nicht mit den schmuddeligen Kissen und Decken in Berührung zu kommen.

16. Tag Le Buisson – Le Setoux 31 km

Nach einer unruhigen, fast schlaflosen Nacht beschlossen wir gegen fünf Uhr früh, endlich aufzustehen. Im Schein der Taschenlampen packten wir die Schlafsäcke ein, zogen unsere Kleidung vom Vortag über die Schlafanzüge und liefen ohne Frühstück und Morgentoilette los. Bloß weg von hier! Es war noch stockdunkel!

Da Jens am Vorabend den Weg zum Ausgang mit Papierfetzchen markiert hatte, gelangten wir, noch immer bewaffnet mit Taschenlampen, recht zügig und sicher zur Straße. Im Dunkeln kämpften wir uns schnellen Schrittes voran, nur der Beschreibung unseres Pilgerführers folgend. Landstraßen, schlammige Wege und steile Anstiege hinter uns lassend, erreichten wir zwei Stunden später die auf einer Anhöhe gelegene *Gîte d'étape de Saint-Blandine*. Langsam wurde es hell. Dass diese Herberge geschlossen war, störte uns nicht weiter, denn vor dem eingezäunten Grundstück standen überdachte Sitzgruppen, es gab Trinkwasser und sogar eine Steckdose. Während wir unsere Morgentoilette nachholten, schauten uns ein paar hinter dem Zaun stehende Pferde neugierig zu. Zum ersten Mal an diesem Tag konnten wir aufatmen und genossen die friedliche Stille um uns herum. Wir frühstückten ausgiebig, während unsere Blicke in die Ferne schweiften. Sauber, satt und mit geladenen Akkus zogen wir eine Stunde später weiter. Es war noch recht frisch und die Sonne kam nur zögerlich hervor. Auf dem Wegstück bis Saint-Julien-Molin-Molette sollte man sorgfältig auf die Wegmarkierung achten, doch dank unseres kleinen gelben Wegbegleiters hatten wir keine Probleme diesen Ort zu finden.

Saint-Julien-Molin-Molette hatten wir uns aufgrund des hübsch klingenden Namens ganz anders vorgestellt. Viel übersichtlicher zumindest. Da Sonntag war, lag eine gewisse Ruhe über dem beschaulichen Ort. Der Vorplatz der Kirche *Saint-Julien* war fast leer, nur ein junger Vater ging mit seinem etwa zweijährigen Sohn spazieren. Vor einem Café saßen mehrere Grüppchen von Menschen beisammen und genossen die Sonne. In einem kleinen Laden erstanden wir eiskalte Cola und gingen weiter Richtung Ortsausgang. Wir ließen den Park links liegen und liefen einen schmalen, endlosen Feldweg immer bergan. Ein kleiner, wollknäuelartiger Hund wuselte immer wieder um uns herum und begleitete uns ein langes Stück des Weges, bis wir ihn wegscheuchten, aus Angst, er könnte nicht mehr zurück nach Hause finden.

Es war heiß, Jens lief weit voraus und viele Dinge gingen mir durch den Kopf.

Nun sind wir beide die letzten Tage fast alleine gelaufen und haben außer den beiden Stuttgartern schon lange keine anderen Pilger mehr getroffen. Unsere Gastgeber waren immer total nett und wir verlebten schöne Abende zusammen. Doch wo mochten unsere ehemaligen Pilgerkameraden in diesem Augenblick sein? Gern würde ich wenigstens ein paar von ihnen wiedersehen! Was natürlich unrealistisch war, da sie uns ziemlich weit voraus sein müssten.

Es war heiß, anstrengend und die Wege teilweise geröllig. Dafür aber wurden wir mit herrlichen Panoramablicken in die weitläufige Landschaft belohnt. Nach circa sieben Kilometern erreichten wir Bourg-Argental, einen hübschen, kleinen Ort umgeben von einer prächtigen Bergkulisse. Im Zentrum thronte die *Église Saint André* inmitten schöner Gebäude und vielen kleinen Cafés. Ein zauberhaftes Postkartenmotiv!

Zahlreiche, prächtig bepflanzte Blumenkübel zierten die Straßen und ein gemütliches, quirliges Treiben unterstrich den Charakter dieses etwa 3.000 Einwohner zählenden Ortes. Für uns beide war es ein Muss, ein bisschen in einem dieser gut besuchten Straßencafés zu verweilen, um die einzigartige Atmosphäre zu genießen.

Ungern sowie verzaubert von Bourg-Argental setzten wir unseren Weg fort, bis wir merkten, dass irgendetwas nicht stimmen konnte. Statt auf der D-503 fanden wir uns auf der D-1082 wieder, was hieß, dass wir zurück in den Ort mussten. Als wir schließlich links an der Kirche vorbeiliefen, waren wir wieder auf Kurs und verließen somit endgültig Bourg-Argental. Von der stark befahrenen Straße zweigte bald linkerhand ein kleiner Weg ab, der uns nach Mounes führte. Durch einen Wald, danach den Weiler Badol querend, erreichten wir schließlich eine ehemalige Bahntrasse, der wir mehr als fünf Kilometer folgten.

Dieser Abschnitt sollte laut Beschreibungen einer der schönsten dieses Weges sein. Das konnten wir nur bestätigen!

Unter zahlreichen kleinen Eisenbahnbrücken hindurch kommend, konnten wir immer wieder aufs Neue herrlichste Fernblicke in alle Richtungen genießen. Hinweg über winzige Ansiedlungen zwischen sanften Hügeln, Wiesen und Feldern blickten wir auf weit entfernte Bergketten, die von der Sonne angestrahlt wurden. Wir genossen diese Vielfalt der Eindrücke. Nachdem wir am ehemaligen Bahnhof von Saint-Sauveur-en-Rue vorbeikamen, ging es auf steinigen Wegen nach etwa zwei Kilometern wieder bergauf.

Dieser Tag hatte uns schon einiges abverlangt und wir freuten uns auf eine ordentliche Bleibe am Abend. Laut unseres Unterkunftsverzeichnisses sollte es am *Col de la Tracol* ein kleines Hotel sowie eine Pilgerherberge geben. Schon zu diesem Zeitpunkt entschieden wir uns ungesehen für das Hotel, auch in Anbetracht der letzten ungemütlichen Nacht. Wir waren beide recht erschöpft und hatten mit der Müdigkeit zu kämpfen. Der Gedanke an ein sauberes Bett, eine heiße Dusche und ein kaltes Bier an der Hotelbar versetzte uns in Hochstimmung und half uns, durchzuhalten.

Mittlerweile war der blaue Himmel zahlreichen Wolkenansammlungen gewichen und eine leicht kühle Brise zog durch die Wälder. Es war schon siebzehn Uhr dreißig als wir am *Col de la Tracol* ankamen und wir hatten keine Vorstellung von dem, was uns erwarten würde. So standen wir nun verlassen am Rande einer langgezogenen Straße. Gleich gegenüber war ein einzelnes Gebäude, von dem wir annahmen, es könnte das Hotel sein. Sonst gab es hier nichts!

Um uns erst einmal anzumelden, gingen wir auf die andere Straßenseite. Die verschlossene Eingangstür verwirrte uns etwas und auch nach mehrmaligem Klopfen konnten wir bloß das Bellen eines Hundes vernehmen. Wir versuchten, mit allen Mitteln uns bemerkbar zu machen. Ohne Erfolg!

Ein ungutes Gefühl beschlich mich.

»Hier ist zu, da können wir nicht übernachten«, sagte Jens überzeugt. Das wollte ich weder hören noch wahrhaben. Zumal neben dem Eingang ein Schild mit der Aufschrift *Ouvert* stand, was *Geöffnet* bedeutet.

Mehrere Male noch schlichen wir hin und her, sahen durch die Fenster und lauschten aufmerksam, ob etwas zu hören war. Nicht einmal der Hund bellte mehr. Resigniert musste auch ich nun erkennen, dass in diesem Hotel lange Zeit keine Gäste mehr übernachtet hatten.

Zerplatzt wie eine Seifenblase war der Traum von der Hotelbar. Kein Bett, keine Dusche, kein Essen! Auch von einer Pilgerherberge war weit und breit keine Spur. Das alles kam mir vor wie ein böser Traum und Verzweiflung machte sich breit.

»Was machen wir denn jetzt bloß?«, fragte ich Jens mit einem Anflug von Panik in der Stimme.

»Wir könnten die Leute da drüben fragen, ob es in der Nähe eine Herberge gibt.«, entgegnete er und zeigte auf den PKW der auf der anderen Straßenseite parkte. Darin saßen zwei Frauen, wie sich später herausstellte, Mutter und Tochter.

Jens klopfte vorsichtig an die Autoscheibe und trug auf Französisch unser Anliegen vor. Keine von den beiden kannte eine *Gîte* in der Nähe, noch wussten sie etwas von dem Hotel gegenüber. Sie waren hier, um sich mit dem Vater des Mädchens zu treffen. Um zu helfen, telefonierten sie für uns und fanden heraus, dass besagte *Gîte* ebenfalls geschlossen war. Die nächste Herberge befand sich in *Le Sétoux* und hatte angeblich auch noch freie Betten. Das jedoch wären noch mal fünf Kilometer über die Berge. Ich war total am Ende, meine Füße schmerzten und ich fühlte mich außerstande dies zu schaffen. Hilflos schauten sie uns an, während Jens resigniert meinte:

»Nun können wir bloß noch auf Isomatten im Wald schlafen.«

»Nein! Niemals! Ich schlafe auf gar keinen Fall im Wald!«, stieß ich hervor, während meine Augen feucht wurden und sogleich Tränen mir die Wangen hinunterliefen. Nun war alles zu spät, ich konnte den Tränenfluss weder bremsen, noch vor Jens und den beiden Frauen verbergen. Die Mutter sah das Ausmaß der Verzweiflung und bot an, uns zur Herberge zu fahren, sobald ihre Tochter abgeholt werden würde. Überglücklich nahmen wir das Angebot an.

Entgegen der fünf Kilometer Fußweg betrug die Fahrstrecke um die Berge herum stolze zwölf Kilometer! Solch einen Umweg nahm nun eine fremde Person auf sich, um wiederum zwei wildfremden Menschen zu helfen! Das war zweifelsohne sehr beachtenswert!

Wir fragten uns im Nachhinein, ob wir in so einer Situation das Gleiche für andere tun würden. Wären wir so unvoreingenommen? Vielleicht eher vorsichtig! Oder bequem? Wir waren tief beeindruckt und dachten noch lange darüber nach.

Auf jeden Fall war diese nette, hilfsbereite Frau zur rechten Zeit am rechten Ort. Sie setzte uns in Le Sétoux ab und dankend verabschiedeten wir uns. Nun hieß es, die *Gîte* zu finden, was eine weitere halbe Stunde in Anspruch nahm. Schließlich standen wir vor einem Haus im unteren Teil des Ortes, an dessen Eingang *Le Combalou* stand. Hier waren wir richtig, denn so nannte sich die Herberge.

Vorsichtig öffneten wir die knarrende Tür und es dauerte nicht lange, da erschienen ein Paar in Badelatschen steckende, nackte Füße auf der Treppe vor uns. Zu den Füßen gehörte ein großer Mann, der uns in Deutsch willkommen hieß. Weitere Füße tauchten auf, dann der Rest und wir trauten unseren Augen nicht!

Da stand doch tatsächlich Jack vor uns, den wir schon längst über alle Berge glaubten! Auch er schaute recht verblüfft, bevor wir uns schließlich herzlich begrüßten. Er war erstaunt dass wir von Saint-Genix aus überhaupt unseren Weg fortsetzen konnten, trotz des Problems mit Jens´ Bein.

In der oberen Etage war das Pilgerzimmer, wo schon die nächste Überraschung auf uns wartete. Mitten zwischen den Doppelstockbetten stand die *Schnattrige*, die ebenso verdutzt drein schaute wie wir auch. Wir freuten uns aufrichtig und es gab so viel zu erzählen. Jedoch waren alle schon auf dem Sprung, um pünktlich zum Abendessen bei der Gastgeberfamilie zu erscheinen. Nadine betrat den Raum und begrüßte uns freudig, während der Badelatschenmann und seine Partnerin Helen sich dazugesellten. Beide waren Österreicher und hatten das kleinere Pilgerzimmer nebenan bezogen. Schon kurz darauf setzte sich diese kleine lustige Pilgertruppe in Bewegung. Wir versprachen, bald nachzukommen.

Die vielen verschiedene Erlebnisse und Empfindungen innerhalb der kurzen Zeit konnten wir gar nicht so schnell verarbeiten. Der Verlauf dieses Tages war eigentlich ganz anders geplant, jedoch mussten wir wieder einmal feststellen, dass der Jakobsweg stets Überraschungen bereit hält und ein sogenanntes Eigenleben entwickelt. Er lässt sich nicht wirklich planen!

Wir stopften einen großen Teil unserer Wäsche in eine der Waschmaschinen, um uns dann ausgiebig der Körperpflege zu widmen. Sogar eine geräumige Küche war vorhanden, wo wir schnell noch Tee für den nächsten Tag zum Mitnehmen kochten. Das Konzept dieser Herberge war gut durchdacht und sie verfügte über alles Notwendige, um Pilger gestärkt zurück auf den Weg zu schicken.

Vergessen waren Stress und Verzweiflung der letzten Stunden und voller Erwartung an den bevorstehenden Abend traten wir vor die Tür, um das Haus unserer Gastgeber zu suchen. Was nicht so einfach war. Fast zwanzig Minuten irrten wir umher, bis unsere Gastgeberin Monique uns mit ihrem Auto einsammelte. Angekommen an einer Stelle im Dorf, wohin wir uns sicher nie verirrt hätten, stiegen wir aus und wurden sogleich von einem riesigen Hund begrüßt. Dieser aber musste leider draußen bleiben.

Wir betraten die Wohnstube, wo alle unsere Pilgerkameraden schon an einer langen Tafel saßen. Mittendrin in dieser Gemeinschaft fühlten wir uns sofort sehr wohl und genossen diese gemütliche, lockere Atmosphäre. Es war so, als ob wir alle uns schon ewig kennen würden und auch Monique und ihre Familie gaben uns sogleich das Gefühl, dazuzugehören.

Während wir uns den Aperitif munden ließen, tobten zwei etwa drei und fünf Jahre alte Kinder vor dem großen Terassenfenster herum und zogen hinter der Glasscheibe jede Menge Grimassen. Der vordere Teil der Wohnstube ging in eine offene Küche über, wo ein etwa neunjähriger Junge bei den Hausaufgaben saß und gelegentlich zu uns herüber schaute.

Ein Schlag gegen das Fenster ließ uns aufschrecken, worauf Monique zu Terasse eilte, um dem kleinen dreijährigen Übeltäter die riesige Holzlatte aus den Händen zu reißen. Das Mädchen stand grinsend daneben. Beide wurden hereinbeordert und als das Essen aufgetragen wurde, saßen sie brav an der langen Tafel zwischen uns Pilgern.

Das Menue, welches aus einer riesigen Salatplatte, Baguette, Kartoffel-Quiche, Rindersteak, Hackfleischbällchen, Käse, Obst und Eis bestand, wurde nacheinander in Gängen aufgetragen und Monique sorgte dafür, dass stets genug Wasser und Rotwein in den Krügen war.

Während der ältere Junge mit seiner Mama in der Küche aß, wurden seine Geschwister von uns Pilgern bemuttert. Der kleine dreijährige Frechdachs zog alle in seinen Bann, während das fünfjährige Mädchen Jens in Beschlag nahm und jedes Mal kokett in die Kamera lächelte, sobald er diese hervor holte.

Es war ein sehr schöner Abend, an den wir so manches Mal wehmütig zurück denken. Der Rotwein fand reißenden Absatz und lustige, interessante Gespräche füllten den Raum. Mit Nadine und Jack verständigten wir uns einschließlich Wörterbuch auf Französisch, spanisch und ein wenig deutsch. Die *Schnattrige*, deren richtigen Namen wir nicht wussten, erzählte, dass sie uns in Le Pin von Weitem nochmals gesehen hatte. Auch die beiden Österreicher waren total nett. Sie hatten noch kein endgültiges Ziel für den diesjährigen Jakobsweg.

Jack und Nadine wollten bis Le Puy en Velay laufen und von dort aus zügig nach Nantes fahren, wo sie zu Hause waren. Von Ramona hatte leider keiner mehr etwas gesehen oder gehört. Wir vermuteten, dass sie vielleicht abgebrochen hat, um etwas Neues zu beginnen. Das werden wir wohl nie erfahren. Es wurden Erfahrungen ausgetauscht, Erlebnisse berichtet und vor allem wurde viel gelacht. Jack sammelte alle Mail-Adressen ein, um gemeinsame Fotos verschicken zu können. So würden wir auf jeden Fall den Kontakt untereinander halten können.

Die Kinder lagen bereits in ihren Betten, als wir recht spät das Haus unserer Gastgeber verließen und gemeinsam zur Herberge zurückkehrten.

Als die anderen schon schliefen, hängten wir noch schnell die Wäsche auf und füllten den abgekühlten Tee in unsere Flaschen. Ganz aufgebracht zeigte Jens mir eine überdimensional große Blase zwischen den Zehen, welche ich im Dämmerlicht der Flurlampe mit der Nadel-Faden-Methode behandelte.

Nun begann auch für uns die Nachtruhe.

17. Tag Le Setoux – Montfaucon-en-Velay 24 km

Irgendwie waren wir alle recht unausgeschlafen an diesem Morgen, doch schon auf dem Weg zu unseren Gastgebern entstanden bereits wieder rege Gespräche. Während wir ausgiebig frühstückten, wurden die Kinder versorgt und ein fröhlich-familiäres Treiben erfüllte das Haus. Langsam wurde es hell und ein herrlicher, ausschweifender Regenbogen grüßte uns mit leuchtenden Farben.

Es wurde Zeit, aufzubrechen und nachdem alle ihre Rechnungen beglichen hatten, verabschiedeten wir uns herzlich von unseren Gastgebern. Einträchtig liefen wir gemeinsam zur Herberge, um die Rucksäcke fertig zu packen. Monique hatte sich bereit erklärt, uns beide zurück zum *Col de la Tracol* zu fahren, sobald sie die Kinder zur Schule gebracht haben würde. Von dort aus wollten wir, inklusive der fünf Kilometer bis Le Setoux, unseren Weg fortsetzen.

Der Moment, um endgültig Lebewohl zu sagen rückte unausweichlich näher. Nach letzten Gruppenfotos, vielen guten Wünschen für den Weg und herzlichen Verabschiedungen löste sich die uns liebgewordene Pilgergemeinschaft auf.

Indessen war auch Monique mit dem Auto da und wehmütig sahen wir den Davonziehenden nach, bevor wir einstiegen.

Die Gefühle überschlugen sich, der Abschied machte mich irgendwie traurig, doch ich freute mich auch auf den neuen Pilgertag mit all seinen Herausforderungen.

Am *Col de la Tracol* angekommen, drückten wir Monique gegenüber noch einmal unsere Dankbarkeit aus, da sie extra für uns diese lange Strecke gefahren ist. Nun standen wir wieder an derselben Stelle, wie etwa fünfzehn Stunden zuvor. Der Himmel hing mittlerweile voller Wolken, es nieselte leicht und wir zogen dünne Regenponchos über, um sogleich voller Tatendrang loszumarschieren.

Dieser Tag würde sicher etwas entspannter werden, da wir nicht ganz so weit laufen wollten. Wir hatten zwar noch keine Übernachtung klar gemacht, wussten aber dass es zum Beispiel in Étiennety eine Gîte geben sollte. Alles war noch offen.

Von Anfang an ging es bergauf, die Wege waren matschig und zu dem stärker werdenden Regen gesellte sich ein ungemütlicher Wind. Bald schon würden wir den höchsten Punkt dieser Etappe auf 1.205 Metern erreicht haben. Kleine Rinnsale auf dem Weg schlängelten sich zwischen den Steinen abwärts und der Wind vermischte sich mit dem Rauschen der Blätter an den Bäumen. Wir kämpften uns weiter den Berg hinauf, die Gesichter waren feucht vom Regen und weder bemerkten wir eine Abzweigung noch stand irgendwo ein Wegweiser. Mehr als eine Stunde waren wir nun ausschließlich im Wald unterwegs, begleitet vom Pfeifen des Windes, welcher die unheimliche Stimmung unterstrich.

Endlich! Eine Lichtung! Und mittendrin ein Wegweiser. Wurde ja auch Zeit! Ungläubig starrten wir auf das Schild vor uns! Wieder und immer wieder!

Wir befanden uns in einer Höhe von 1.347 Metern auf einem Berg namens *Pyfarat* und zwar auf dem *GR 7*. Diesmal hatten wir uns richtig böse verirrt, sodass wir nicht einmal mehr darüber lachen konnten. Zwischen den bedrohlich hin und her schwankenden Bäumen liefen wir fast den gesamten glitschigen Weg wieder bergab, um nicht weit entfernt vom Ausgangspunkt den entscheidenden Wegweiser zu entdecken. Den wir einfach mal so übersehen hatten. Wir befanden uns nun auf einer Höhe von 1098 Metern. Akribisch auf alle sich am Weg befindenden Schilder achtend, liefen wir zügig weiter. Über den *Tracol* und Le Sétoux querend bekamen wir wenig von der Landschaft mit, da wir mit Sturm und Regen zu kämpfen hatten. Wie immer bei solchem Wetter hatte ich meine Kamera tief in den Rucksack gepackt, um sie zu schützen und nur Jens sicherte für uns ein paar wenige Fotos.

Es war ziemlich kalt, Jens´ Regencape war vom Sturm zerfetzt und wir überschritten an diesem Tag fünf Berge, liefen auf schlammigen Wegen und machten keine richtige Pause. Unterwegs begegneten wir kaum jemandem, nur zwei Pferde, die mitten auf dem Weg standen, schauten uns interessiert entgegen. Von ihrem Schweif perlte das Wasser und sie vermieden es, auf die schlammige Wiese zurück zu gehen. Die gute Seite des schlechten Wetters war das unwahrscheinlich hohe Lauftempo, welches wir an den Tag legten. In Étiennety gaben uns ein paar Einheimische zu verstehen, dass es hier im näheren Umkreis keine Herberge gab. So hatte sich auch dieses Vorhaben erledigt. Wir waren sehr erleichtert, als vor uns in der Ferne Montfaucon auftauchte, wo wir auf eine Möglichkeit der Übernachtung hofften. Dass diese Stadt auf den ersten Blick nicht sonderlich attraktiv wirkte, störte uns wenig. Jedoch dass der einzige Laden von Montfaucon Montag geschlossen hatte, wirkte ernüchternd.

In der Touristinformation konnte uns die nette Dame zwar keine weitere Einkaufsmöglichkeit nennen, jedoch organisierte sie für uns die Übernachtung in der Pilgerherberge und nannte uns ein paar Gaststätten, in die wir zum Essen gehen konnten. Die Gîte, welche sich genau neben der *Chapelle Notre-Dame* befand, machte einen guten Eindruck auf uns. Es gab einen riesigen Vorraum mit Küchenzeile, mehrere Sanitärbereiche und Toiletten, sowie weitere vier Räume mit Doppelstockbetten. Wir richteten uns in einem der Zimmer ein und fühlten uns, als hätten wir soeben ein Königreich erobert. Sauber, frisch und unternehmungslustig machten wir uns auf den Weg, um eine für uns geeignete Gaststätte zu finden. Dabei entdeckten wir zufällig direkt an der Hauptstrasse einen kleinen Bäckerladen. Dieser hatte sogar geöffnet und vertrieb nicht nur Backwaren, so dass wir gleich ein paar Getränke erwarben, welche Jens noch schnell zur Herberge brachte.

Währenddessen sah ich mich etwas im Ort um.

Das im Département Haute-Loire liegende Montfaucon-en-Velay hat circa knapp 1.300 Einwohner und befindet sich bereits im Velay, einer Landschaft im französischen Zentralmassiv. Die aus dem 12.Jahrhundert stammende *Chapelle Notre-Dame-de-Montfaucon* ist eine der Sehenswürdigkeiten dieser Gemeinde.

Vor den beiden Gaststätten stehend, wirkten wir recht unschlüssig, was daraus resultierte, dass wir die Speisekarte nicht lesen konnten. Dazu kam, dass kein Mensch in den Gasträumen zu sehen war und wir allein darin sitzen würden. Das lag sicher daran, dass die Franzosen ihr Abendmahl für gewöhnlich zu einem späteren Zeitpunkt einnehmen. All das überzeugte uns wenig.

Der Gedankenblitz ereilte uns beide fast gleichzeitig!

Ein Blick auf die Uhr mahnte uns zur Eile, denn der kleine Bäckerladen würde achtzehn Uhr, also in fünf Minuten schließen. In Windeseile rannten wir zurück, um dort alles einzukaufen, was wir für den Abend brauchten.

In der Herberge saß unterdessen ein älteres, französisch sprechendes Ehepaar an der langen Tafel im Eingangsbereich. Sie boten uns an, ihnen Gesellschaft zu leisten, doch eigentlich waren wir recht fertig und wollten nur noch unsere Ruhe haben, denn dieser Tag hatte doch ganz schön geschlaucht. Ein köstlicher Duft, welcher aus dem großen, auf dem Herd stehenden Topf kam, durchzog den Raum. Soweit unser Wortschatz es zuließ, tauschten wir ein paar Höflichkeiten aus und gaben den beiden zu verstehen, dass wir recht müde waren.

Wir betraten unser Zimmer und wollten dieses kleine Königreich nun nicht mehr verlassen. Kein Abend hätte gemütlicher sein können als dieser. Der Stress und die Anstrengungen des Tages fielen langsam von uns ab und wir genossen unser Festmahl, welches aus Brot, Büchsenwurst, Käse, Bier und Wein bestand.

Viel später klopfte der alte Mann an die Tür, um uns zum Essen einzuladen. Peinlich berührt lehnten wir freundlich ab, obwohl es uns leid tat. Wir hofften sehr, dass die beiden netten Menschen uns dies nicht übel nahmen! Wieder wurde es sehr spät und der Bordeaux, ein sehr schmackhafter sowie hochprozentiger Wein, verfehlte seine Wirkung nicht.

18. Tag Montfaucon-en-Velay – Araules 24 km

Am nächsten Tag erlaubten wir uns den Luxus, etwas länger zu schlafen, da wir wirklich mal nur eine kurze Strecke laufen und einen halben Ruhetag einlegen wollten. Der Bordeaux vom Vorabend hing uns noch ein wenig in den Gliedern, was wohl der Preis für den schönen Abend war.

Die beiden alten Leutchen waren leider nicht mehr da, gern hätte ich noch ein paar Worte mit ihnen gewechselt. Es war fast schon zehn Uhr, als wir die Herberge verließen. Das Schild, welches an der Eingangstür hing, wies darauf hin, beim Verlassen der Herberge die Fenster zu schließen. Die deutsche Übersetzung brachte uns zum Schmunzeln.

Es nieselte leicht, als wir auf dem Weg zur Touristinformation waren, um den Schlüssel abzugeben. Die diensthabende Angestellte baten wir um Hilfe bei der Beschaffung einer Unterkunft in etwa fünfzehn Kilometern. Sie telefonierte herum und nahm uns binnen weniger Minuten jegliche Illusion, denn auf der diesbezüglich dünn besiedelten Etappe war die nächste Möglichkeit für eine Übernachtung erst in dem vierundzwanzig Kilometer entfernten Araules. Was blieb uns denn anderes übrig!

Hinweisschild an der Tür der Herberge von Montfaucon

Endlich Pause!

Beim Verlassen des Ortes kamen wir noch einmal an der *Chapelle Notre-Dame-de-Montfaucon* vorbei. Da es schon recht spät war, der Weg weit und es unaufhörlich nieselte, entschieden wir uns, die ersten Kilometer an der Strasse entlang zu laufen. Zügig marschierten wir los, Autos pfiffen an uns vorbei, sodass das Wasser aus den Pfützen nach allen Seiten spritzte und wir von allen Seiten gleichmäßig nass wurden. Wir befanden uns kurz vor Tence, als es aufhörte zu regnen. An einem Abzweig auf der rechten Straßenseite wies ein Schild mit einem Pfeil auf die Gîte d'étape *La Petit Papeterie* hin.

Hierbei handelt es sich um die ehemalige, sehr alte Papiermühle, welche noch zu Beginn des zwanzigsten Jahrhunderts etwa zweihundert Beschäftigte verzeichnen konnte. Ab 1926 standen die Räume leer, bis diese in der Zeit des zweiten Weltkrieges für einige Jahre als Internierungslager dienten. Angefangen von Flüchtlingen, Sudetendeutschen, Österreichern bis hin zu Juden und Naziverfolgten war das Lager bis 1940 ständig belegt. Danach wurde es aufgelöst und die Gefangenen weiter befördert, von denen viele ihrem schlimmen Schicksal nicht entkommen konnten.

Heute erinnern zwei am Fluss Lignon errichtete Gedenksteine an die Geschichte und die Schicksale der damit Verbundenen.

Gegenwärtig befindet sich in dieser alten Fabrik eine Pilgerherberge, in welcher auch unsere Weggenossen vorhatten, zu übernachten.

Wir erreichten nach elf Kilometern den Ortseingang von Tence. Das erste was uns ins Auge fiel, war der riesengroße Friedhof links von uns. Zu bemerken wäre, dass wir an einer anderen Stelle den Ort betraten, als wenn wir den offiziellen Jakobsweg gelaufen wären.

Die Friedhöfe, welche wir in Frankreich zu sehen bekamen, waren so ganz anders als jene, die wir von Deutschland her kennen. Alle Gräber sind eng nebeneinander aufgereiht, umgeben von einer Mauer, die mit steinernen Kreuzen versehen ist. Es gibt keine schattenspendenden Bäume und statt Grabsteinen stehen meist überdimensional große Kreuze auch auf den Gräbern, über denen ein Hauch von Mystik schwebt. Auf uns wirken diese Friedhöfe immer ein bisschen beklemmend, ja manchmal sogar gruselig.

Tence ist ein angenehmer, mittelalterlich wirkender Ort, der etwa 3.200 Einwohner beherbergt. Schon früher war er ein wichtiger Treffpunkt für die Pilger, welche das Land durchzogen.

Nachdem wir auf einer wunderschönen alten Brücke den Fluss Lignon überquert hatten, befanden wir uns wieder auf dem Jakobsweg. Auch die Sonne hatte unterdessen ihren Weg gefunden und schaute zwischen den Wolken hervor, um uns mit wenigen Strahlen zu grüßen. Zwei Kilometer etwa ging es auf einer Strasse recht steil bergauf, bevor wir uns oben am Waldrand eine Pause gönnten. Ein vorübergehender, nein, rennender Pilger blieb kurz stehen, um mit uns zu erzählen. Er stammte aus München und wollte am folgenden Tag schon Le Puy en Velay erreichen, wo sein Weg vorerst enden sollte. Die recht langen Tagesetappen legte er zurück, weil er schon bald wieder zu Hause sein musste, da sein Urlaub vorüber war.

Wieder einmal wurde uns bewusst, wie schade es doch ist, dass man sich für seinen Weg nicht die Zeit nehmen kann, die man wirklich braucht!

Weiter ging es die nächsten Kilometer durch viel Wald, über Wiesen- und Feldwege, vorbei an Gewächshäusern, in deren Nähe man besonders sorgfältig auf die Beschilderung achten sollte. Kurz vor dem Weiler Pouzols an der Hauptstraße wurden wir von einem kleinen Jakobus begrüßt, der aus einem Holzkästchen herausschaute. »Vous êtes à Pouzols« stand auf einem Schild darunter geschrieben, was bedeutet: »Sie sind hier in Pouzols«

Vor der Figur des Apostels lag ein kleiner Haufen aus Steinen, Blumen und Schmuckgegenständen. So ähnlich wie am *Cruz de Ferro* in Spanien, haben hier Pilger Steine und andere Schätze mitgebracht und sie dort niedergelegt als Symbol für Sünden, Ängste und Krankheiten, um diese hinter sich zu lassen.

Kurz vor Saint-Jeures steht auf freiem Feld eine große Informationstafel. Es werden hier alle Besucher, Wanderer und Pilger willkommen geheißen und auf die schöne Umgebung hingewiesen.

Im Ort verweilten wir ein wenig auf dem Kirchplatz vor der *Église Saint-Georges*, in deren Nähe sich auch Jakobsbrunnen und Marienstatue befinden. Wir saßen auf einer Bank, um auszuruhen, als ein kleines schwarzes Kätzchen sich zu uns gesellte. So schnell konnte ich gar nicht reagieren, da lag es schon auf meinem Schoß und schnurrte in den höchsten Tönen. Es suchte wohl auch nur ein bisschen Geborgenheit. Von hier aus waren es nur noch 37 Kilometer bis Le Puy en Velay und circa 1.600 Kilometer bis Santiago de Compostela.

Wir befanden uns nun in einer von erloschenen Vulkanen geprägten Gegend und vor uns in nicht all zu weiter Ferne konnten wir den 1.209 Meter hohen *Suc du Monier* sowie den 1.388 Meter hohen *Pic du Lizieux* sehen.

Herrliche Ausblicke boten sich unseren Augen auf dem Weg nach Araules, einem schönen kleinen Dorf mit etwas mehr als sechshundert Einwohnern. Da standen wir nun Minuten später unschlüssig in einem engen Gässchen zwischen mittelalterlich wirkenden Häusern und wussten nicht so recht, in welche Richtung wir gehen sollten. Als wir in der Nähe der Kirche einen Mann entdeckten, der mit dem Fahrrad unschlüssig hin und her fuhr, wollten wir diesen nach unserer Gastfamilie fragen. Es stellte sich heraus, dass er selbst der Herbergsvater war und nach uns Ausschau hielt. Vorausradelnd wies er uns den Weg zum Haus, wo seine Frau Louise schon in der Tür stand. Nach einer herzlichen Begrüßung fragte sie uns, ob wir nicht ein Bier trinken möchten oder etwas anderes. Nein! Wollten wir jetzt eigentlich nicht, das könnten wir vor dem Essen ja immer noch tun. Sie zeigte uns das Zimmer, welches sich in der oberen Etage befand und alles, was wir sonst noch wissen mussten. Auf der Treppe hätte ich fast mit meinem Rucksack ein Bild von der Wand gerissen, woraufhin Louise ein erschrockenes »Voila!« ausrief.

Das Pilgerzimmer wirkte behaglich und die heiße Dusche mit einem herrlich duftenden Olivenduschbad, von dem ich heute noch schwärme, belebte die Sinne. Da noch jede Menge Zeit bis zum Abendessen war, lümmelten wir gemütlich im Zimmer herum, schrieben Ansichtskarten, Tagebuch und telefonierten nach Hause. Besonders unsere Mütter sind immer froh, von uns zu hören und jeden unserer Wege verfolgen sie daheim auf Landkarten. Auch Johanna und Charlotte, meine beiden Mädchen werden regelmäßig mit Details unserer Pilgerreise per SMS versorgt.

Pünktlich neunzehn Uhr erschienen wir in der unteren Etage zum Abendbrot, wo unsere Gastgeber schon auf uns warteten. Ein junger Mann namens Marc, den wir als deren Sohn vermuteten, saß mit in der Runde und sprach außer französisch nur ein wenig englisch. Bewaffnet mit dem Wörterbuch, kam ich diesmal nicht so richtig zum Zuge. Yves sagte recht wenig und Louise engagierte sich wirklich sehr, doch fanden wir sprachlich einfach nicht zueinander.
  Das Essen schmeckte prima und bestand aus Zucchinisuppe, Baguette, Salat, Bratkartoffeln mit Möhren und Pudding als Dessert. Und natürlich Rotwein! Für Yves, Jens und mich hatte Louise Steaks gebraten, was uns wieder einmal etwas unangenehm war, da Marc und sie selbst kein Fleisch auf den Tellern hatten. Doch es schien in Ordnung zu sein, denn Louise ermunterte uns, zuzulangen.
  Es war ein netter Abend, doch kam keine richtige Unterhaltung zustande, obwohl alle sich sehr bemühten. Louise, die Seele des Hauses, bemutterte uns regelrecht, währenddessen Yves versuchte, uns eine Bleibe für den nächsten Abend zu organisieren. Nicht ganz so spät wie die letzten Male zogen wir uns zur Nachtruhe zurück.

19. Tag Araules – Saint-Julien-Chapteuil 14 km

Wir frühstückten allein mit unserer Gastgeberin, da Yves an diesem Morgen mal etwas länger schlafen durfte. Gemütlich saßen wir zu dritt beim Frühstück und erzählten miteinander, soweit die Sprachbarriere es zuließ. Louise bemühte sich sehr um uns und gerne hätte ich mich mit ihr etwas intensiver unterhalten. Zwischendrin flitzte sie schnell mal hinüber zur Kirche und brachte ein kleines Schälchen mit, aus dem jeder sich ein Zettelchen nehmen durfte. Darauf stand jeweils ein Begleitspruch für den Tag.

> Vouloir le bien est à portée
> Mais non pas l'accomplir,
> puisque le bien que je veux,
> je ne le fais pas
> et le mal que je ne veux pas, je le fais.

> RM 7,18-19

Dieser sagt aus, dass man nach dem Guten streben sollte, auch wenn es manchmal nicht einfach ist.

Während unseres gesamten Aufenthaltes benutzte Louise sehr oft das Wort *Voila,* was unter anderem soviel bedeutet wie: »Da!«, »Ach herrje« oder »Ach«. Dabei musste ich immer an das fast heruntergerissene Bild sowie meinen ständig umkippenden Pilgerstock denken!

Die gute Louise begleitete uns mit einem *Voila* zur Tür und verabschiedete uns aufs herzlichste. Sie gab uns viele gute Wünsche mit auf den Weg und riet uns, wegen einer Unterkunft in der Touristinformation von Saint-Julien-Chapteuil nachzufragen. Für uns bedeutete dies, zügig voranzukommen, um noch vor der Mittagspause dort sein zu können. Denn zwecks Unterkunft hatten wir absolut gar keine Idee.

Bis Le Puy en Velay waren es noch vierunddreißig Kilometer, welche wir zwar zusammenhängend laufen könnten, doch wir wollten nicht hetzen und vor allem nicht total erschöpft dort ankommen. Die Pilgerhochburg Le Puy ähnelt charakterlich Santiago de Compostela und ist ein Treffpunkt für Pilger verschiedenster Nationalitäten. Hier führen gleich mehrere Jakobswege zusammen. Für uns ist diese Stadt etwas ganz Besonderes und deshalb wollten wir den »Einmarsch« ganz bewusst erleben.

Es war unwahrscheinlich neblig, die Wege noch feucht und da die Zeit drängte, beschlossen wir, das erste Wegstück auf der Straße zurückzulegen. Schon bald ging es steil bergauf und alles um uns herum konnten wir nur schemenhaft wahrnehmen. Im dichten Nebel erreichten wir nach etwa einer Stunde den höchsten Punkt der gesamten *Via Gebenensis*, den Weiler Raffy in einer Höhe von 1.276 Metern.

Wir kamen gut voran und hatten schon bald einen herrlichen Blick auf Queyrières, den kleinen Ort vor der Kulisse eines mächtigen Basaltfelsens. Schon lange vorher hatten wir uns auf diesen Anblick gefreut, den wir nun mit zahlreichen Fotos festzuhalten versuchten. Nebelschwaden umhüllten das einmalige Ensemble und verliehen diesem ein magisches Aussehen. Einen Besuch dieses, etwas abseits vom Wege gelegenen Ortes sollte man unbedingt einplanen. Aus Zeitgründen wagten wir diesen Umweg nicht, sondern gingen vor dem Dorf Monedeyres sogar getrennte Wege.

In eineinhalb Stunden würde das Tourismusbüro in Saint-Julien-Chapteuil schließen und wenigstens einer von uns beiden sollte pünktlich dort ankommen. Aufgrund meiner Schwierigkeiten mit steilen, rutschigen Pfaden würde es allein schon daran scheitern, denn der Boden war feucht und die etwas kürzere Strecke wurde als schwierig beschrieben. Währenddessen Jens diesen Weg einschlug, lief ich auf der Straße entlang. Die war wenig befahren und in Gedanken versunken, legte ich ein beträchtliches Tempo an den Tag.

Es ist schon ein seltsames Gefühl, so ganz alleine auf weiter Flur zu sein. Wir waren bisher immer gemeinsam unterwegs bis auf ganz wenige Ausnahmen. Natürlich kletten wir dabei nicht ständig aneinander, wissen aber, dass der Partner greifbar ist. Manchmal reden wir auch nicht viel, um den anderen seiner Gedankenwelt zu überlassen. Pilgern heißt ja auch, den Kopf freizubekommen und nur den wichtigsten Dingen Vorrang zu geben, um die wahren Bedürfnisse klar zu erkennen. Dies ist in der heutigen Zeit, welche von unzähligen äußeren Einflüssen und Missständen geprägt ist, notwendiger denn je.

Meine Bewunderung und Achtung gilt den Pilgern, welche den Jakobsweg mit sich ganz allein laufen! Aber auch den Menschen, die ohne zu klagen, ihr Leben unter schwierigen Umständen tapfer meistern! Ich glaube, um alleine zu pilgern, wäre ich viel zu feige.

Ich frage mich, wie es so manchem unserer einstigen Mitpilger ergangen ist. Der nette Berliner mit seinem zehn Euro-Tagessatz oder der junge couragierte Max aus Bayern. Ob Valerie es geschafft hat und Mario, von dem wir nie wieder hörten? Und ob wir Notker aus der Schweiz mal wiedersehen werden? Jean und Undine würden an diesem Tag in Le Puy ankommen …

Aggressives Bellen riss mich aus meinen Gedanken. Mit einer Hundertachtzig-Grad-Drehung schnellte ich herum und das was ich sah, ließ mich vor Schreck erstarren. Ein großes schwarzes Etwas schoss in beträchtlichem Tempo auf mich zu! All meinen Mut zusammennehmend, zückte ich den Pilgerstock und rannte damit dem vermeintlichen Ungeheuer entgegen. Dieses entpuppte sich als wütender, zähnefletschender Hund, welcher glücklicherweise, wie die meisten Vierbeiner, Respekt vor dem Stock hatten. Er verlangsamte sein Tempo, folgte mir aber trotzdem hartnäckig bis zur nächsten Kurve, wohl um zu sehen, ob ich auch wirklich den Ort verlasse. Noch lange danach, als er schon gar nicht mehr zu sehen war, lief ich mit nach hinten gerichtetem Pilgerstock die Strasse entlang.

Mein Blut raste pulsierend durch die Adern und ließ mich im Eiltempo gehen. Als ich den Ort La Faye erreicht hatte war es elf Uhr und von Jens kam folgende Nachricht per SMS: »Keine Wege, nur Wildnis …«. Das klang nicht gut und ließ mich ein noch höheres Tempo anstreben. Vielleicht hatte er sich verlaufen? Interessante Dachkonstruktionen sowie eine auf einem Berg stehende alte Ruine zwangen mich immer wieder zu kurzen Fotopausen.

Ohne weitere Nachricht von Jens erreichte ich zehn Minuten vor zwölf Uhr Saint-Julien-Chapteuil. Hastig bahnte ich mir einen Weg durch den Ort, um kurz darauf zu erkennen, dass die Richtung falsch war. Erstaunlicherweise schaffte ich es trotzdem, eine Minute vor zwölf Uhr das

Tourismusbüro zu erreichen. Ich sah keinen Jens, entdeckte aber seinen Rucksack, welcher an einem Blumenkübel lehnte. Die Tür öffnete sich und ein ratloses Gesicht blickte mir entgegen.

»Nichts! Es sind vor Le Puy keine Unterkünfte zu haben. Entweder belegt oder geschlossen.«

»Meinst du, wir sollten durchlaufen? Das ist doch aber eigentlich nicht das, was wir wollten.«

Nach kurzer Verständigung klopften wir an die Tür des Tourismusbüros und die Dame, deren Mittagspause wir gerade störten, kooperierte notwendigerweise und empfahl uns die Gîte im Ort. Eigentlich wären wir gerne noch ein paar Kilometer gelaufen, doch sahen wir es als höhere Macht, die uns nötigte, den längst überfälligen halben Ruhetag einzulegen. Was sich als richtig herausstellte. Manchmal werden unsere Schritte gelenkt, in Richtungen die wir selbst nicht bestimmen. Auf dem Jakobsweg eine immer wiederkehrende Erfahrung.

Die Gîte befand sich in der Nähe und es gab dort genug Zimmer, sodass wir eines ganz allein für uns beanspruchen konnten. Wir breiteten unsere Sachen auf den beiden Doppelstockbetten aus und brachen eine Stunde später »stadtfein« zu einer Erkundungstour auf. In einem kleinen Café, bewacht von einem großen Hund, schlürften wir die Sonne genießend, einen Kaffee. Bis zum ansässigen Campingplatz war es nicht weit, dort nämlich mussten wir uns anmelden und das Zimmer bezahlen.

Saint-Julien-Chapteuil verzeichnet knapp 1.900 Einwohner und ist einfach wunderschön. Eine ausführliche Stadtbesichtigung bestätigte unsere ersten Eindrücke. Alte Gemäuer, enge Gässchen, sowie liebevoll herausgeputzte Häuschen prägen diesen urgemütlichen Ort. Über dem Ganzen thront die romanische, im 12.Jahrhundert erbaute, prächtige *Église Saint-Julien*. Diese wurde seither zweimal umgebaut und hat seit 1907 den Status eines historischen Denkmals.

Nachdem wir etwas eingekauft hatten, verbrachten wir den restlichen Nachmittag gemütlich in der Herberge. Als krönenden Tagesabschluss kehrten wir später in einer Pizzeria ein, wo wir zunächst die Abendsonne im zugehörigen Biergarten genossen. Im Gastraum wurden uns dann riesengroße Pizzas serviert, von denen wir uns die Reste einpacken lassen mussten, da wir diese Menge nicht bewältigen konnten.

Im Laufe der Zeit hatten wir uns die Ernährungsweise der Franzosen angeeignet, die nicht große Mengen auf einmal verspeisen, sondern ihre Mahlzeiten immer und überall genießen. Ob Snack oder Hauptgang, die Liebe zum Essen ist ein Teil der französischen Lebenskultur.

Mittlerweile waren zwei weitere Pilger in der Herberge eingetroffen. Die kleine, etwas ältere, sportlich wirkende Frau stammte aus Stuttgart und ihr jüngerer Begleiter, ein Kanadier, überragte sie fast um zwei Köpfe. Beide waren schon länger gemeinsam unterwegs und liebevoll bezeichnete der Jüngere seine Mitpilgerin als »Jakobswegsmama«.

Nach einem netten Wortwechsel mit den beiden sympathischen Zeitgenossen zogen wir uns bald zurück, denn am nächsten Morgen wollten wir sehr früh aufstehen.

20. Tag Saint-Julien-Chapteuil – Le Puy en Velay 19 km

Es war eine unruhige Nacht, denn in meinen Beinen arbeitete es ununterbrochen, was eine Folge des durchgehend hohen Lauftempos vom Vortag war. Schnell waren die Rucksäcke gepackt und in der großen Küche das aus Pizzaresten und Kaffee bestehende Frühstück eingenommen. Für die beiden Pilgerkollegen legte ich als nette Geste zwei Kaffeetütchen auf den großen Holztisch. Punkt fünf Uhr dreißig verließen wir, etwas melancholisch gestimmt, die Gîte von Saint-Julien-Chapteuil. Es war auf unbestimmte Zeit das letzte Mal, dass wir mit dem Pilgerrucksack auf dem Rücken einen Tag beginnen würden.

Bewusst liefen wir, bewaffnet mit Taschenlampen, die Straße entlang, da wir bei Dunkelheit den Jakobsweg sowieso nicht gefunden hätten. Wir wollten auch schnell vorankommen, denn trotz Wehmut trieb uns die Vorfreude auf Le Puy en Velay an. Diese für uns geheimnisvolle Stadt und Pilgerhochburg, von der wir anfangs glaubten, sie dieses Jahr noch gar nicht erreichen zu können. Und nun trennten uns nur noch wenige Kilometer von dem ersehnten Ziel und wir waren voller Erwartungen!

Am Straßenrand hintereinander marschierend hingen wir beide unseren Gedanken nach. Die Lichter der vorüber fahrenden Autos huschten in der Dunkelheit an uns vorbei und in den umliegenden Orten erwachte langsam das Leben. Kurz vor der Stadt Saint-Germain-Laprade, welche wir als ein riesiges Lichtermeer wahrnahmen, stießen wir wieder auf den Jakobsweg. Bald würden wir den *Berg der Freude*, den *Montjoie* erreichen, von dem aus man das erste Mal Le Puy sehen kann. Auch auf dem spanischen Jakobsweg kurz vor Santiago de Compostela gibt es einen solchen Berg, dort heißt er *Monte de Gozo*.

Uns war feierlich zumute als wir den 722 Meter hohen Berg bestiegen und ein Glücksgefühl erfüllte uns, als wir das erste Mal Le Puy en Velay erblicken durften. Wir waren auf dem *Montjoie* angekommen und wie schon tausende Pilger vor uns konnten wir die atemberaubende Aussicht auf den Wallfahrtsort genießen. Ehrfürchtiges Innehalten und ausgelassene Freude vereinigten sich.

 Ein hölzernes Kreuz ragte aus einem Steinhaufen heraus und erinnerte an die große Dankbarkeit der Menschen, welche ihre Gaben hier abgelegt hatten. Ein Ort zum Verweilen, Beten und Besinnen.

 Wir liefen bergab über Wiesen und Wege, durch Vororte, überquerten die Loire, deren Wasserstand enorm niedrig war und folgten dem Nebenfluss Borne bis zur Stadt. Schon von Weitem erblickten wir die auf einem emporragenden Felsen thronende Marienstatue, während sich die berühmte, steile Basaltnadel mit der *Église Saint-Michel-d'Aiguilhe* bis kurz vorm Ziel vor uns verborgen hielt. Wir waren schon unheimlich gespannt auf diesen Anblick, welcher uns etwas später ein Staunen in unsere Gesichter zauberte.

Ausgelassenheit am Montjoie

Le Puy en Velay

Nach einem kurzen Aufstieg erreichten wir gegen zehn Uhr dreißig das Zentrum der Pilgerhochburg Le Puy en Velay.

Eine Stadt, deren Beschreibung sich nur schwer in Worte fassen lässt.

Überwältigt von ersten flüchtigen Eindrücken liefen wir durch mittelalterlich wirkende, kleine, krumme Gässchen und erreichten schließlich das Tourismusbüro. Sehr nett und erstaunlich geduldig wurden wir von einer Mitarbeiterin bedient, die uns schließlich nach einer guten halben Stunde das Hotel *Saint-Jaques* im Zentrum der Stadt vermitteln konnte.

Da wir in Le Puy noch einen zusätzlichen Tag verweilen wollten, konnten wir die Pilgerherberge nicht nutzen, hatten aber mit dem kleinen netten Hotel eine recht gute Wahl getroffen. Es wirkte gemütlich, familiär und auch in unserem Zimmer fehlte es an nichts. Besonders für uns vorteilhaft war der sich in der Nähe befindende Bahnhof.

Nachdem wir das Zimmer bezogen, uns ausgeruht und letzte Vorräte verzehrt hatten, stürzten wir uns in das Treiben der Stadt.

Das bezaubernde Le Puy en Velay verzeichnet in etwa 19.000 Einwohner und ist somit die größte Stadt des Departements Haute-Loire. Schon von jeher ein kulturelles Zentrum, zieht sie heute unzählige Touristen und Pilger in ihren Bann.

Mehrere Routen des Jakobsweges vereinigen sich dort und führen die Wallfahrer weiter auf dem *Regordaneweg* oder auf der *Via Podiensis* in Richtung Santiago de Compostela.

Als Auftakt unserer Erkundungstour blieben wir gleich mal in einem der zahlreichen Straßencafés hängen, bevor wir die prächtige Kathedrale ansteuerten. Diese wurde im romanischen Stil erbaut und zählt seit 1998 zum Weltkulturerbe der UNESCO. Nur ansatzweise besichtigten wir das imposante Bauwerk, da wir alles auf einmal gar nicht erfassen konnten. Leider fanden wir den Kreuzgang nicht, welchen wir uns dann einfach andermal ansehen würden.

Sehr imponierte uns auch die auf dem Basaltfelsen *Rocher Corneille* stehende Marienstatue, die *Notre-Dame-de-France*, welche im Jahre 1860 aus 213 erbeuteten russischen Kanonen aus den Krimkrieg gegossen wurde.

Im Banne der Geschichte stiegen wir die Wendeltreppen im Inneren der Statue ganz nach oben, von wo wir einen einmaligen Ausblick auf Le Puy genießen konnten. Mit Sockel ist sie dreiundzwanzig Meter hoch und thront beträchtliche 132 Meter über der Stadt.

Die Aussicht auf Le Puy fesselte uns so sehr, dass wir uns gar nicht losreißen konnten. Der Blick auf das riesige Häusermeer unter uns und der strahlend blaue Himmel ließen ein Gefühl von Glück und Erhabenheit in uns aufkommen.

Wir schlenderten durch enge Gassen, Geschäftsstrassen, über kopfsteingepflasterte Treppen und Plätze. Quirliges Treiben unterstrich den Charme dieser Stadt! Gleich neben dem Tourismusbüro auf dem *Place du Clauzel* entdeckten wir zu unserer Freude einen Laden, in dem wir Lebensmittel und Getränke einkaufen konnten.

Die Eindrücke des Tages reichten erst einmal aus und pflastermüde schlichen nochmals über den großen Platz in Richtung Hotel, als wir vom benachbarten Straßencafé aus ein Rufen vernahmen. Überrascht sahen wir uns um und entdeckten eine uns zuwinkende Person. Die Schnattrige!!

Erfreut über das unverhoffte Wiedersehen schwatzten wir eine Weile mit ihr und erfuhren, dass sie einen Ruhetag eingelegt hatte und am nächsten Morgen auf der Via Podiensis weiterziehen wollte. Ihr Ziel war, bis Weihnachten Santiago de Compostela zu erreichen. Wir wünschten uns gegenseitig ein *Buen Camino* und verabschiedeten uns, diesmal bestimmt für immer. Wir zweifelten nicht daran, dass sie ihr Vorhaben schaffen würde. Absichtlich tauschten wir keine Adressen aus, denn Jack würde uns allen per Mail Fotos senden, sodass wir doch irgendwie mit allen Kontakt halten könnten.

Im Hotelzimmer angekommen, verzehrten wir das aus Baguette, Käse, Schinken und Oliven bestehende Menue und feierten diesen ereignisreichen Tag mit einer Flasche Sommelier.

21. Tag – Ruhetag in Le Puy en Velay

Es war herrlich, in dem Bewusstsein aufzuwachen, noch einen ganzen Tag in dieser Stadt verbringen zu dürfen. Das Beste daran war, dass wir uns für alles richtig viel Zeit nehmen konnten, was schon mit dem Frühstück begann.

Da es noch recht neblig war, inspizierten wir bei einem Stadtbummel, was Le Puy noch so alles zu bieten hat und entdeckten dabei einen netten kleinen Laden mit Pilgerzubehör, in welchem viele nützliche Dinge für den Jakobsweg angeboten wurden. Wir schlenderten durch die Gässchen, sahen den Spitzenklöpplern, die vor ihren Läden saßen, bei der Arbeit zu, erwarben Mitbringsel und picknickten auf der großen Treppe vor der Kathedrale.

Mehrmals begegneten wir den beiden Pilgern aus Saint-Julien-Chapteuil, dem große Kanadier mit seiner kleinen Jakobswegsmama. Auch deren Wege würden sich am nächsten Tag trennen.

Das Interessanteste hatten wir uns bis zum Schluss aufgehoben, die *Chapelle Saint-Michel-d'Aiguilhe*, welche auf einer achtundachtzig Meter hohen Vulkannadel steht. Um dieses Wahrzeichen von Le Puy hatte ich mir im Vorfeld schon wahnsinnig viele Gedanken gemacht. Beim besten Willen konnte ich mir nicht vorstellen, auf sicheren Pfaden dort hinauf zu gelangen. Aufgrund meiner Handicaps fand ich mich schon damit ab, dieses imposante Bauwerk eben nicht besichtigen zu können.

Alles Quatsch! 268 steinerne Stufen schlängeln sich ganz bequem nach oben und gewähren Zutritt zu der aus dem 12. Jahrhundert stammenden Kapelle. Wir hatten nicht zuviel erwartet!

Nach unzähligen Fotos sowie einem nochmaligen ausgiebigen Stadtrundgang zogen wir nach dem Essen erneut los, um Le Puy im abendlichen Flair kennenzulernen. Es war schon recht spät, als wir auf dem Platz vor unserem Hotel auf einer Bank saßen, Rotwein tranken und dabei die zahlreichen Eindrücke auswerteten.

Es gäbe noch sehr viel über Le Puy und seine Sehenswürdigkeiten zu berichten, die Geschichte der Stadt könnte viele Seiten füllen. Dagegen haben wir nur einen kleinen und schönen Bruchteil kennengelernt. Und schon zu diesem Zeitpunkt freuten wir uns darauf, irgendwann wieder nach le Puy en Velay zu reisen, um von dort aus unseren Jakobsweg fortzusetzen.

22. Tag Abreise

Nun war es soweit und unsere Heimreise stand unmittelbar bevor. Sechs Uhr früh schlichen wir uns leise aus dem Hotel in Richtung Bahnhof und froh, die Fahrkarten schon am Vortag besorgt zu haben, suchten wir im Dunkeln unsere Haltestelle. Mit dem Bus fuhren wir bis Firminy und nahmen von dort den Zug nach Lyon. Außer dass die Klimaanlage des Busses uns frösteln ließ, klappte alles gut. Wir sahen die Landschaften vorüberziehen und konnten gar nicht glauben, dass sich liebgewonnene Orte und Landstriche vergangener Tage rasant von uns entfernten.

Über Genf gelangten wir in das französischsprachige Coppet. Dort liefen wir durch einen großen Schlosspark in Richtung Tannay, wo unser Auto hoffentlich noch immer parken würde. Und was, wenn nicht?

Wie erleichtert waren wir, als wir den kleinen Roten von Weitem erblickten und doch gleichzeitig traurig, unsere Rucksäcke für eine unbestimmte Zeit verstauen zu müssen.

An diesem Tag fuhren wir nicht bis ganz nach Hause sondern übernachteten bei unserem Pilgerkumpel Notker in der Nähe von Basel. Im Laufe der Zeit hatte sich eine Art Freundschaft entwickelt und wir durften einen sehr schönen gemeinsamen Abend verbringen.

Zurück in der Heimat, wurden wir vom Alltag recht schnell eingeholt. Natürlich waren wir glücklich, die Familie wieder in der Nähe zu haben, jedoch entstand in unseren Köpfen so nach und nach schon die Fortsetzung des Abenteuers Jakobsweg. Wenn hoffentlich alles klappte, dürften wir schon im folgenden Jahr wieder in Le Puy en Velay ankommen. Wir würden dann auch nicht auf kürzestem Wege Santiago de Compostela erreichen wollen, nein wir beide pilgern eher nach dem Motto: «Der Weg ist das Ziel».

Vielleicht würden wir ja auf den Spuren von Robert Luis Stevenson die Cevennen erkunden oder uns für die *Via Tolosana* entscheiden ...

Es nicht leicht zu beschreiben, aber man muss sich voll auf den Weg einlassen, um all die schönen, manchmal auch schwierigen Erfahrungen machen zu dürfen, die eigenen Grenzen kennenzulernen und ab und zu kleine Wunder zu erleben. Der Jakobsweg ist weder Rennstrecke noch Wettkampf. Nur wer das begriffen hat, erkennt den Sinn des Weges.

Nachwort

Niemals hatte ich vor, ein Buch zu schreiben!
In der Schule fiel mir das Fach Literatur immer besonders leicht, bald schon verfasste ich kleine Gedichte und es machte mir zunehmend Spaß, meine Gedanken zu Papier zu bringen.
In das Abenteuer Jakobsweg drifteten wir ganz langsam hinein, heute ist es ein fester Bestandteil unseres Lebens. Eine Art Lebensphilosophie.
Wir erlebten bisher so unendlich viel, dass ich irgendwann der Meinung war, besondere Begebenheiten und wichtige Fakten stichpunktartig festhalten zu müssen. Die Notizbüchlein wurden mit der Zeit immer größer und meine Aufzeichnungen umfangreicher. Jeden Abend nach einem langen Pilgertag saßen wir als Abschluss bei einem Rotwein gemütlich zusammen und während Jens meist noch las, gab ich mich meinen Dokumentationen hin. Daraus wurde mit der Zeit ein festes Ritual.
Daheim alles fein säuberlich abgeschrieben und vervollständigt, dachte ich mir so, dass es doch schade wäre, diese vielen Informationen und Eindrücke für mich zu behalten. Zumal wir als Pilger uns auch über jedes auf dem Markt erscheinende Buch dieser Thematik freuen.
So wurde die Idee, ein Buch aus unserem Hobby entstehen zu lassen, geboren.

Die in Klammern geschriebenen Kilometerangaben sind die eigentlich richtigen, welche wir aber nicht immer einhalten konnten, da wir uns des Öfteren verliefen. Dadurch wurden logischerweise die Strecken für uns jedes Mal länger.
Auf unseren Pilgerreisen haben wir viele neue Erfahrungen und Erkenntnisse dazugewonnen.

Landschaften
Wir lernten die verschiedensten Landschaften kennen. Deutschland ist in dieser Richtung sehr vielseitig und wir staunten über unser eigenes Land mit seiner vielfältigen Natur. Die Markierung der Wege ist teilweise sehr gut, lässt andererseits auf manchen Strecken zu wünschen übrig.

Auch die recht kleine Schweiz ist charakterlich und klimatisch sehr abwechslungsreich. Die Bergwelt hatte ich mir noch schroffer vorgestellt, aber wir haben ja auch nicht jede Ecke kennengelernt. Ein sehr sauberes und gepflegtes Land.

Zuerst dachten wir, nur die Schweiz sei besonders bergig, in Frankreich jedoch wurden wir eines Besseren belehrt. Hier kamen die gerölligen Wege noch hinzu, was uns nicht davon abhielt, dieses Land lieben zu lernen. Pilger- und Wanderwege waren meist erstaunlich gut beschildert.

Klima
Was das Wetter betrifft, hatten wir ziemlich viel Glück, Regentage gab es überall einmal. In Deutschland gemäß den Jahreszeiten wie wir es halt so kennen, hielt die Schweiz so manches Mal mediterrane Temperaturen für uns bereit. In Südfrankreich war es meist schon recht heiß.

Essen
Das Essen in Deutschland, wie es jeder kennt und wir es mögen, war gute Hausmannskost und zum Sattwerden. In der Schweiz stiegen wir auf Käse um und Frankreich bot uns eine feine leichte Küche, oft in Menüfolge. Da die Franzosen mehr genießen und auch nicht so ausgiebig frühstücken wie die Deutschen, war dies eine große Umstellung für uns.

Wir mussten aber nirgendwo wirklich hungern, sehr oft verköstigten wir uns selbst und anderenfalls wurden wir von allen Gastgebern immer hervorragend versorgt.

Unterkünfte
Wir können auf eine bunte Palette von Unterkünften zurückblicken, wo auch wirklich fast alles vorkam. In Deutschland waren wir meist auf Pen-

sionen oder Privatunterkünfte angewiesen, da das Pilgernetz noch nicht so gut ausgebaut ist, wie in anderen Ländern. In Schwaben fanden wir die erste Pilgerherberge. Eine große Ausnahme war der ökumenische Pilgerweg mit zahlreichen pilgerfreundlichen Unterkünften.

Die Schweiz bot uns schon weit mehr Spielraum, es gab unter anderem auch Pilgerherbergen, Gästehäuser und Schlafen im Stroh. Letzteres lernten wir nicht kennen.

Frankreich wird von den Hauptpilgerrouten durchzogen und kann eine breite Palette von Übernachtungsmöglichkeiten anbieten, was jedoch nicht immer bedeutet, dass man auch wirklich eine Unterkunft bekommt. Manche Gebiete sind sehr dünn besiedelt, dementsprechend rar die Möglichkeit, eine Bleibe zu finden.

Vorbestellen ist überall ratsam, was aber vielleicht nicht in dem Maße auf Spanien zutreffen muss, hierfür fehlen uns noch die Erfahrungen.

Einkaufen
In Deutschland kein Problem, obwohl man in kleineren Ortschaften auch oftmals keine Läden mehr findet.

In der Schweiz sollte man sich schon vorher informieren, wo es Einkaufsmöglichkeiten gibt und wann diese geöffnet sind. Ratsam ist es, auf die Preise zu achten.

Als Selbstversorger hat man in Frankreich häufig Schwierigkeiten mit dem Beschaffen seiner Lebensmittel. In vielen kleinen Orten gibt es keine Geschäfte mehr. Nicht selten planten wir unsere Tagesetappen so, dass wir zu den Zeiten in Orten eintrafen, wo die Läden noch geöffnet hatten. Oftmals führte dies zu ungewollter Hetzerei. Über Mittag sind fast alle Läden geschlossen.

Gastgeber und Mitmenschen
Egal in welchem Land, überall waren wir immer herzlich willkommen. In den Ortschaften gab es Menschen die uns ansprachen, sich nach Weg und Ziel erkundigten und sehr oft wurde uns ungefragt Hilfe angeboten. Oftmals wurde uns eine Herzlichkeit entgegen gebracht, die uns verlegen machte.

Gastgeber, egal ob in Pensionen, Pilgerherbergen oder Privatpersonen, nahmen uns stets liebevoll auf und brachten uns, besonders in Frankreich, großes Vertrauen entgegen.

Hunde

Mit freilaufenden Hunden hatten wir viele Male zutun und gingen unterschiedlich damit um. Zu unserer Pilgerausrüstung gehört stets Pfefferspray, welches wir zwar des Öfteren bereit hielten, jedoch noch niemals anwenden mussten.

Oftmals konnten wir angreifende Hunde mit unseren Pilgerstöcken abwehren und manchmal wollten diese angeblich gefährlichen Tiere uns einfach nur ein Stück des Weges begleiten. Sehr oft ließen sie unsere Herzen bis zum Hals schlagen und wir mussten lernen, uns niemals mit Kühen oder gar Stieren anzulegen, schon gar nicht wenn Jungtiere in der Nähe sind.

Souvenirs

Nicht etwa, dass man beim Pilgern viel Platz hat für große Mitbringsel, jedoch gibt es hin und wieder landestypische Dinge, welche man seinen Lieben daheim unbedingt zukommen lassen möchte. Die Schweiz ist bekannt für Schokolade und Käse und genascht wird bekanntlich überall gern. Auch französischer Käse ist bei den Deutschen sehr beliebt, ebenso wie verschiedenste Lavendelprodukte

Blasen

Keiner ist davor gefeit, auch nicht erfahrene Pilger.

Durch Lüften und Trockenhalten der Füße sind Blasen oft vermeidbar. Ein gutes Hausmittel ist Spitzwegerich, welches man frisch pflückt, es zerkleinert und auf gefährdete oder betroffene Stellen auflegt, fixiert und mehrere Stunden einwirken lässt.

Blasenpflaster habe ich abgeschworen aufgrund eigener schlechter Erfahrungen, was aber nicht heißen soll, dass es bei anderen nicht hilft.

Hirschtalg ist sehr gut, wenn es am Abend aufträgt. Doch bloß nicht zu dick. Wer am Morgen vor dem loslaufen seine Füße damit einschmiert, hat beste Aussichten auf Blasen.

Mitpilger
Ein großes Thema, denn die gehören einfach dazu.

In Deutschland hatte wir anfangs niemals welche, das entwickelte sich erst mit dem dichter werdenden Pilgerwegenetz. Unsere erste Mitpilgerin war Valerie aus Schwaben. Mit Xaver und Anne wurden es so langsam mehr.

In der Schweiz war schon reges Treiben auf den Jakobswegen. Hier lernten wir unter anderem auch unseren Freund Notker kennen.

Auch in Frankreich begegneten wir regelmäßig Pilgern, niemals aber waren die Wege überlaufen, so wie es in Spanien sein soll. Manchmal gingen wir ein paar Kilometer mit anderen gemeinsam, um danach wieder allein weiterzuziehen. Das ist unter Pilgern kein Problem, man akzeptiert einfach die Bedürfnisse der anderen ohne groß nachzufragen.

Oftmals freut man sich über Gesellschaft und andermal ist man lieber für sich allein. Doch so wirklich allein ist man ja doch nie …

Dank

Mein Dank gilt allen, die an mich geglaubt haben und durch die diese Pilgerreisen erst möglich waren.

Ich danke Jens für jegliche Unterstützung, für sein Verständnis, wenn ich oftmals mitten in der Nacht aufstand, um an meinem Buch zu arbeiten und am Tage über nichts anderes mehr sprach. Danke für die schönen gemeinsamen Reisen und die Geduld, wenn bei mir mal wieder das Gemüt eines Esels durchkam.

Ich danke meinen Eltern für ihre Liebe, insbesondere meiner Mutti, die sich seit vielen Jahren tapfer alleine durchs Leben schlägt.

Herzlichsten Dank an meine geliebten Töchter, die mir jederzeit mit Tipps und Gesprächen zur Seite standen. Danke Johanna für die Hilfe bei der Korrektur.

Ich danke all denen die hier nicht genannt wurden, dafür dass sie einfach da sind und zu meinem Leben gehören. Und jenen, die nicht mehr unter uns weilen, danke ich für das eine oder andere Zeichen, das sie mir zu senden schienen. Sowie allen Schutzengeln ein Danke dafür, dass uns während der Reisen nie etwas Schlimmes widerfahren ist.

Ein Dankeschön auch an die Menschen, die uns bei sich aufgenommen haben, sowie allen, die durch ihren Einsatz am Rande der Wege ein angenehmes Pilgern erst möglich machen.